国学经典必读

# 中国文学批评

方孝岳 著

文津出版社

图书在版编目（CIP）数据

中国文学批评/方孝岳著.—北京：文津出版社，2017.7
（国学经典必读）
ISBN 978-7-80554-648-3

Ⅰ.①中… Ⅱ.①方… Ⅲ.①文学批评史—中国 Ⅳ.①I206.09

中国版本图书馆 CIP 数据核字（2017）第 085790 号

·国学经典必读·

## 中国文学批评

ZHONGGUO WENXUE PIPING

方孝岳 著

\*

文津出版社出版
（北京北三环中路 6 号）
邮政编码：100120
网 址：www.bph.com.cn
北京出版集团公司总发行
新华书店经销
北京华联印刷有限公司印刷

\*

880 毫米×1230 毫米 32 开本 10.375 印张 199 千字
2017 年 7 月第 1 版 2017 年 7 月第 1 次印刷
ISBN 978-7-80554-648-3
定价：36.00 元
质量监督电话：010-58572393

# 目　录

重印缘起 …………………………………………（ 1 ）
导言 ………………………………………………（ 14 ）

## 卷　　上

一　《尚书》中最早的诗的欣赏谈 ………………（ 25 ）
二　《周礼》分别诗的品类 ………………………（ 29 ）
三　吴季札的诗史观 ……………………………（ 33 ）
四　《左传》的诗本事 ……………………………（ 36 ）
五　古时对于理论文和"行人"辞令的批评 ……（ 40 ）
六　孔门的诗教 …………………………………（ 46 ）

## 卷　　中

七　"三百篇"后骚赋代兴的时候的批评 ………（ 65 ）
八　司马相如论赋家之心 ………………………（ 72 ）
九　扬雄与文章法度 ……………………………（ 75 ）

十　　扬雄、桓谭的文章不朽观 …………………（77）
十一　　王充论创作的文学 ……………………（80）
十二　　魏文帝《典论》里的文气说 ……………（83）
十三　　陆机《文赋》注重文心的修养 …………（87）
十四　　挚虞的流别论 ……………………………（91）
十五　　昭明《文选》发挥文学的"时义" ………（94）
十六　　沈约的声律和文章三易 ………………（103）
十七　　发挥"文德"之伟大是刘勰的大功 ……（107）
十八　　单刀直入开唐宋以后论诗的风气的《诗品》…（112）

## 卷　　下

十九　　从治世之音说到王通删诗 ……………（121）
二十　　别裁伪体的杜甫 ………………………（126）
二十一　　蓄道德而后能文章是韩愈眼中的根本标准
　　　　………………………………………（129）
二十二　　白居易的讽谕观和张为的《诗人主客图》…（135）
二十三　　可以略见晚唐人的才调观的《本事诗》和《才调集》
　　　　………………………………………（139）
二十四　　标举味外之味的司空图 ……………（142）
二十五　　西崑家所欣赏的是"寓意深妙""清峭感怆"
　　　　………………………………………（146）
二十六　　晏殊对于富贵风趣的批评 …………（149）
二十七　　欧阳脩文外求文的论调 ……………（153）

二十八　欧阳修和梅圣俞同心爱赏"深远闲淡"的作风
　　………………………………………………（156）
二十九　邵康节的忘情论 ………………………（161）
三十　宋人眼中老杜的诗律和《江西宗派图》………（164）
三十一　宋朝几部代表古文家的文学论的总集 …（174）
三十二　针对江西派的《沧浪诗话》……………（181）
三十三　《瀛奎律髓》里所说的"高格"…………（188）
三十四　元遗山以北人悲歌慷慨之风救南人之失 …（207）
三十五　宋濂论"摹仿"和高棅的"别体制""审音律"
　　………………………………………………（217）
三十六　李东阳所谈的"格调"和前后七子所醉心的"才"
　　………………………………………………（229）
三十七　唐顺之的"本色"论和归有光的《史记评点》…（242）
三十八　竟陵派所求的"幽情单绪"和陈眉公的"品外"观
　　………………………………………………（251）
三十九　钱谦益宗奉杜甫的"排比铺陈"…………（259）
四十　王船山推求"兴观群怨"的名理 …………（267）
四十一　王渔洋"取性情归之神韵"………………（274）
四十二　清初"清真雅正"的标准和方望溪的"义法论"
　　………………………………………………（287）
四十三　金圣叹论"才子"　李笠翁说明小说戏曲家的
　　"赋家之心"………………………………（309）
四十四　随园风月中的"性灵"……………………（319）
四十五　眼力和眼界的相对论 ……………………（324）

# 重印缘起

方孝岳教授著《中国文学批评》，一九三四年五月上海世界书局出版，为刘麟生教授主编的"中国文学丛书"八种（后改名"中国文学八论"）之一。我是出版当年或次年，还是一个十二三岁的孩子的时候，就反复读过的。因为作者就是我的父亲，读不懂也有兴趣读。后来他再也没有这方面的著作。解放以后，他的教学和研究，完全转到音韵学方面了。一九七三年，我还同他谈过这本《中国文学批评》。我说此书绝版已久，我手边也没有了。他只淡淡地笑笑，说他更是早就没有了。那次谈话之后的十多天，他因脑血栓突然去世。我清理他的遗物，的确没有找到这本书。他没有想到，我也没有想到，在他逝世十二年之后，在《中国文学批评》出版五十年之后，此书居然有了重印的机会。

粉碎"四人帮"后不久，郑州梁平甫同志就将他珍藏的一本《中国文学批评》送给我。我感谢他的盛意，但并没有因此想到重印之类的事。我只想到仿佛有谁曾向我问过这本书，说是想研究方回的《瀛奎律髓》，而我父亲这本书是很推崇《瀛奎律髓》的。但究竟是谁说这话的，已经想不起来，只好算了。直到去年，毕奂午教授、程千帆教授、吾师王气中教授差不多同一时候相继告诉我，学术界需要重印此书，督促我应该促成重印的实现。特别是毕奂午教授详细告诉我，他青年时代从这本书中受益极大，从此愿为我父亲的私淑弟子，尽管从未见过一次面、通过一次信，至今五十年后还能凭记忆说出全书的大要和精华所在。我为师友们的盛意所感动。我又接触到一件事：一位研究中国文学批评史很有成就的中年学者，评论解放前出版的几本中国文学批评史，提到《中国文学批评》时，把我父亲的名字都弄错了，原来他一直没有见过这本书，只从别人文章称述中知道，是那文章先把我父亲的名字弄错的。正好我了解到三联书店的任务中有"文化积累"一项，我便把学术界的这些信息传递给三联书店编辑部，他们迅速做出反应，决定重印此书，事情就这样成了。

为了重印，我将全书校读一遍之后，解决了我多年没有弄清的一个问题：书名为什么不叫作《中国文学批评史》呢？我一直以为，它实在就是一本中国文学批评史，无非限于那一套"中国文艺丛书"的"合之则为文学大纲，分之则为各别的文体专论"的旨趣，书名上不标出"史"的字样罢了。这回才发现并非如此。书中的导言明明说："我这本书……大致是以史的线索为经，以横推各家的义蕴为纬。"卷下第四十三节又说："本书的目的，是要从批评学方面，讨论各家的批评原理。"可见"史的线索"仅仅是一个线索，理论上的探讨才是此书的目的，而这个目的是达到了的。

全书三卷四十五节，所论及的批评家（无主名的一部书也算一家）只有五六十家，作为中国文学批评史这当然太少。但是，它本来不是追求史的全面，而只是选择最有影响最有特色的批评家来研究。书中第四十五节说："近代的文学批评，我们最应该注意的，就是那些标新领异的见解，其余的颠倒唐宋，翻覆元明，都是'朝华已披'了。"别择之严，可见一斑。惟其如此，才能够集中力量于义蕴的推阐。第三十三节《〈瀛奎律髓〉里所说的"高格"》，第四十二节《清初"清真雅正"的标准和方望溪的"义法论"》，是最长的两节，都在一万字以上。其次是第六节《孔门的诗教》，第三十五节《宋濂论"摹仿"和高棅的"别体制""审音律"》，第三十六节《李东阳所谈的"格调"和前后七子所醉心的"才"》，第四十一节《王渔洋"取性情归之神韵"》，第四十四节《随园风月中的"性灵"》，都在五千字以上。这些都充分表现了"横推义蕴"的功夫，能把古代批评家言之未尽的东西，极力推阐，发挥无遗，而且用的是这一家自己的术语范畴，循的是这一家自己的门庭蹊径，不是拿着某种现成的模式框架，把古人剪裁了往里面填。也有几节很短，只有一千字左右，这些往往是原来的材料就很少，但是很有影响，专门给它一节，这已经就是尽力推阐了。例如第八节《司马相如论赋家之心》，虽只一千字，但所讨论的司马相如之论，不过是《西京杂记》所记的几句话，五十字而已。又如第二十六节《晏殊对于富贵风趣的批评》，虽只一千五百字，但所讨论的晏殊之论，只见于《青箱杂记》的一条短短的笔记和《归田录》的更短的一条，两条加起来也只有二百多字。

相反的情况是，材料很多，却并未全面加以推阐，只突出其中的某一点。例如《文心雕龙》之大，全面地推阐起来，可以写出比原书大几十倍的书，而本书第十七节《发挥"文德"之伟大是刘勰的大功》，只有二千五百字。这里明明说："《文心雕龙》，是文学批评界惟一的大法典了。""它的规模，真是大不可言。"可见丝毫没有小看的意思。其所以只拈出"文德"二字来，则是因为"'文德'之说，可以做他的总代表。其他小的美点，本也一时说不尽"的缘故。

本书各节的标题，差不多都是这样"立片言以居要"的。于扬雄，突出其"文章法度"。于《文赋》，突出其"文心的修养"。于《文选》，突出其"时义"。于《诗品》，突出其"单刀直入"。于韩愈，突出"蓄道德而后能文章"。于西崑，突出"寓意深妙""清峭感怆"。于《瀛奎律髓》，突出"高格"。于宋濂，突出其"摹仿"论。于高棅，突出"别体制""审音律"。于王夫之，突出"兴观群怨"……所有这些，都是透彻了解其全部义蕴，才知道精要在何处，才敢于立片言以概括其千言万语，同样是推阐功夫的结果。

如上所述，这本书似乎只是一篇一篇单独的"批评家研究"，按时间先后排列为一集，同文学批评史毫无关系的了。似乎我先前认为它不过是书名上省去了一个"史"字，以及论者提到解放前出版的中国文学批评史时常常把它包括在内，都是毫无根据的了。这又不然。通观全书，读者自然会有一种历史的连贯和发展之感。

例如，第七节指出，古代文学观念，重义不重文，这种文学观念，后来时时回光返照。以下许多节里，经常举出事实证明这一点。第七节结尾处即指出："三百篇"以后，骚赋代兴，丽靡的文辞，代替了简质的古诗，而扬雄、司马迁等还要拿简质的古诗作法，和"温柔敦厚"的诗教，来衡量后来的辞赋。第八节接着指出：尽管批评家牢守古义，文学家却不能不随着时代的变化，开辟自己的领土，表现出美的价值。司马相如等赋家的努力，汉赋的价值，还是在于"极丽靡之辞"。第十节指出：古代把文学不看作独立的艺术，而看作有用的东西，看作道德和政治的附属品，以立言为立德立功的附庸，扬雄就是抱守这种古义的健将。第十九节又指出王通的删诗，也是古义的回光返照："我们要知道这种回光返照的势力，在我国文学潮流中，是不断地表演出来，差不多可以说是我国文学批评史的干线。"第二十二节指出:白居易高标"讽谕",以"四始六义"为归宿,偶然作了违背"四始六义"的《长恨歌》《琵琶行》,反而见重于时,也因此见谤于人,同一作家身上,集中表现出一种矛盾运动的规律:"文学批评时时回返古义,和文学本身时时要轶出古义之外,这两个轮子是在那儿平头并进的。"这就是通过对于各个时代的批评家的研究,对于各个时代文学批评和文学创作的关系的研究,揭示出贯穿首尾的规律性的东西。

读者更深刻的印象,恐怕还是在于,本书经常指出某一文学观念是某一批评家首先提出的,某一批评家的理论比他的前辈多了些什么,更新了什么,丰富了什么。例如,文学的自觉的问题上,第十节指出:古人并不把著书作文章当作了不得的事,更不是什么不朽的事。扬雄虽严守古义,但文学本身可以不朽这种不合古义的观念,却是首创于扬雄。桓谭进一步说:"文"的不朽性远胜于"道"。第十一节指出:王充又进一步,认为道德事功还要借文学而增重,世间一切没有比文学更重要的,创作的天才高于笃实的学者。又如,文体流变问题上,第十二节指出:古人于文章分体,不拘形貌;曹丕《典论·论文》才开始据文章形貌,分为奏议、书论、铭诔、诗赋等类。第十五节指出:挚虞的《文章流别》区分文体,好像一切以最初的形体为标准,他的批评也多半是古非今。任昉的《文章缘起》,又只断自秦汉以后。萧统的《文选》,则是标出"时义"的原则,既知源头,又知流变,本末兼赅。又如,文学批评的适用范围上,第十七节指出:萧统《文选》不收经史诸子,而刘勰《文心雕龙》深探经史诸子立言的条理,这就是后者超过前者的地方。又如新的文学观念的提出,第十二节指出:曹丕说的"诗赋欲丽",大变古代批评的律令。第十八节指出:钟嵘《诗品》最大的贡献,在于指明诗是吟咏性情,又指明诗是生于各人的遭际,这是两个有根本意义的观念。又如推前人已发之端,第二十七节指出:欧阳脩尊韩而更进于韩愈,韩愈论文还谈格律,欧阳脩则完全不谈文章技术,根本上就是以文章为末务。又如补前人未到之处,第三十三节指出:江西诗派理论奠定于吕居仁,但吕居仁不曾说到"格高";方回才注意"格高",颇与钟嵘《诗品》中的"风力"相当。又如发前人未发之秘,第三十六节指出:严羽和高棅都说学诗者要能在古人诗面前,掩去作者姓名,猜出作者是谁,但不曾详细说明用什么办法猜。李东阳才说出是从"声律格调"上猜,"格调"似有定法而亦无定法,这也就是严羽所说的玲珑透彻的"妙悟"。又如文学楷模的树立,第三十七节指出:茅坤和归有光论文的宗旨是远尊司马迁而近爱欧阳脩,这种态度影响很大,后来的古文家都隐隐中奉此为归宿。又如,对盛唐诗风的认识上,第四十一节指出:自严羽以来,高棅、李东阳、明七子、钱谦益互相之间虽有分歧,论诗推尊盛唐则一,但是盛唐特点何在,他们都没有说出究竟的道理。

只有王士禛才指出，盛唐的空前绝后，在于王维、孟浩然的澄清华妙，而不在于李白、杜甫，李杜是牢笼今古的大家，本不可以时代限。所有这些，给读者以这样一种发展的认识：每个批评家的出现，都给文学批评的总宝库中增加一份新的财富，同时也总还留下未竟之义，有待于后代批评家用更新的东西去补足，去更新。而后代的批评家，又总是从前辈已到达之点继续前进。

本书还注意批评家之间异同的比较。例如，第十八节指出：《文心雕龙》体大思精，虽有针对当时的话，但不是单刀直入的说法；同时的钟嵘《诗品》，才是单刀直入，开唐宋以后论诗的风气。又如，第二十二节指出：唐元和中韩愈和白居易同是复古，但韩主奡涩，白主平易；韩是"文人心气上的复古"，白是"文学作用上"的复古；韩诗"雅颂铺叙之意多，而风人讽谕之意少"（见第二十一节），白之论诗"又似乎只知道国风，不知道雅颂"，他作诗却又并不严守自己的标准。又如，第三十六节指出：李东阳不高语唐以上，不主张摹拟；七子力攻东阳之软滑，高语秦汉，主张摹拟；但是，论诗重"格调"，多注意于声容体制，少注意于神理意脉，则是从高棅、李东阳以至前后七子这些明代批评家所共同的。又如，第三十七节指出：唐顺之和茅坤是同时同道的古文家，茅坤还时时称述顺之之言。但唐顺之《文编》所选录，自周至宋，包括诸子，不专于儒家；茅坤的《唐宋八大家文钞》，则不录唐以上文，又专以合于儒家宗旨为标准。这些异同的比较，又给读者以横向联系的认识。

文学批评史首先是文学批评本身的历史。中国历代文学批评家的理论观点之间的纵的和横的历史联系，是客观存在的。只要对于各家义蕴做了充分的推阐，就有可能把这些历史联系揭示出来，本书之所以不以史名而能使读者有读史之感的原因在此。这种史的性质当然还不完全，因为文学批评本身而外，还有文学创作、其他姊妹艺术、其他文化部门、其他意识形态、其他上层建筑等等复杂因素影响着它的历史发展，尤其还有经济基础从最底层决定着它的历史发展。只有把文学批评本身的历史放在这一切复杂的联系中来考察，才是完全意义上的史。但是，首先弄清楚文学批评本身的历史，而不是用它的外部诸关系的历史来代替它本身的历史，总归是切实有益的。

这里当然还有一个问题不能回避：本书既是以推阐各家义蕴为主，那么推阐得怎样呢？科学不科学呢？本书出版于全国解放前十五年，书中的观点方法显然不是马克思主义的，那么今天重印出来的意义何在呢？在这个问题上，主张此书重印的几位师友给了我很大的启发。他们对此书有一个评价：此书不以材料胜，而以见解胜，以内行胜。我在这次校读中，深感这个评价的中肯。书中对《瀛奎律髓》的推崇，当然最是独创之见。此外，如以《左传》为诗本事之始；以"六义"中之"兴"为和平之音，欢愉之辞;为晏殊的富贵风趣论特立一节;对西崑派的好评;对李东阳的称许;对王士禛的"神韵"论的肯定……诸如此类,都不是其他同类书中容易找到的。通观全书,每一论断都是从自己心得中来,即使论点并非他人所无,体会和论证也是完全属于自己的,不是人云亦云的。至于内行,最主要的是研究文学批评而对于文学本身的内行。导言有云:"至于我们现在把一个国家古今来的文学批评,拿来做整个的研究,其目的在于使人借这些批评而认识一国文学的真面目。批评和文学本身是一贯的,看这一国文人所讲究所爱憎所推敲的是些什么,比较起来,就读这一国的文学作品,似乎容易认识一点。"文学批评是为文学本身服务的,文学批评史的研究也应该为文学史的研究服务,这一点可惜并不是文学批评史家们经常记住的。其实,根据"文学与批评一贯"的原则,也只有对一国文学本身是内行,然后对这一国的文学批评,方能是内行。本书中关于中国古典文学本身,常有精到之言。例如,第二十节论梁陈文风之弊,不在艳丽,而在没有气势和风骨,惟有徐陵、庾信以清俊之气,下开初唐四杰;四杰只能清俊,陈子昂、张说始能高古雄浑,至李、杜、韩、柳而光焰万丈了。读者有了这个认识,再读杜甫的《戏为六绝句》,就能够掌握它的最主要的精神。又如,第二十五节说:"知道西崑家以'寓意深妙''清峭感怆'为欣赏之点,就可以知道李义山所以能够走进老杜之藩篱的缘故。"自宋人诗话(《苕溪渔隐丛话》前集卷二十二引《蔡宽夫诗话》）记载王安石的话"唐人知学老杜而得其藩篱，惟义山一人而已"以来，论者对于李商隐和杜甫之间有怎样的继承关系，有各种评论。这里拈出"寓意深妙""清峭感怆"作为关键，读者拿这个观点去看李商隐诗中王安石最欣赏的"雪岭未归天外使，松州犹驻殿前军"等句，便别有会心，而不致误入"杜套""杜样"。其他，如第三十节论欧阳修、王安石、梅圣俞、苏轼等人的诗风与黄庭坚诗风的异同；又如同节论黄庭坚诗风的冷艳芬芳，陈师道诗风的精巧在骨，都并不以粗硬为尚。又如第三十三节对方回所说"诗之精者为律"和"简斋学杜得髓"的解释；又如第三十四节论元好问的诗论和他自己的诗风……所有这些，既不是丢下文学批评史去谈文学，离了本题，也不是不懂文学而高谈文学批评史，隔靴搔痒。

所谓见解，所谓内行，原是分不开的。（当然，二者都必须是真的。）未有真见解不由真内行，未有真内行而无真见解。一个人的真见解不一定都得到别的真内行者的同意，但一定都会引起他们的认真有益的思索，绝不会说了等于没有说。这就是一切真见解可贵的地方。今天我们都承认马克思主义的科学指导，这个指导绝不能代替内行，绝不排斥个人的创见，反而最严格地要求内行，最大限度地发挥每个人的合乎科学的创见，总起来正足以成马克思主义指导下的学术繁荣之盛。否则，难道对于同一问题，一切马克思主义学者都只能得到同一结论吗？倘有不同就一概是马克思主义与非马克思主义之争吗？显然这都是荒谬的。所以，马克思主义的科学指导，对于过去一切非马克思主义者内行的有创见的研究成果，绝不排斥，而是欢迎，相信它们包含着丰富的合理的内容，都是宝贵的遗产，后人只有义务继承，没有权利抛弃。至于它们的缺点错误，当然不会少，但是加以分析（其实也就是最科学意义上的批判），得出教训，同样是有益的遗产。即如本书提倡圆融通达的批评眼光和批评标准，在审美欣赏上显然倾向于和平愉乐、雍容华贵之风，这在三十年代的中国，和战斗的人民群众的心情相距很远，今天来看，却又未尝不是一种境界，一种欣赏，这里就有值得深入分析的问题。

由于师友的指点，我想清了这些问题之后，便把这些校读感想记下来放在书前，也许对读者有些帮助。原有刘麟生先生的一篇跋，我父亲生前有一次谈起过，现在我遵照他的意思删去。

我父亲写成这本书的时候，他才三十六岁；现在我将这本书交付重印，我已经六十三岁了。我自问，如果现在我来研究中国文学批评，马克思主义的范畴和原则我会多多引用，但是我有多少由真内行而来的真见解呢？仔细寻思，比这本书就差远了。我的浅陋空疏，主要是由于自己不努力，但是时代不同，生活道路不同，使我们这一代人要有些成就,非比他们那一代人多付出几倍十几倍的努力不可,客观条件的限制也是不能不承认的。在这个意义上,也可以说,像这样的书,今后永远不会再有了吧!这一点意思,我特别希望得到读者的了解。

一九八五年四月四日,舒芜于北京碧空楼

# 导　言

　　世界上的人，不能够个个都是文学家，但可以说个个都是文学批评家；否则文学这件东西，不会有这样不朽的价值咧。

　　口之于味，目之于色，耳之于声，鼻之于臭，无时无刻不在那里起"评判"的作用，评判他的美恶，鉴别他的精粗。这种评判鉴别的本能，实在是人日常活动的中心。鉴别的本能，虽然各有高下程度之不齐，但是一样能够鉴别，这一点是不变的。所以换一句话说，人人都算是批评家了。

　　大块文章，不限于有文字或无文字，无往而不呈露出来，供人家的赏鉴。美景良辰，使人愉快；凄风苦雨，使人悲愁。白居易的诗，"王公妾妇、牛童马走之口无不道"。陆宣公的《兴元大赦诏》，使骄兵悍将无不流涕。人类都是情感相维系，为人类互通情感之邮的，就是文学。所以文学之诉及全人类的同情，不限于哪一阶级；人类对于文学之欣赏，也是随所在而皆然。这样看来，不但人人都是批评家，而且人人都是文学批评家。

不过天地间的风云花鸟人物山川，这些自然界的文章，凡是具有五官的，自然都可以欣赏。至于有文字的文章，有些说得平易近人的，儿童老妪都可以了解，也自然可以博得无限制的欣赏。但是有些内中所说的事情，所指的境界，和所用的材料，不是个个人所知道所身历的；又有些文章，是作者专为少数朋友中间互相喻意而设的；又有些文章，是作者自道其隐怀，并不期望人人知道但期望有一两个知音的人来欣赏的。我们有这种种不同的文章，因此就各占一部分欣赏界的领域。然而这都是非自然的限制，对于人人固有的批评文学的本能，仍然没有丝毫妨碍。人生不能一天缺少精神上的安慰，就不能一天缺少文学上的欣赏——无论有文字的文学，或无文字的文学。文学所以为"不朽之盛事"，正是建立在这一点上咧。

但是人人心中所含蓄的意思，不见得人人都能从口中表达出来。往往有一个人代为说出，于是乎人人都觉得"如我所欲言"了。我们说人人都是批评家，原是就本能上讲的，事实上不见得个个人都能够了于心又了于口。因为个个人不能够都把心中所领略的所批评的意思表达出来，所以就有产生少数具体的批评家之必要了。批评家的职务，就是说出人人心中所欣赏或憎恶之点。又或者有些人的批评本能含苞未放，有待于雨露之点化。某种文章，有某种好处，有某种坏处，经批评家一一指点出来，然后人人都觉得如梦初醒，豁然大悟；这就是他们含苞未放的批评本能,经批评家点化出来了。批评家之有益于人,原来是有这样的切要咧。

我们翻开我国所有的论文的书来一看,觉得他们都是兴到而言,无所拘束的。或友朋间的商讨,或师弟间的指点,或直说自己的特别见解,都是兴会上的事体。至于我们现在把一个国家古今来的文学批评,拿来做整个的研究,其目的在于使人借这些批评而认识一国文学的真面目。批评和文学本身是一贯的,看这一国文人所讲究所爱憎所推敲的是些什么,比较起来,就读这一国的文学作品,似乎容易认识一点。我们现在所抱的这种目的,当然不是我们古来的那些批评家所想到要做的;但是我们要知道,惟其都是兴会所到真情流出的批评,所以我们现在把它整个的叙述出来,才可以使人从许多个别的"真"得到整个的"真"。凡是赏鉴一国文学,我以为都是借助于这些真情所露兴会所到没有背景的批评为最好。我上文所讲人人固有的批评本能,有的心知而不能口达,有的含苞而有待于点化,其所需要人家代达或点化的,正是这一种,而不是其他有背景有颜色的批评。我所以再三郑重地说,人人都是文学批评家,因为知道这个意思,就可以知道文学是人人都能欣赏的公器;它的利病,也是丝毫没有掩饰地露给人家看;有许多地方,是人人所见,大抵相同。批评家不能拿有背景的批评来使人相信,也和不能使自己相信一样。

再者,我们研究一国的文学批评,第一要注意文学批评和文学作品的本身有互相影响的关系。某时代有某种的批评，多半不离乎一时文学本身的风气。六朝尚藻丽，所以昭明太子就以沉思翰藻为鉴衡。宋人尚义理，所以真西山就以文章言理为正宗。时代风气所激荡，个人师友所熏陶，因此论文之言，就不知不觉有万态千形不名一格之妙了。第二要注意的，就是文学批评和文学作品本身的风气，又可以互相推动。一种文体发生流弊的时候，往往会产出一种批评来做改革的先驱。一种批评操之过甚，也不免生出毛病，于是文学本身又因之而兴起一种变革。西崑体的诗做到僻涩不堪，所以欧阳修《六一诗话》就提倡豪放率意之作风。王渔洋的神韵说风行得太过，所以后来翁方纲等，就大开清代后半叶作宋诗的风气。合以上两点错综的关系，就形成一国的文学批评史。

文学作品，好像是食料，文学批评，好像是消化的胃口。人的胃口往往各有偏嗜，好甜好酸好苦好辣，各有偏重偏轻的嗜好。至于偏得太过的，就成了病态的胃口了。到了胃口有病，所消化的食物，就不必一定正当。所以有的人欢喜有刺激性的文章，有的欢喜愁苦怨叹的文章，有的欢喜离奇怪僻的文章，有的欢喜妖冶佚荡的文章。这些癖嗜，都不能说他们没有病态。我们要把这些病态的胃口，来接受健全胃口的医方。所以我们研究古今来各名家的文学批评，对于我们这些病态的欣赏力，或者不无小补咧。

至于各种批评之发生，都各有它所以发生的机缘，和它针锋所指的对象,并且各有个人学问遭际上的关系。我们如果不把这些地方弄清楚,执着人家片面之言,认为一成不变的定论,那也会发生误会的。譬如钟嵘《诗品》,不以沈约的平上去入、蜂腰鹤膝那些声律为然,这不过恐怕人家陷溺太过,所以略下针砭。《梁书》上并且说他对于沈约有私怨。我们如果固执他的话,认为沈约那些声律,确乎是不足挂齿的,那么,对于后来的律诗的声调,岂不是简直没有法子研究吗?又譬如王船山在明末的遗老中,尤为韬光匿采嫉恶最严的人,他自己那种艰贞之性,济物之怀,觉得凡是稍稍急功近利近于为私的话,都万分可耻。所以他的《诗广传》卷一说杜甫的"残杯与冷炙,到处潜悲辛",仍是关心自己的衣食,近于哀鸣游乞之音,说不上稷、契的志事。船山这个话的本意,当然不错,但是对老杜未免过于苛刻了。所以我们对于一切言论,都应当从四面八方来活看才好,对于各种批评的"旁因",不可不研究咧。

我国的文学批评学,可以说向来已经成了一个系统。我们看清《四库全书总目》,不是有"诗文评"的专类吗?但是我们如果对于"诗文评"这一门学问,稍稍上溯它的流别,就可以知道除了评论诗文的专书而外,还有许多可以说的。自从《隋书·经籍志》立"总集"一类,把挚虞《文章流别》、昭明《文选》、刘勰《文心雕龙》、钟嵘《诗品》这些书,都归纳在里头,我们于是知道凡是辑录诗文的总集，都应该归在批评学之内。选录诗文的人，都各人显出一种鉴别去取的眼光，这正是具体的批评之表现。再者，总集之为批评学，还在诗文评专书发生之先。挚虞可以算得后来批评家的祖师。他一面根据他所分的门类，来选录诗文；一面又穷源溯流，来推求其中的利病。这是我国批评学的正式祖范。所以《隋书·经籍志》推他为总集的创始者，拿他来冠冕后来一切的总集和其他解释评论的书。后来人有的专著诗文评而不著诗文选，有的专作诗文选而不作诗文评，就没有一定了。我们如果再从势力影响上来讲，总集的势力，又远在诗文评专书之上。像《文心雕龙》《诗品》这种括囊大典的论断，虽然是人人所推戴，但是事实上实在不曾推动某一时的作风。像《文选》，像《瀛奎律髓》，像《唐宋八大家文钞》，这些书就不同了；它们都曾经各演出一番长远的势力，作者都曾经拿各人自己特殊的眼光，推动一时代的诗文风气。所以"总集"在批评学史中，实占着很重要的部分，这一层我们不可不注意。《唐书》以后的《艺文志》中，又分立了"总集"和"文史"两类，"文史"附在"总集"之后，凡是诗文评的专书，都归在"文史"一类。到清朝《四库全书》就有"总集"和"诗文评"二类了。一脉相承，本都是原本《隋书·经籍志》的义例，但因此不免略引起学者的误会。研究文学批评学的人，往往只理会那些诗话文话，而忽略了那些重要的总集了。其实有许多诗话文话，都是前人随便当作闲谈而写的,至于严立各人批评的规模,往往都在选录诗文的时候,才锱铢称量出来。

批评家固然站在旁观的地位,但是天下事往往要身历其境的人,才能说得清楚,隔岸观火,终不能得其究竟。我们时常听见人家说"眼高手低",又有人说"眼有神,笔有思",这就是说只能批评而不能动笔。这种人比较既能评又能作的人,就不免相差一筹了。各大家的诗文集里,往往有不少精心结撰的论文之言;以作家的眼孔,论作家的文章,对于其中甘苦之情,更能说得透彻。这些可宝贵的材料,更是不得不研究的了。

我这本书,大概是本着以上各点做叙述的义例。大致是以史的线索为经,以横推各家的义蕴为纬。力不从心,不见得能够办到和自己的期望一样。但是无论如何,这部书不过个引子。研究中国的文学批评,还有待于更邃密的努力。至于采用我的方法,或不采用我的方法,那自然不必一定;如果研究的时候,能够拿我的方法,略略参考一下,那么,我这书就不为白做了。即便完全赞成我这书的人,我也希望他不要以为得着这一部书,就可以知道中国文学批评的总相,我希望他把古今来论文的原书,仍要自己去一部一部地用心看过。赅括的叙述,终于不能使人满足的。

杜甫有两句诗说得好:"文章千古事,得失寸心知。"这两句诗,可以算是文学批评中的"微言"。本来文章的好坏,和作者用心的曲折,不一定都是旁人所能批评得到的。这个意思,我们不可不知道。知道这个意思,就可以明白我们所需要于批评家者,究竟为了什么。我在前面说过,人人有批评的本能,有的心知而不能口达,有的含苞而有待于点化;但是我们务必牢记在心,我们所需要于批评家者,正是恰恰到他能代达能点化而止,不是执着他人的批评而忘了我们自己也能批评的本能。换一句话说,不过是借他们的帮助,来引起自己的思想罢了。专听人家的批评,不管他于心安不安;或者听人家一句批评,不能触类旁通引出自己许多批评来;又或者听了人家对于某种文学的批评,就自以为可以完全认识那种文学而不肯用一点脑筋去自己研究,这几种人都是自失其本能,把工具当作目的了。那些有背景戴有色眼镜的批评家,正是要找得这几种人做信徒了。老杜"得失寸心知"之叹,大概也是有感而发的。他这两句诗,实在值得我们吟咏。凡是研究文学批评的人,随时顾到自己的批评本能,那才是上上等!

卷上

文

# 一 《尚书》中最早的诗的欣赏谈

我国古时的经典，乃至于诸子百家的书，都不能专门当作文学看。古代也没有专门的文学批评家。比较可以专当文学看的，就是太史公所说的古诗三千余篇和我们现在所有的《诗》三百篇。所以我们要研究中国的古代文学批评，就应当把古代论诗的话，来寻索一番，找出它的条理和他们批评所根据的基点，就自然可以得到古时人鉴赏文学和辨别美恶的方法。这些批评，虽然散在各书，只是零星的单词片义，但是往往影响很大；后来人的文学论评，都时时上推到这些古义，拿它做出发点。

诗的起源，大概是很早。郑康成《诗谱序》里说："诗之兴也，谅不于上皇之世。大庭、轩辕逮于高辛，其时有亡，载籍亦蔑云焉。《虞书》曰：'诗言志，歌永言，声依永，律和声。'然则诗之道仿于此乎。"这就是说大庭、轩辕以来大概就有诗。到唐虞的时候，更是有据了。这些诗，不是现在所存的三百篇。三百篇外，古来的诗本多丧失。《论语》《礼记》《左传》里引逸诗很多。司马迁《孔子世家》也说："古诗三千余篇。"古时这样多的诗，恐怕没有到孔子的时候，已经散失很多了。这些诗虽然不存，但是我们有了《虞书》所载加于这些诗上的批评，也就十分可宝咧。

"诗言志，歌永言，声依永，律和声，八音克谐，无相夺伦，神人以和。"这是《尚书·虞书》里的话。舜命夔典乐，教胄子，告诉他这几句话，从诗的创作到诗的格律，从作者方面到读者方面，一一都讲到了。但他实在是偏重用诗一方面——就是欣赏方面——的话。他的大义，是说诗本是自言己志的东西。习诗可以使人生长志意，所以教胄子以诗言志，可以导胄子之志，使他们有所开悟。作诗的人，直言不足以申意，所以要长歌之。教胄子令歌咏其诗之义以长其言。长歌必有声音之曲折。声音曲折皆合于律，就叫作和。（根据孔安国的《传》、孔颖达的《疏》的解释。）用这样方法，才可以领会到诗的好处，得到诗的用处。使读者的志意，作者的志意，听者的志意，三者融合成一片，然后就可以互相感应，可以移易性情，可以神人以和了。所以"直而温，宽而栗，刚而无虐，简而无傲"，都是从欣赏诗而得的结果。舜命夔教胄子学诗，就是拿这个做目标了。郑康成《诗谱序》引《虞书》"诗言志"几句话，以为诗之道放于此。孔颖达在《诗谱疏》里说："郑所谓'仿于此'者，谓今诵美讥过之诗，其道始于此，非初作讴歌始于此。讴歌之初，则疑其起自大庭时矣。"也是说舜论诗的话，是就诗之作用而言，不是专说作诗的本始。

郑的意思，以为后世往往以诗来规谏，或以诗来赞美，都是从舜这几句话里生出来的道理。因为舜说诗以言志，又长言咏歌引声协律以畅达这个志，能够这样，自然听的人更容易感动；无论赞美或规谏，都可以得宜了。

再者，古诗皆以入乐。音乐本是由人心生的。《礼记·乐记》里说："凡音之起由人心生也。人心之动，物使之然也。感于物而动，故形于声。声相应，故生变。变成方，谓之音。比音而乐之，及干戚羽旄，谓之乐。"诗是人的心声，由曲折酣畅的节奏以畅达出来。所谓音乐，就是拿种种金石丝竹的器具，来描摹这曲折有节奏的心声，或是为这心声来助势。所以孔颖达在《诗谱疏》里说："大庭、轩辕疑其有诗者，大庭以还，渐有乐器。乐器之音逐为人辞，则是为诗之渐。"但是社会由野而渐及于文，人的诗，当然也由简单质直而进为郁郁有文，而音乐也不免由粗糙笨拙而进为精密。音乐虽逐人而生，虽然先有徒歌的诗，而后才有合诗的乐，但是到了后来，诗与音乐实相为因果。音乐固逐诗而成，诗也恐怕要以中于尽美尽善的乐律者为上。舜命夔的话，从"诗言志"一直说到"八音克谐，无相夺伦"，正是注重于诗要协律。诗的节奏，克谐八音而不夺伦的为上。反过来说，就是音节不谐而夺伦的，自然就不是好诗了。舜的时候的音乐，比较太古的蒉桴土鼓，当然进步得多。《尚书·皋陶谟》里称舜时的音乐，有"箫韶九成，凤凰来仪"的话。后来孔子也有在齐闻《韶》，三月不知肉味的事。舜时音乐之美,总是可信。那个时候的声调谱,究竟是什么样子,我们固无从知道;后来像沈约一直到赵执信,所有《四声谱》《声调谱》之类,当然不能比附这种意义。但是舜这几句话,无论如何,也是开后来论诗言声律的先声。

## 二 《周礼》分别诗的品类

《尚书》里所论的诗，自然不是特别指某篇诗或某人的诗而言。舜所说的是通论诗的全体。那时诗的品类分部如何，剖音析律的方法如何，我们难知其详。到了周朝，所谓郁郁有文的时候，诗与乐都大备了。对于诗之一物，就有很精密的衡量。郑康成的《六艺论》中说："唐虞始造其初。至周分为六诗。"（孔颖达《诗谱疏》引）我们看《周礼·春官》有"太师教六诗。曰风，曰赋，曰比，曰兴，曰雅，曰颂。以六德为之本。以六律为之音"。这些话，比《舜典》里论诗的话不同。《舜典》里是说诗之所由生与诗之为用，语意很浑括的。这《周礼》的话，是讲到诗的精细的格律和品类分部了。这里的六诗，并不完全就是现在的"三百篇"。因为《周礼》一书，相传是周公所定的制度。现在的"三百篇"中几乎大半是周公以后的诗。所以六诗之分，是周初周公的事。他所编订的六诗，大概除了现在"三百篇"中关于文王时候的诗而外，都是周以前的诗了。但这样六诗的分法，后来周朝还是一直遵从。因为周朝前后一切的制度，《周礼》这部书，总是备其大凡了。

我们看后来吴季札观诗的时候，诗的编类也和《周礼》一样。我们现在单就这《周礼》里论诗的话来研究。

本来六诗之目，也见于后来的《诗·大序》。但是他那里称作六义。他所解说，是注重义的一方面。这《周礼》称作六诗，连带下文所说的六律，是注重声律一方面。古时，诗与乐不能分。一说到诗，就是和乐夹在一起。上边所引《虞书》和这里《周礼》的话，都是如此。《周礼》风、雅、颂、赋、比、兴的分目，当然也有义理在内。他把当时所有的诗，分为六部。照郑康成的注，"风，言圣贤治道之遗化也。赋，言铺陈今之政教善恶。比，见今之失不敢直言，取比类言之。兴，见今之美嫌于媚谀，取善事以喻劝之。雅，言今之正者以为后世法。颂，诵今之德广以美之"。这是他分部的意义。这些意义，也与后来《诗·大序》微有不同。《诗·大序》是兼正风正雅变风变雅而言。《毛诗》中正风正雅，都是文王时候的诗。变风变雅，都是文王、周公以后的诗。《周礼》所说的，专言正风正雅。所以孔颖达《周礼·太师》疏，也说郑康成是据二南、正风与雅中之《鹿鸣》《文王》等篇而言。像邶、鄘、卫诸国的风，和雅中的美宣王刺幽、厉等诗，当然不是周公的时候所能采的了。这些关于六诗的义理方面的话，留到将来再说。周公采诗，本以入乐为主。郑康成《仪礼·乡饮酒》注说："昔周之兴也，周公制礼作乐，采时世之诗以为乐歌，所以通情相风切也。"所以他这六诗的分目，总是以声律为主。大概风雅颂尤为诗律的定体。孔颖达《诗·大序》疏说："风雅颂者，诗篇之异体。赋比兴者，诗文之异辞耳。"风雅颂，实是声音之不同。孙诒让《周礼正义·春官·籥章》疏说："风者，各以其国之方言为声也。二雅者，以王都之正言为声也。颂者，荐之郊庙，则其考声尤严，若后世宫庙大乐之声也。"又说：《春官·籥章》所谓吹《豳诗》吹《豳雅》吹《豳颂》，以《七月》一篇，而有三种吹法者，"以豳之土音为声，为吹《豳诗》。以王畿之正音为诗，为吹《豳雅》。以宫庙大乐之音为声，为吹《豳颂》"。这完全是声律不同的说法了。所以《周礼》说六声，所注重的是"六德为之本，六律为之音"。诗是性情的表现。有各种性情，就有各种诗。要诗好，先要正性情。所以要以六德为之本。六德，照郑康成的解释，就是智仁圣义中和。"所教诗，必有知仁圣义中和之道，乃后可教以乐歌。"孔颖达的疏说："凡受教必以行为本；故使先有六德为本，乃可习六诗也。"这就是说，诗既是言志的东西，这个志，应当先求它端正。有智仁圣义中和的志，然后诗的根本才算建立。但是人的性情气质，各有不同，所表现出来的诗也自然有异。而读诗的人，也各就性情气质的偏近，各有契合。所谓"以六律为之音"，照郑注的说法，就是"以律视其人为之音，知其宜何歌"。《礼记·乐记》里有"师乙曰，宽而静，柔而正者，宜歌颂。广大而静，疏达而信者，宜歌大雅。恭俭而好礼者，宜歌小雅。正直而静,廉而谦者,宜歌风"。这就是"以六律为之音"的解释。歌者固然各有所宜;而在诗的本身方面,也就是说颂的声律,是宽静柔正;大雅的声律,是广大疏达;小雅的声律,是恭俭;风的声律,是正静廉谦。

总而言之,《周礼》这几句论诗的话,本来也和《虞书》里的话大致相同,但是精密多了。总括起来说,《周礼》的意思,就是以为诗虽是言志,而构造出来的语气,就形成声调。就声调之宽柔廉俭不同,可以知道诗人各个的志性。所以就声调之不同而为之分部,习诗的人,也可以各就性之所近,涵泳而有得了。

## 三　吴季札的诗史观

到春秋时候，吴季札对于全部的风雅颂，以政俗兴衰的眼光加以批评，是古代最有系统的具体的诗评了。《左传》襄公二十九年，吴公子札到鲁国来聘问。他要观周乐。于是鲁国人就命乐工为之歌诗，从周南、召南、邶、鄘、卫等十五国风，一直歌到大小雅及颂。他所观的诗的名目，编次（略有不同），内容，都和后来孔子所订的"三百篇"一样；大概孔子所订的"三百篇"，也是根据旧日的蓝本而略有刊定。季札听见歌诗，就因诗而论及各国的成败兴衰；这是超出《尚书》《周礼》论诗的范围以外。我们看后人说杜甫是诗史（《新唐书·杜甫传》），因为他的诗善陈时事，诗中有史笔，就他的诗，可以观察当时政治风俗的得失；这种看诗的方法，实在是吴季札开其端了。但是我前面说过，古时说到诗，就和乐夹在一起。所以季札的观诗，我们不要误会以为和现在的人手里拿着诗本子寻行数墨专读文字的一样。他那时，是把诗唱出来给他听，并且有许多乐器来助唱诗的声调。好像现在戏台上唱戏，将剧本上的词句，由声歌管弦之会表达出来，如此才有意味，听的人，才能有深刻的感动。不然,照着剧本白白地看一遍文字,是没有味的。关于这一层,季札的看法,也和《虞书》《周礼》里所注意的差不多。总是从长歌咏叹声调之美恶中,领略诗人的思致和诗人所受环境的影响。不过所说的方面较多一点。他所评的,有好几层。一曰声调的概论。例如听见邶、鄘、卫的诗,说他"渊乎";听见齐诗,说他"泱泱乎";说秦风是"夏声";说大雅是"熙熙乎",这些都是统论那一类诗的声调。二曰诗调的品格。例如说郑风"其细已甚";说豳风"乐而不淫";说魏风"大而婉,险而易行",说小雅"思而不贰,怨而不言";说大雅"曲而有直体";说颂"直而不倨,曲而不屈……"。三曰诗的思潮。例如听邶、鄘、卫风,以为是"康叔武公之德";听王风以为"其周之东乎";听唐风以为"其有陶唐氏之遗民乎,不然,何忧之远也。非令德之后,谁能若是";听小雅以为"其周德之衰乎,犹有先王之遗民焉";听大雅说:"其文王之德乎。"听颂,以为"盛德之所同也"。这都是推论诗人的思潮,认为这些诗是受这些潮流所激荡而生的。四曰诗的影响。以为声音之感召,于人事上大有影响。就某种声音,可以推测将来影响于政俗或风化上是如何的情状。例如说郑风"其细已甚,民弗堪也,是其先亡乎";听齐风,以为"表东海者其太公乎,国未可量也";又说秦风"能夏则大";说魏风"以德辅此,则明主也";说陈风"国无主,其能久乎"。他这几层,是一贯的看法。由声调的总衡量,进而考究诗品与诗格,然后上推他的思潮,下论他的影响。如此,就构成他全部精密的诗史观了。后来人评论诗文,从这里得了许多法门。

## 四 《左传》的诗本事

后来诗评里,有一种说本事的,像唐孟棨的《本事诗》,说明作诗的人因某事而作某诗,使读者容易领会他的意义。这本是取法于《毛诗》小序。再上推之,实在是由《左传》开其端。

古时没有个人诗集文集的流传。所有各地方的诗,都由朝廷上采集拢来,做两种用处。一以编为乐歌,就是前面所引郑康成《仪礼》注,谓"周公采诗以为乐歌"之用。又一种,是采诗以观各地方的民风。就是《礼记·王制》里所说:"命太师陈诗,以观民风。"郑注说:"陈诗谓采其诗而观之。"这两种都是说采诗的用处。但是这些诗,用的时候,是由乐官把他歌出来(太师也是乐官,陈诗的时候,当然也是唱出来),而平日这些诗,都经过史官考究过的。所以《诗·大序》说:"国史明乎得失之迹。"而孔颖达疏也说:国史对于这些诗"明其好恶……选取付乐官",就是说国史知道诗人心中所指的事。所以后来也有人根据《诗·大序》这句话,认为《诗序》是国史所作(看朱子《诗序辨》)。史官既然熟于各地掌故,对于诗的本事,自然容易考明。左丘明也本是史官（杜预《春秋左传集解》序里说"身为国史"），《左传》里时时说到诗本事，不为无故咧。

《左传》时时说到诗，叙朝聘会盟的时候，往往多有赋诗。但有些赋诗，是说赋诗见志，引现成的诗，以表见自己的志意，不是自己作诗。至于说某人自己作诗，也有好几处，那就十分有意义了。本来，诗与史的关系很密切。读诗而不读史，对于事实的环境，不能深知，就不能深得诗旨。但史是直叙事实；诗是因事实环境深有感触而发表情感，使人读着如身历其境。所以读史又兼读诗，就更可以对于当时的事实，有深刻的印象。这种诗史相通之义，无论读后来何代的诗，都应当知道。《左传》说到诗本事，就是深深地告诉我们这个意义了。《左传》隐公三年："卫庄公娶于齐东宫得臣之妹曰庄姜，美而无子；卫人所为赋《硕人》也。"这个赋诗，是说作诗，不是引诗。庄姜贤而无子，因此卫庄公又娶厉妫和戴妫，生了些儿子。又和一嬖人生了州吁。既没有嫡子，所以这些庶子，互相争位，引起数世之祸。《左传》叙这些事，说得很沉痛。但他于"庄姜贤而无子"下，就点出"卫人所为赋《硕人》也"一句，看来好像于叙事无关，而实则这一句更是加重之笔。他的意思是说卫国数世之祸，都因庄姜无子所致，这个关系很重大的。庄姜既贤且美，其所以无子的缘故，因为庄公惑于嬖妾，不理庄姜。庄姜出身高贵，她虽是一妇人，而关心国家兴衰，性情十分恺恻；看《毛诗》里《邶风·燕燕》和《绿衣》诸篇可以知道。无奈庄公不明白，不和她亲近；卫国当时人，早已"闵而忧之"（《硕人》诗序），这是当时卫国史上一个最重要的可歌可泣的事。《左传》叙到这里，就说起卫国人当时因此作首《硕人》的诗，就是特别告诉人这件事的重要，的确有可歌可泣的地方。指点人读史到此，应将《硕人》那首诗参看一番，然后对于那时的情况和许多曲折的内容，更可以了然了。这岂不是示人以诗与史相通的要义吗？岂不是最好的诗本事吗？

又闵公二年："冬十二月，狄人伐卫。……遂灭卫。卫之遗民……立戴公以庐于曹。许穆夫人赋《载驰》。齐侯使公子无亏帅车三百乘，甲士三千人，以戍曹。"这里又是说《诗经》中《载驰》那首诗的本事。他这里的用意，是说卫国这时候君死国亡，只剩下遗民五千人，勉强立了一个君，跑到一个偏僻的小邑去建都，情形危险极了，人民、土地、财产，都几于荡尽，非有别国的资助，绝无复兴之望。许穆公的夫人是卫戴公的姊妹，感叹自己所嫁的许国势力太小，不能有救于母国，哀痛之至，作了这首诗，诗中有"控于大邦，谁因谁极"的话。读史到这里，参看那首诗，就可以深知那时卫国危急待救的迫切，和戴公许穆夫人诸兄弟姊妹同心协力以图复兴的志事。所以下文就紧接着齐侯居然来帮助的话，也正是许穆夫人意中所求祷希望的事。在《左传》，是一直叙下来，点出诗本事，以加重他文章的精神。在我们读《载驰》诗的人,本来已感觉这首诗的委婉凄凉,得着《左传》的本事,又更为惊心动魄了。

又闵公二年,有"郑人恶高克。使帅师次于河上,久而弗召。师溃而归。高克奔陈。郑人为之赋《清人》"。这几句话,尤其好像是专为《清人》诗作本事了。

本来,诗本事的好处,是要发明作诗者发生情感的事由。这种事由,是诗本文之内所没有讲的,必待于说明,如果诗中已讲出来,就不用本事了。所以孟棨《本事诗》序说:"其间触事兴咏,尤所钟情。不有发挥,孰明厥义?"《左传》说明这几首诗的缘起,都恰能疏导这几个作诗的人所感触的事境,妙达文外之意。凡文学所以要批评,因为我们可以借助于批评,更容易领会文学的本身。诗本事这一类的书,列于文学批评之类,也是本于这个道理。像白香山的《长恨歌》,那种长庆体的诗,诗中都把事实说尽了,哪里用得着陈鸿那篇《长恨歌传》呢?

## 五　古时对于理论文和"行人"辞令的批评

　　上面都是说古代的诗评，其次就要讲到孔子个人论诗的话了。左丘明虽然与孔子同时，但他本是史官，他所述的，都是将旧史编定起来的，所以也把他归在上面讲了。孔子对于诗，有很重要的工作，弟子相传，议论极多，我们应该特别注意。在未讲到孔子的诗论以前，我们先将古时对于散文的评论，考究一下。

　　我上面说过，古时经典，本非专门的文学书，也没有专门文学批评家。但是经典的话，含义甚多，我们现在拿文学眼光抽出几句来讲，也未尝不可以得很好的批评原理咧。

　　文章体裁，大概可括为三类：一是著述，二是告语，三是记载。曾国藩《经史百家杂钞》是这样分法，是很得要领的。诗赋都可以包括在著述类。论理论事都是理论文，也是著述类。行人辞令，好像后来的书疏来往，是归在告语一门。再次就是记事记物的文了。上面所讲古时的诗评，和将来要讲的孔子的诗评，都是对于著述文的批评。现在来讲古时对于著述类中理论文的批评和对于告语类的批评。

## 五 古时对于理论文和"行人"辞令的批评

古书上论文的话，本来很多。像《周易·艮卦》说："言有序。"《家人卦》："言有物。"《尚书·毕命》："辞尚体要。"《左传》襄公二十五年引孔子的话："言以足志，文以足言。不言谁知其志？言之无文，行而不远。"《论语》说："辞达而已矣。"这许多话，都是后来论文的出发点；但是也论不胜论。又都是很浑括的主张，不是具体的批评。我们不必繁为比附。现在所讲的，是专拣具体的，有条理的，有所专指的批评。

《周易·系辞下》篇说："将叛者其辞惭。中心疑者其辞枝。吉人之辞寡。躁人之辞多。诬善之人其辞游。失其守者其辞屈。"这几句话，就是对于一切理论文最精密的批评了。《易经》的道理当然很多，但是不妨说它也是理论文的始祖。《颜氏家训》也说："序述论议，生于《易》者也。"所以《系辞》推论《易经》所以示人的道理，最后就说出这几句话来。说到论之一体，刘勰《文心雕龙》里，有几句说得极好。他说："原夫论之为体，所以辨正然否，穷于有数，返于无形，钻坚求通，钩深取极，乃百虑之筌蹄，万事之权衡也。故其义贵圆通，辞忌枝碎。必使心与理合，弥缝莫见其隙；辞共心密，敌人不知所乘，斯其要也。是以论如析薪，贵能破理。斤利者越理而横断，辞辨者反义而取通。览文虽巧，而检迹如妄。唯君子能通天下之志，安可以曲论哉？"刘氏这一段话，真可算是《系辞》那几句话的确诂。一切的文章，本都是人的内心的表现。

所以批评一切文章，都从作者的为人来着眼，才是高人一招。论之外，其他的文章，如诗、告语类的文章，本也是如此。但是诗的意思最含蓄，告人之文，多少有些环境和客观的关系；只有论之一体，是完全主观的、直质的、内心的表现了。所以对于论的看法，更要注重人的根本。因为不从这一点看，高下就难得标准。诸子百家之著书，都是发挥心中的理论，但是不能说他们中间没有高下。心中的道理有高下，文章也有高下。近人章炳麟《国故论衡》里，对于论的文体，分别儒家的论、纵横家的论、法家的论种种。这种拿古人著作分别家数的办法，本有《汉书·艺文志》分得最清楚，但不是照文体而分的。然而就《艺文志》所讲各家的得失而看，也可以参证他们的文章美恶。《艺文志》说："儒家者流，游文于六经之中，留意于仁义之表。……于道为最高。"又说："孔子曰：'如有所誉，其有所试。'唐虞之隆，殷周之盛，仲尼之业，已试之效者也。"这就是说，儒家有这样高醇的学养，所重又在立德立功，而不重在立言。我们就可以知道儒家的文章，是这样的本原。儒家不得已而有言的时候，就称心而谈，没有徇人之见，话说到尽意而止，不必烦言取悦。所以我们看《论语》《孟子》和汉朝董仲舒、刘向那些儒家的论著，都有宽宏简当优游不迫的气味，就是这个缘故。那么，我们拿《系辞》里的话来一比，就是所谓"吉人之辞寡"了。《艺文志》说到纵横家，以为"邪人为之，则上诈谖而弃其

## 五 古时对于理论文和"行人"辞令的批评

信"。这就是说纵横家之末流，都是以巧辞炫人，卖弄自己以取悦于人。我们看苏秦、张仪的那些文章，都是一片揣摹利害的机心，反复辩论，烦碎而放恣，实在都不是诚意，不本于道义。这又是《系辞》所说"躁人之辞多。诬善之人其辞游"了。诸如此类，我们把它引申起来，对于古今一切的论著，用这样法子去审察，就可以知道《系辞》这几句话所赅括的很多，而又深探文心。后来孟子有"知言养气"的话，就是从这里脱胎。而且这一种的批评原理，一直到后世，都有极大的权威咧。

告语之文，是将自己的意思告诉别人，除了私人随便谈心外，还往往希望自己的话人家听了，可以收一种效果。这就是辞令的用处。后来的书札疏牍，都是这一类。古时对于一切文学，都不看作私人随便玩悦的东西，都视为社会上有用的东西。因此，所有的批评，都是从源头上或效用上着眼。很少说到文学本身的技艺。但是辞令这种东西，不像其他的文章，专明自己的理。像论著一类的文章，都是作者直诉胸襟的作品；记载一类的文章，又是为着永久传后之用，都和辞令文的性质不同。辞令的用处，是要当前见效，总有希望人家见听的意思。希望人家见听，当然要设法引人入胜，所以对于辞气的构造，就不可不商量，不可不说到本身的技术了。各国互相往来，使者聘问（专做出使的官就叫作行人，《周礼》有"大行人""小行人"），关系很为重要。即使两国开战的时候，也仍有使者往来。所以使者的辞令,一言可以致福,一言可以致祸,可以斡旋危难,可以敦睦邦交。凡一切政治上的文字,都有这种情形。《仪礼·聘礼》中说:"辞无常,孙而说。辞多则史,少则不达。辞苟足以达,义之至也。"我们就可以知道,使者在外的辞令,要随事变通以应付当前的事态,要言不烦而可以达意,使人听了可以动容;要落落大方,中于机宜,立言得体。不要絮絮叨叨的烦文,不要不真切的浮藻和呆板重赘的烂套。像那些专门守死书的史策史祝,先写好了几句话,到时照念一遍,就不是临机应变有济世才的人所应当学的了。我拿个比喻来说,譬如现在讣文上"……不自陨灭,祸延显考",或者"寒门不幸,蹇及元配",这些都是烂套浮藻,就等于古时史策史祝之言。如若真正对于朋友亲戚写封告哀的信,或见面哭诉哀痛,当然不是这些烂套所能表达衷情的。《论语》里"质胜文则野,文胜质则史,文质彬彬,然后君子",本也和《仪礼》这些话,大致同意;但《仪礼》此处所讲的,是专有所指的批评了。《左传》一书,记各国使臣的辞令,可谓极其大观。像齐桓公召陵之战,楚国屈完的口才,虽管仲亦无奈他何,结果齐桓也只好罢兵。晋国的叔向到楚国来(昭公五年),楚王一肚皮骄矜寻衅的心,都为他化为乌有。这都是卓卓可传的大辞令家,无非是立言得体,合于《仪礼》里所谓"义之至"的道理。又昭公十二年:"楚子围徐,次于乾溪。"这时楚王穷兵黩武之欲,盛到极点。子革想谏阻他,正和楚王说话的时候，左史倚相在前面走过。楚王顺口夸赞左史倚相"能读三坟五典八索九丘"。子革就引起周穆王的事，说曾经问过倚相，他都不能回答，何能知道远古的事。于是子革自己就将穆王的事说出来，楚王听了，才大受感动。这里子革固然是借题发挥，不必一定就是骂左史倚相，但是我们不妨拿来做《仪礼》上那几句话的注疏，可见守文的"史"，不如"孙而说"的辞令家了。如果这个读书渊博的倚相，能够劝阻楚王，也用不着子革来讲话了。

至于记载类的文章，古书上讲到的也多，譬如《尚书·益稷》里"书用识哉"，好像就是讲彰善瘅恶的史笔。老子《道德经》里"信言不美，美言不信"；老子是史官，他这话也可看作记史的大例，记载的文，以质而不诬者为上了。此外孔子作《春秋》，门弟子所作的《传》中，说到书法凡例和用笔的大义，开后来史传文多少的法门，那更多了。但这些话的性质太专门了，不必多论。

## 六　孔门的诗教


　　我前边说过,古代的经典,比较以《诗经》为专门的文学书。所以我现在还要讲到《诗》的批评——孔子的《诗》论。孔子述六经,其用意的方面很多;但是孔门教弟子,分明有文学一科。子游、子夏并且专长文学。可见孔子的论文的话,比较古书上那些单义孤证,更为有系统,更可以深深研究了。但是孔子著书,自己讲过是"述而不作"。他述的时候,自有他的一番鉴别的眼光。不是把古书钞辑一番就了事。好像后来黄山谷说杜诗韩文"无一字无来处",尽管有来处,而仍不失为杜甫、韩愈自己的诗文(看《渔隐丛话》卷九)。孔子这些鉴别的眼光,自己固然也是偶然道及,例如《论语》中"诗三百……思无邪","可以兴,可以观……";伏生《尚书大传》里说孔子对于《尚书》的七观。这些话很多,但也是很浑括的。我们要详细研究孔子的文学批评,除了这些自己所说的而外,大部分要根据他门弟子所传的解释,和汉朝那些经生所传授的意义,才能详得其条理。《汉书》上说:"孔子没而微言绝,七十子丧而大义乖。"所以我们只好凭孔门授受下来较有凭据的解释来研究了。

孔子论《诗》的话，《论语》所记的很多。大致可分为三类：一是说《诗》的根本思想，例如，"诗三百，一言以蔽之曰，思无邪。"二是《诗》的品类，如"《关雎》之乱，洋洋乎盈耳哉"，"放郑声，远佞人，郑声淫，佞人殆"，"吾自卫反鲁，然后乐正，《雅》《颂》各得其所"，"《关雎》乐而不淫，哀而不伤"。三是《诗》的功用，如"《诗》，可以兴，可以观，可以群，可以怨；迩之事父，远之事君；多识于鸟兽草木之名"，"不学《诗》，无以言"，"人而不为《周南》《召南》，其犹正墙面而立也欤"，"诵诗三百，授之以政，不达，使于四方，不能专对，虽多，亦奚以为？""兴于《诗》"。此外尚有《礼记·经解》里引孔子所说的"温柔敦厚，《诗》教也"，也是说诗的功用。

这些批评，确是所包甚广；后来人论诗的话，百变不离其宗。但是我们若不拿后师所传的话来解释，对于其中义理，就难得畅晓了。

孔子是私门教授，不像舜和周公居位执政制礼作乐。所以《舜典》和《周礼》所讲的，比较是偏重音律；而孔门所传的，虽然也有不少论音律的，但是实在偏重义理的一方面了。

"思无邪"一句，是总论《诗》的思想，是根本的要义。这也和《虞书》里的"言志"，《周礼》里"六德为之本"，是一样的说法。本来古人看文章，都先从思想的根本上注意；上边引的《周易·系辞》，就吉人躁人，而论言辞之美恶，也是这样着眼。《诗》的"思无邪"，我们是承认的。我们看《周礼》分明说："六德为之本"，孔子删诗，也是"取可施于礼义"（《史记·孔子世家》的话）；所以凡是周公、孔子所录的诗，当然都是"思无邪"的了。不但这些所录的诗是这样，他还希望读诗的人，也本着"思无邪"的眼光去看，作诗的人，也本着"思无邪"的意思去作。这就是孔子说出这句话的意思。现在的《诗》三百篇，自然多是思想醇正，但这里有个小小的问题，就是那些郑、卫风的淫诗，是不是"思无邪"呢？这是历来经学家争论的焦点，若详细说来，不是短篇幅所能尽的。我现在只能说个大概。不过这个问题很重要，若没有一个正确的观念，在文学上会发生流弊的。西汉的经生，都算是孔子弟子的支流余裔。《诗经》的齐、鲁、韩、毛，都是如此的。齐、鲁、韩三家的诗说，都失传了。现在所传的，就是《毛传》。《毛诗序》对于那些说淫奔的诗，都说是诗人讥刺那些事的诗。照《诗·大序》的意思，以为这些变风的诗人，都是"达于事变，怀其旧俗"。他们作诗，都是想匡救世乱，或陈说古时的美政，希望当时的人反省，或指陈当时淫荒的事，希望听者悔悟；所以就直说出这些淫奔的情节了。后来朱子作《诗经集传》，不从《毛传》的解释，别创新解，以为这些诗，是淫奔者自己作的。朱子的意思，以为孔子删诗而录淫奔者之词，正是"严立其词以为戒",好像"《春秋》所记,无非乱臣贼子之事;盖不如是无以见当时风俗事变之实,而垂戒于将来"(朱子《诗序辨说》)。朱子这话,又经马贵舆《文献通考》里加以反驳,以为如果照朱子的话,"淫昏不检之人,发为放荡无耻之辞,其诗篇之多如此,夫子犹存之,则不知所删何等篇也"。后来驳朱子的人也多。他们的理由,都很烦的,不必多引。这两方所争的焦点,都是研究这些诗究竟是谁作的一个问题。其实关于孔子所以录这些直陈淫乱的诗的缘故,两方所说的,都不大离。我以为无论是淫奔者自己作的,或是别人作来讽刺的,孔子录诗的意思,无非是因他将这些坏事写了出来,可以使人借此观察这一国的风俗,可以鉴得失和兴衰。孔颖达《诗·大序》疏里说得很好。他说:"作诗止于礼义,则应言皆合礼。而变风所陈,多说奸淫之状者,男淫女奔,伤化败俗,诗人所陈者,皆乱状淫形,时政之疾病也。所言者(就是所以要说的意思),皆忠规切谏,救世之针药也。"孔子录这些诗,大概就是这个缘故;至于一定要追求是某人某人作的,本可不必。我们看《毛诗序》关于这些诗,只说是"刺奔也"(例如《卫风·桑中》),或说"刺乱也"(例如《郑风·溱洧》),就是使人知道是刺的意思罢了;何人所作,是不可考的。朱子后半截的话,并没有错,但前半截一定要定为是淫奔者自作,是可以不必的。说到这里,又有一点意思要注意。就是后世有些过于媟亵的诗文和那些诲淫诲盗的小说,难道也可以比附这个意义说是思无邪吗？这一层实在有点分寸。本来写实的文章很难作。写好的写得太好，近于饰词谄佞；写坏的写得太坏，就近于诲淫诲盗了。我现在引王船山一段话，来做这个问题的结论。王船山的《夕堂永日绪论》里说："艳诗有述欢好者，有述怨情者，'三百篇'亦所不废。顾皆流览而达其定情；非沉迷不反，以身为妖冶之媒也。嗣是作者如'荷叶罗裙一色裁'，'昨夜风开露井桃'，皆艳极而有所止。至如太白《乌栖曲》诸篇，则又寓意高远，尤为雅奏。其述怨情者，在汉人则有'青青河畔草，郁郁园中柳'，唐人则有'闺中少妇不知愁'，'西宫夜静百花香'，婉娈中自矜风轨。迨元（稹）白（居易）起而后将身化作妖冶女子，备述衾裯中丑态。杜牧之恶其蛊人心败风俗（《唐书·白居易传赞》引），非已甚也。"知道这个意思，就可以知道郑、卫的淫诗虽然是淫，孔子还收录不除，原是有点分寸的了。陶渊明的《闲情赋》尚且为昭明太子所讥，说是"白璧微瑕"（昭明太子《陶靖节集序》），没有收入《文选》；孔子录诗，当然更有鉴别了。录淫奔之诗，所以为鉴戒，这个道理，固然应当知道；这些诗虽是说淫奔而仍然没有诲淫，这一层也应当知道。知道这两层，就懂得孔子这句"思无邪"的总评了。

　　孔子对于诗分别品类而总为一集，这种工作，实是开后来"总集"之先声，也实是我国批评学中一大支派。凡是选录诗文的人，本不是随便杂抄，都有各人去取的眼光和义例。关于这种眼光和义例,有些人自己说出来,有些人自己未曾说出。即使未曾说出的人,他也有一种"不着一字,尽得风流"的批评眼光,暗示于人。好的"总集",往往主持一种文风,影响很大。萧统的《文选》,茅坤的《唐宋八大家文钞》,高棅的《唐诗品汇》,这许多有名的总集,岂不是各造风气而影响长久吗?这种工作,就是孔子开其端。孔子对于诗的品汇的话,像"《关雎》乐而不淫,哀而不伤","郑声淫"这些话,不过是泛论各类诗人乐时的声调,一时兴到之言,非严格的评文。最重要的就是"乐正,《雅》《颂》各得其所"那一句了。这句话的争论也多。有人说正乐与正诗不同,有人说正乐就是正诗,这些辩论很烦的。我们现在所注意的,是风、雅、颂这些分类的问题。风、雅、颂、赋、比、兴的分目,《周礼》里已经有了,不过那里是说声律和教人习诗的方法。孔子对于这些分类,就注重文义了。这种异点,我上边都讲过。我们现在所要知道的,正是孔子这种文义上的分析。欲详细研究,又不能不根据《毛诗》。《诗·大序》说:"诗有六义。"他的次序,也是风、赋、比、兴、雅、颂。又说:"是谓四始。"他的解释,是"上以风化下,下以风刺上,主文而谲谏,言之者无罪,闻之者足以戒,故曰风。雅者正也,言王政之所由废兴也。政有大小,故有《小雅》焉,有《大雅》焉。颂者,美盛德之形容,以其成功告于神明者也"。底下就接着说:"是谓四始,诗之至也。"这些话对于诗的各类的文义，较古时各种评论，精密得多了。孔子对于诗，自然有一番订文编类的功夫。《史记·孔子世家》说："古者诗三千余篇。及至孔子，去其重，取可施于礼义者……三百五篇。"这个话，孔颖达在《诗谱疏》里，加以驳议。以为"如《史记》言，则孔子以前诗篇多矣。按书传所引之诗，见在者多，亡逸者少；则孔子所录，不容十分去九"。后来这种争论也极多。其实《史记》的话，并不甚错。自《舜典》说诗起，一直到春秋时候，时间如此之长，难道除了殷周二代的《诗》三百篇而外，就没有诗吗？这些诗，到孔子的时候，还有存在的。我们看季札观乐，除了合于《诗》三百篇所有的而外，还观"舞《大夏》""舞《韶箾》"。古时诗乐合一，歌和舞不过是器具和仪式上的差异（《墨子》有歌诗三百、舞诗三百），而其所歌所舞的，都是诗。"舞《大夏》""舞《韶箾》"，不是还有虞、夏的诗吗？说孔子删诗，是靠得住的话。《汉书·艺文志》也说："孔子纯取周，上采殷，下取鲁。"他限于殷、周二代，所以虞、夏的诗，他都不要了。既曰"取"，又曰"采"，分明对于殷、周、鲁的诗，也有去取了。所以孔子不是钞胥，是评选诗文的祖师了。但孔子评选的义例是如何呢？我们可以说他有两种义例：一是正思想，二是辨体裁。正思想就是前面所说的"思无邪"，已经略略说明过。这辨体裁，就是六义、四始之分了。六义中，以风、雅、颂为外表上、大义上的差别，赋、比、兴为内容上、构造上的差别。孔颖达《诗·大序》疏说："赋之言铺也。铺陈善恶，则诗文直陈其事，不譬喻者，皆赋辞也，比者，比方于物；诸言如者，皆比辞也。兴者，托事于物，则兴者起也，取譬引类，起发己心，诗文诸举草木鸟兽以见意者，皆兴辞也。风、雅、颂者，诗篇之异体；赋、比、兴者，诗文之异辞耳。大小不同而得并为六义者，赋、比、兴，是诗之所用，风、雅、颂，是诗之成形。用彼三事，成此三事，是故同称为义，非别有篇卷也。"他这三经三纬之说，解得甚对。所以《诗》三百篇里只标出风、雅、颂的类目，而没有标出赋、比、兴的类目，就是这个道理。风、雅、颂，是立意；赋、比、兴，是用笔。本来一切文章，无论是讥刺（风，风也），是赞美（颂者，美盛德之形容），是不讥不赞的正说（雅者，正也，言王政所由兴衰也），那作的方法，不是老实铺陈（赋），就是借事比譬（比）；不是借事比譬，就是借端兴感（兴）。用笔的方法，总不外这三种。所以赋、比、兴的分目，是告诉我们评次文章，也要论及他内容的技术。至于风、雅、颂的标准，又是告诉我们凡为文章不要无所为而作，总要有关风教有关政俗的，才可以入选；不然，专说小己私情的文章，就没有多大意味了。顾亭林《日知录》里说："文须有益于天下。文之不可绝于天地间者，曰明道也，纪政事也，察民隐也，乐道人之善也；若此者，多一篇多一篇之益矣。若夫怪力乱神之事，无稽之言，剿袭之说，谀佞之文，若此者，有损于己，无益于人，多一篇多一篇之损矣。"他这个话，也是从孔子的诗教里出来的。至于四始之分，照郑康成的笺，"始者，王道兴衰所由"，实在简单说起来，就是说每一类中，按照事迹的次序而编定诗的先后。《史记·孔子世家》所说："《关雎》为风始，《鹿鸣》为小雅始……"也就是指他以始统终的篇次。再者六义的品目，也可以范围后世一切的诗。关于这种意思，自从汉朝淮南王说《离骚》出于国风、小雅，后来钟嵘《诗品》，也判定各家的诗，以为或出于风，或出于雅；而清代章学诚《文史通义·诗教》篇，说得更为宽广。他的意思，以为后世一切的文章，无论诗与文，都源于诗教，都是六义的支流；如果打破后世文集中拘于形貌的分类，都可以拿六义来分类的。这样看来，凡是评次文章，先辨别它的思想，再辨别它的功用，再次辨别它的体裁和内容技术之美恶，用这样法子去看，就是本于孔子的诗教，可以算得批评的准绳了。后来的总集，往往只能偏得一义，不能兼备许多眼光；例如《文选》专以"能文为本"而不重"立意为宗"，而明贺复征的《文章辨体汇选》，又珠砾兼收，只求备体，不管美恶，都是只得其一端咧。

至于孔子说到诗的效用，"可以兴，可以观，可以群，可以怨；迩之事父，远之事君；多识于鸟兽草木之名"。这一节话，是结晶之论，其余关于诗的功用的话，都可以包括在这里头。本来凡是作诗，文字上所表见的，不外情和景两样。言志言理，都是情，言风景言山川草木一切事物，都是景。或即景生情，或即情写景。这两样是交互的原素。我们看诗的人，从他所说的这两样，以溯求他的意志。也同时可以因他所说的这两样，引起我们自己的意志。这就是孔子这几句话的宗旨。简单说起来，就是凡看一首诗，这诗中所说的情景，不能使我们明白他的用意，又不能使我们有所感动，这就不是好诗。读他的诗，而看不出他的兴观群怨之怀，或引不出我们自己的兴观群怨之怀，这诗便是死诗。因为兴观群怨这几层，实包括人事上一切的情感。诗而没有情感，或不能引人的情感，还用诗做什么呢？人与人的关系，都是情感相维系的。人事的设施，也是情理相往来。情感情理的推动，是一切人事的根本。情感情理，以合于"温柔敦厚"的为妥当。所以推广起来，就可以"言"，可以"事父""事君"，可以"使于四方"，可以"授之以政"了。《论语》里说：孔子和子贡论贫富之德，而子贡就了解"如切如磋，如琢如磨"那两句的诗意；子夏问"巧笑倩兮……素以为绚兮"的诗意，而孔子告诉他"绘事后素"。这都是因诗人所说而明白诗人的意志。《周易·系辞》里说：孔子因"鸣鹤在阴"那几句诗，而推到"言行君子之枢机"。《礼记·大学》里说：孔子因"穆穆文王"那几句诗，推到"为人君止于仁，为人臣止于敬……"。这都是因诗人所说而引起自己的感想。后来孟子所说的"不以辞害意"和"以意逆志"，也是这两种看法。至于说到

"鸟兽草木之名",也不过是诗人借这些鸟兽草木,来托出自己的意思,就是即景生情,而不是堆砌辞藻毫无取意的。但是我们也可以就这些所说的鸟兽草木山川风土,知道当时社会上的事物实况,也是博物家所不废。再者,孔子这句话,又是告人作诗毕竟不能不借用辞藻,因为诗究竟是要含蓄,不像散文那样直质,又究竟是美的文学,也要有美的外表。所以《礼记·学记》也说:"不学博依,不能安《诗》。"郑康成的注说:"博依,广譬喻也。"就是这个意思。又董仲舒说(《史记·自序》引):"《诗》记山川溪谷、禽兽草木、牝牡雌雄,故长于风。"更是表明诗之所以能够感动人,就因为有这些有趣的材料了。但是辞藻典故也不可乱用,不可弄错。孔子这"多识于鸟兽草木之名"的"识"字,就是教人要弄清楚不要弄错的意思。我们看《孔子家语·好生》篇(王肃注本)说:"孔子曰:小辨害义,小言破道。《关雎》兴于鸟而君子美之,取其雌雄之有别。《鹿鸣》兴于兽而君子大之,取其得食而相呼,若以鸟兽之名嫌之,固不可行也。"这几句话,就是告诉我们"识"鸟兽草木之名的方法,就是说,凡用辞藻典故,要用得适合,而又不要拘泥了。后来刘勰《文心雕龙·比兴》篇说:"比类虽繁,以切至为贵;若刻鹄类鹜,则无所取焉。"《颜氏家训·文章》篇批评潘岳的赋里"雉鷕鷕以朝雊"和陆机的书里"有如孔怀",都是误用《毛诗》。这些话,都是有得于孔子之说。

以上都是就孔子自己的话，来加以发挥。至于孔门这一派相传的诗学，像孟子、荀子，也有偶然论诗的话。因为大致也不出孔子的范围，所以也不必条举细论。到汉朝就有齐、鲁、韩、毛四家的《诗》学。这四家中现在仅存的，只有一部《毛诗故训传》和一部《韩诗外传》。这都是自成一书，不是单词片义，而且各有特色，我们可以略为谈谈。毛公（名亨）的《传》，对于《诗》的文学方面所特别注重的，就是六义中的"兴"义。《毛传》对于六义，除了"兴"而外，都没有标明。他所标明的，例如"关关雎鸠，在河之洲"的底下，毛公就注明"兴也"。"南有樛木，葛藟累之"的底下，毛也注明"兴也"。他标明"兴"的共有一百六十条，而没有一条举明某句诗是"赋"或是"比"。后来笺《毛诗》的郑康成也说："篇中意多兴。"毛公所以只举"兴"而不举"比"的原因，照《文心雕龙·比兴》篇说，因为"风异而赋同，比显而兴隐"。后来孔颖达的《毛诗》疏，也以为"《毛传》特言兴，为其理隐故也"（《诗·大序》疏）。他们解得不错。本来"兴"之一义，是文学上最难得的境界。照孔颖达那个解释，"兴"是取譬引类，起发己心，实在就是随事感触，因物兴怀；虽是借物喻意，而所以有取于那个物的用意，含而不露，不要说破，使人含味而自得之。这就是兴的境界。《文心雕龙·比兴》篇特别推重"兴"义；他说："兴之托谕，婉而成章。称名也小，取类也大。"他并且叹息后世丧失"兴"

义,说:"炎汉虽盛,而辞人夸毗。诗刺道丧,故'兴'义销亡。"但"兴"之与"比",究竟有何分别呢?照上边所引孔颖达的解释,"比"是"比方于物","兴"是"取譬引类,起发己心";这两种不是差不多吗?但是事实上这两种,确是大有分别。"兴"之所以不同于"比",最要紧的就是下头这一句"起发己心"。例如《毛传》在"南有樛木,葛藟累之"的下面,就说是:"兴也,木下曲曰樛。"郑康成笺说:"木枝以下垂之故,葛藟得累而蔓之。兴者,喻后妃能以意下逮众妾,使得其次序,则众妾上附事之,而礼义亦俱盛",这就是表明《毛传》的意思,是说"南有樛木,葛藟累之"这两句之所以为"兴",是因为这两句能引起下面两句"乐只君子,福履绥之"的本意。有些地方,或者所引起的本意未曾说出,但无论如何是有本意的。《毛传》因为"兴"的意思很隐微,不容易看得出,所以就特别点明,这就是《毛传》之功,这就是他对于文学中"兴"义的大贡献了。至于"比"和"赋"的意思,十分明显,用不着注明。我们看孔颖达说:"比者比方于物,诸言如者皆是也。"照这样说来,譬如《卫风·硕人》章"手如柔荑,肤如凝脂……"这些句子,已经自己比譬得很明白,自然完全用不着注明。至于"赋"之写实,更不用说了。后来梅圣俞主张诗要"含不尽之意见于言外"(《六一诗话》引),和严沧浪《沧浪诗话》里所主张"盛唐诸人惟在兴趣,羚羊挂角,无迹可求,言有尽而意无穷",都仿佛得着

"兴"的意思。王渔洋论诗,也主张蕴藉含蓄而标出他的《唐贤三昧集》,总都是推"兴"之一义,为六义中之最高境界。再者"兴"之所以可贵,我们根据郑康成的解释,又可得一种道理。《周礼·太师》郑注说:"兴,见今之美,嫌于媚谀,取善事以喻劝之。"这样看来,"兴"的意思,是欢愉之情多,而愁苦之音少了。这"喻劝"二字,是说劝人守着这个美点不要失坠,而且可以为法于将来的意思。本来,后人往往说诗文穷而后工,又说诗文多是不平之鸣,这些话,不过偶然就其一端而言,不足为据。文学所以言志言情,人有喜怒哀乐之志,不能说一切皆是哀苦之音。韩愈《荆潭唱和诗序》里说:"夫和平之音淡薄,而愁思之声要妙;欢愉之辞难工,而穷苦之言易好也。"他这话说得最好。我们如知道这个道理,就可以知道"兴"之所以可贵。"三百篇"所以高于后世的诗,正因为多能用"兴";所以他那种和平之音,欢愉之辞,就独步千古,尤其那些所谓正风正雅,更为难及了。所以然者,正因他能叹美善政,不嫌其媚谀,而且可以为法于将来,笔致十分清美。例如正风的首章《关雎》一篇,《毛诗序》说是"后妃之德也,所以风(同讽)天下而正夫妇也",就是表明这首诗是叹美善事而劝人效法的。《毛传》注明《关雎》这首诗是"兴",也正足以表明诗人用笔的精神。齐、鲁、韩三家诗,有说《关雎》是刺诗的,其实也和《毛诗》的意思差不多,不过推广讽谕之意罢了(参看魏源《诗古微·毛诗义例》

篇)。作诗做到叹美而不肤阔，讽谕而不刻露，可以说是最高境界的诗了。王渔洋说："盛唐之诗，原非空壳大帽，其中蕴藉风流，包含万物。"他的门人张萧亭说："阐理敷词，成于意兴。严沧浪云：'南朝人尚词而病于理，宋人尚理而病于意兴，唐人尚意兴而理在其中。'善读者三复厥词。"(看《然灯记闻》和《师友诗传录》)这些话都足以为"兴"义张目。毛公专标此义，深有功于诗学了。

至于《韩诗外传》，可以算是后来诗话之先驱。又后来的诗有专尚理趣的，像《文心雕龙·明诗》篇所说："江左篇制，溺乎玄风。"以及后来欢喜说理的宋诗，都可以拿《韩诗外传》做他们开风气的祖师。我们看现在的传本《韩诗外传》前面，有一个陈明的序，序中说："孔孟每取《易》《诗》《书》中要语推广之，阐幽显微，以尽其蕴。"韩婴作《诗传》，"凡诸诗言约旨远者，悉肆力极致，上推天人之理，下及万物之情，以尽其意"。这几句话，可以说明《韩诗外传》的美点了。他这种诗话，虽然旁推理趣，断章取义，而不是发明本义，但是推衍诗句的义理，也未尝和本文无关。我们看《周易》《论语》《孟子》里引孔子、孟子解《诗》的话，多半也是用这样旁推义理的方法。韩婴是有所本的了。至于古人论诗文，本来很少专就本文之工拙上立论；所以他这诗话，自然和后人的诗话不同。后人讲《诗经》的，也偶有一二人用这个方法，像宋朝刘敞(《公是先生弟子记》里)，明末顾亭林(《日知录》里)，他们讲《诗经》,都往往推衍诗句的义理,或就诗句而别生感想,而王船山的《诗广传》,尤其是专摹《韩诗外传》的大著作了。

卷中

文

## 七 "三百篇"后骚赋代兴的时候的批评

古代论文的话,总是注重根本的思想、情感和作用,很少说到本身构造的技术,所以虽然是论文,实在是重义而不重文。我们看上边几章所说,可以知道。在"三百篇"后,骚和赋代兴的时候,批评家更拿这些古义做标准,来衡量这些骚赋。这种回光返照的势力,越可以显出古代文学观念的性质。

由春秋到了战国,诸子百家分头并起,各家的论著固然很多,但都是"立意为宗","不以能文为本"。只有屈原专作辞章,上承"三百篇"之流派,和其他诸子专著书谈理论者不同。我们可以说,古代文学一线之传,到了屈原的身上了。《诗》三百篇不算是个人文学,乃是国家文学、社会文学。因为这些诗是采来观风俗备乐歌,重在通观其全体,而无从篇篇考究个别的作者。列国聘问往来,赋诗见志,像《左传》上所记的,也都是把诗看作有用的东西。到后来,礼乐聘问,皆荒废不行,于是私人的吟咏就出头了。所以屈原以一私人辞赋而为文学之大宗,流风甚远,在当时楚国也"玮其文采,以相教传"(王逸《楚辞章句序》），就是这个道理。《汉书·艺文志》说："春秋之后，聘问歌咏不行于列国，学诗之士，逸在布衣，而贤人失志之赋作矣。大儒孙卿及楚臣屈原，离谗忧国，皆作赋以风，咸有恻隐古诗之义。"这一段话，正是诗和骚赋嬗递的历史。荀子的赋，在后来影响不大。屈原的《离骚》，就成为批评家重要的题目了。

自从孔子发出兴观群怨、温柔敦厚那些诗论以后，后人总以这些话为出发点，就是拿"温柔敦厚"的诗教来做标准。凡作品与"温柔敦厚"的意思相违背的地方，往往加以纠弹。这种看法，是很严格的。汉朝的武帝喜欢读《离骚》，命淮南王安为《离骚》作传。（《汉书·淮南王传》）淮南王安就对于《离骚》加以很重要的批评。他说：

> 国风好色而不淫，小雅怨悱而不乱，若《离骚》者，可谓兼之。蝉蜕浊秽之中，浮游尘埃之外，皭然泥而不滓。推此志，虽与日月争光可也！（王逸《楚辞章句》引班孟坚序中述淮南之言）

后来只有班固大加诋毁，说："屈原露才扬己，竞乎危国群小之间，以离谗贼。多称昆仑冥婚宓妃虚无之语，皆非法度之政，经义所载。谓之兼《诗》风、雅而与日月争光，过矣。"（王逸《楚辞章句》引班孟坚序）这是反对淮南王安的批评了。但是班固的话，毕竟不能成立。从王逸在

《楚辞章句序》里加以反驳，引《诗经》上的话，做屈原的护符；后来刘勰《文心雕龙·辨骚》篇，更有一番极畅的申论，可以作为淮南王安的话的注疏。他把《离骚》里的辞句摘出来，细加评量，分别其合于风、雅和不合于风、雅的地方。他说："将核其论，必征言焉。故其陈尧舜之耿介，称汤武之祗敬，典诰之体也。讥桀纣之猖披，伤羿浇之颠陨，规讽之旨也。虬龙以喻君子，云蜺以譬谗邪，比兴之义也。每一顾而掩涕，叹君门之九重，忠怨之辞也。观兹四事，同于风、雅者也。至于托云龙，说迂怪，丰隆求宓妃，鸩鸟媒娀女，诡异之辞也。康回倾地，夷羿彃日，木夫九首，土伯三目，谲怪之谈也。依彭咸之遗则，从子胥以自适，狷狭之志也。士女杂坐，乱而不分，指以为乐，娱酒不废，沉湎日夜，举以为欢，荒淫之意也。摘此四事，异乎经典者也。"他这样详细的剖析，可谓十分周密，都是上承古代批评家的风气，一切以风雅诗教做批评的绳尺，斤斤较量，皆根据这种严格的眼光。但刘勰对于这位《楚辞》的始祖——屈原——有几句总断的评论："论其典诰则如彼，语其夸诞则如此，固知《楚辞》者，体慢于三代，而风雅于战国，乃雅颂之博徒，而词赋之英杰也。观其骨鲠所树，肌肤所附，虽取熔经意，亦自铸伟辞。"这几句话，真可以算得屈原的定评。我把它抄在这里，足以补充淮南之言，为向来批评《离骚》的总汇了。本来大家的作品，总是自成面目。《离骚》固然是义本风雅，但毕竟是

"风雅博徒……词赋英杰……自铸伟辞"了。

《离骚》既为辞赋的先声,所以汉赋就因之而起。但汉人的赋,又更为丽靡。因此批评家又时时反顾诗教的古义,加以裁制。这些情形,皆可以证明我上文所说"这种回光返照的势力,越可以显出古代文学观念的性质"。

说到赋的流品,最重要的,就是扬雄那几句话。他说:

> 诗人之赋丽以则,辞人之赋丽以淫。如孔氏之门用赋也,则贾谊登堂,相如入室矣,如其不用何?(《法言·吾子》篇)
>
> 或问:"吾子少而好赋?"曰:"然,童子雕虫篆刻。"俄而曰:"壮夫不为也。"或曰:"赋可以讽乎?"曰:"讽则已,不已,吾恐不免于劝也。"(同上)

这都是觉得汉人的赋,比起"三百篇"或荀子、屈原的赋来,总是过于侈丽而埋没了讽谕的本意。因为古时总不把文学当作随便玩悦的东西,总要有益于人的思想行为。赋虽是宏美富丽,而作赋者,总是有所劝诫。譬如枚乘的《七发》开头,揣摹声色口腹的嗜好,其归结的意思,是希望太子闻"要言妙道"而"霍然病已";司马相如上《大人赋》,原来是欲谏止武帝之好神仙。但是为要引人入胜起见,先必美丽其辞,侈陈物欲,描写得天花乱坠,而最终才折以正义。这样一来,看的人往往为前幅所炫耀,流连而忘返,就不管后边的正义了。譬如后来人作小说,都说是寓言讽世。但是读《水浒传》的,多引起强暴不法的思想,有几个留心忠奸邪正之辨呢?读《石头记》的人,多溺于儿女的私情,有几个注意作者精心结撰的人生哲学呢?扬雄所说"讽则已,不已,吾恐不免于劝也",正是这个意思。李轨的《法言注》说:"言极其丽靡之辞,然后赋之以正。如其不已,乃复成劝;言不正也。"我们就可以知道扬雄的意思,是说赋家如果先极其丽靡之辞,而自谓可以使闻者生戒,恐怕是靠不住的。因为这些丽靡淫汰之辞,反而可以劝人为恶,而不见得能警诫人使不为恶。所以《汉书·扬雄传》里推论扬雄之意,说:"雄以为赋者将以风(同讽)也。必推类而言,极丽靡之辞,闳侈巨衍,竞于使人不能加也;既乃归之于正,然览者已过矣。往时武帝好神仙,相如上《大人赋》欲以风,帝反缥缥有凌云之志。由是言之,赋劝而不止明矣。"更解得清楚了。"诗人之赋丽以则,辞人之赋丽以淫",这两种赋的分别,就是一种有讽谕之意,一种过于丽靡而失却讽谕之意。严格说起来,贾谊、相如的赋,都是"丽以淫",都是孔门所不用的了。

但是,严格就不好的一方面说,这些辞人之赋,是"丽以淫";就好的一方面说,这些赋也自有它本身的价值。我们看《汉书·王褒传》里说,汉宣帝同武帝一样好辞赋,时时命褒等作辞赋歌颂。当时的人,多以为淫靡不急之务。宣帝说:"辞赋大者与古诗同义,小者辩丽可喜。譬如女工有绮縠，音乐有郑、卫，今世俗犹皆以此虞说耳目。辞赋比之，尚有仁义风谕，鸟兽草木多闻之观，贤于倡优博弈远矣。"这段话，可以调停两方面的评论。赋之评价，正是如此。讽谕仁义，是赋家的口号，而"辩丽可喜"，终是他所以能够立于文学之林为一大宗的特色。不过抱守诗教的人，想推崇一种作品，总要拿"温柔敦厚"来标榜这作品的价值，而对于"辩丽可喜"的地方，总是不屑于称说。司马迁在《司马相如传》后所批评的话，正是拿"温柔敦厚"的诗教，来高抬相如；对于相如赋"辩丽可喜"的地方，反视为应该掩护的弱点。他说："《春秋》推见至隐，《易》本隐以之显，《大雅》言王公大人而德逮黎庶，《小雅》讥小己之得失，其流及上，所言虽殊，其合德一也。相如虽多虚辞滥说，然要其归，引之于节俭，此与《诗》之讽谏何异。"这段话推崇相如的赋，以为合于诗教，那种虚辞滥说的地方，虽是小过，但认为他归宿的思想是好的了。

其实汉赋之所以昌盛，完全由于人主的嗜好，把它当作玩悦的东西。发生的缘由，已经和《诗》三百篇不同。而那些人主看待赋家，也不过当作排忧取乐的清客一样。枚皋"自悔类倡"（《汉书·枚乘传》），东方朔"俱在左右，诙啁而已"（《东方朔传》），扬雄讥刺那些赋家"颇似俳优"（《扬雄传》），又《严助传》里说："朔皋不根持论，上颇俳优蓄之。"这样看来，赋之作旨，无非是供人玩悦，体裁并不甚尊。不过作赋的人,究竟是文人学者,不是真正俳优。他们利用文学来讽议人主的行事,说得太直率,恐怕人主动怒,因而得祸,所以就故意多多地铺陈辞藻,使得他读着有趣,读到后面,或者也可以为篇终的正义所感动了。这样曲折矛盾的心理,就产生汉赋这种作品。这也和战国时候那些纵横策士巧言游说的风气差不多。像《诗》三百篇那样直陈善恶没有妨碍,这本是时代环境不同。赋家处在后来那种时代,不得不拿丽靡的文辞,来代替简质的古诗了。批评家一定要拿简质的古诗作法,和"温柔敦厚"的诗教,来衡量后来的辞赋,这不过是一统相传古代文学观念的特性,重义而不重文,一种回光返照的势力之大大的表现。其实赋的本身价值,还是在于"闳侈巨衍""极丽靡之辞""辩丽可喜"啊。

但是说到赋的价值,固是如此;而扬雄所指摘的毛病,仍是精确而不可拔。"极丽靡之辞……既乃归之于正……然览者已过矣。"正和我在卷上第六节《孔门的诗教》里所说写实文之难作和录淫奔之诗而仍然没有诲淫,那些道理所注重之点是一样的。读者再拿来比附着寻思一番,就可以深深认识所谓古代文学观念是如何地注重根本思想和作用了。

## 八　司马相如论赋家之心

上节是就"三百篇"后批评家那种牢守古义的态度略略谈及，使人知道这种回光返照的批评眼光是何等的有力。但是到这个时候，文学家对于文学，实在已经不能像古代那样专讲思想作用而不论本身的技术。因为文学已渐渐开辟自己的领土，表现出美的价值。赋这件东西，是一种很伟大的文学，上结《诗》《骚》之局，从"六义"中专抽出"赋"之一义来建立它的体裁，可以算是写实文学之大观。西汉的赋，如日中天，不但空前，而且绝后。后来人的赋，实在是赶不上的。它的真价值，在于典丽裔皇，深刻物象。就是我上节所说"赋的本身价值，还是在于极丽靡之辞"。关于这种地方，相如、子云这些大赋家都曾经讲过，我们把它举出来看看。

西汉的赋家，推司马相如为第一，大家都自以为不能及他。例如枚皋"自言为赋不如相如"（《汉书·枚乘传》），扬雄"每作赋，常拟之以为式"（《汉书·扬雄传》），盛览问相如以作赋，"终身不敢言作赋之心"（《西京杂记》）。司马相如有几句说作赋的话：

> 合綦组以成文，列锦绣而为质，一经一纬，一宫一商，此赋之迹也。赋家之心，包括宇宙，总揽人物。斯乃得之于内，不可得而传。（《西京杂记》）

赋之所以伟大，他这几句话，说得很明白。所以他自己作起赋来，运思结构，都用了很大的魄力。《西京杂记》又说："司马相如为《上林》《子虚》赋，意思萧散，不复与外事相关。控引天地，错综古今，忽然如睡，焕然而兴，几百日而后成。"这一段故事，描写作赋之心，可以使人想见这种大赋家的绝人天才和广大精微的意趣。所以我们要知道赋的特质，究竟不是"温柔敦厚"的诗教所能范围。好的赋，可以提高人的意趣，脱离世上终日尘污束缚的思想，一旦破空而游，别生境界；即使所说是日常习见的事，而经赋家的手一来点缀，自然可以使人即日常的环境中发生愉快怡情的美感。这都是赋家的绝技。譬如汉武帝读《子虚赋》，恨不得与作者同游，读《大人赋》，飘飘有凌云气游天地之间意（《汉书·司马相如传》），岂不是动人观感到极点吗？我们不妨说句笑话，"三百篇"的诗人，是心游六合之内，赋家的心，有的时候，能够游于六合之外。这就是诗赋之分，就是赋的价值终以"闳侈巨衍"为主的意思了。

扬雄也未尝不知道这一点。他自己本是极好沉博绝丽之文，专于摹仿相如的一个人。大概到晚年作《法言》的时候思想稍变，一切都专守孔门的经教，才自悔少而好赋的。他称赞赋的本身价值的话，也是极有意义。《西京杂记》里说："扬子云曰：'长卿赋不似从人间来，其神化所至耶。'"又说："或问扬雄为赋，雄曰：'读千百首赋，乃能为之。'"这些话对于作赋的甘苦，说得更透彻了。"神化所至，不从人间来"，就等于相如所说的"赋家之心"；"读千赋乃能为"，又等于相如所说的"赋之迹"。我们看他两人论赋的话，就可以知道扬、马之所以并雄于西汉一代，并称千古的缘故了。

## 九　扬雄与文章法度

　　扬雄的思想，确有早晚之分。早年好赋，晚年悔之，这是最好的证明。他晚年著《法言》，论文的话很多，可以算是具体有表现的批评家了。他这部书，一切都折衷于孔子的经教；像前节所引"诗人之赋丽以则，辞人之赋丽以淫"那一类的话，都是很严正守法的。所以班固在《扬雄传》里，叙述他作《法言》的缘起，说："雄见诸子各以其知舛驰，大抵诋訾圣人，即为怪迂析辩诡辞以挠世事。虽小辩，终破大道而惑众，使溺于所闻而不自知其非也。及太史公记六国，历楚汉，讫'麟止'，不与圣人同是非，颇谬于经。故人时有问雄者，常用法应之，撰以为十三卷，号曰《法言》。"他这"用法应之"的态度，虽不专指论文一方面，但我们看《法言》里那些论文的话，正是守着孔门的经教为法度。我们可以说，扬雄对于文章的观察，是注重法度的了。他讲到文章法度的地方很多。例如说："诗人之赋丽以则"，这"则"就是法度。又《扬雄传》里叙述他批评当时人的赋，以为：

> 又颇似俳优淳于髡、优孟之徒,非法度所存贤人君子诗赋之正也。

又《法言·吾子》篇说:

> 或问:"公孙龙诡辞数万以为法,法欤?"曰:"断木为棋,梡革为鞠,亦皆有法焉。不合乎先王之法者,君子不法也。"

这表示他所谓"法"者,就是合于圣贤经义的意思。还有他所作的《解难》一篇(《汉书·扬雄传》载),都是主张法圣法经,心目中悬着一种最高的准则。我们看《解难》里说:

> 昔人有观象于天,视度于地,察法于人者。天丽且弥,地普而深;昔人之辞,乃玉乃金。

下文又接着称说宓牺、文王、孔子的著作,和典谟雅颂之声;这些话都足证明他胸中有一种最高的文章法度。他既然一切要"用法应之",所以就不肯追逐当时流俗的声气,自守清静寂寞了。清朝桐城古文家,讲求文章义法,曾经振起一时的风气;其实讲求文章义法的祖师,还应该推这位扬子云。

## 十　扬雄、桓谭的文章不朽观

我前边说，古代把文学不看作独立艺术，而看作有用的东西，就是把文学看作道德和政治的附属品。古时本有立德、立功、立言三种的分别，都把立言看作立德、立功的附庸。所以文学批评，都含这种眼光。我所说的"抱守古义""回光返照"，都是这种情形。扬雄是抱守古义的健将，我们看他的批评，是何等的严正。

但是这里有一种变化，不知不觉地从扬雄身上生了出来。古时人并不把著书作文章，当作一回了不得的事。即便孔子定六经，也不过是借经明道，并不以文章艺术为六经本身的价值，也未尝以为即此可以不朽。文学本身可以不朽，这种观念，反从这位"抱守古义"的扬雄引了出来。《汉书·扬雄传》说：

雄实好古而乐道，其意欲求文章成名于后世。

我们通观扬雄一生的历史，就可以知道他抱这种观念是很坚牢的。一切荣利声名，皆不屑意，但只默默地作文章。他实在是有乐于此，认为这是一种了不得的事。孔子是不行道于当时然后才著书，扬雄并没有立功于当时的意思。他是生性恬淡，爱好文学，因此就觉得文学领域的里面，大可以回旋咧。后来魏文帝《典论》里说："文章经国之大业，不朽之盛事"，可以说是扬雄开其端。

与扬雄同时而年辈差后，又最佩服扬雄的，就是桓谭。他时时和扬雄讲论。他两人的主张，可算是沆瀣一气。桓谭的《新论》，本也是批评界里一种好古书，但可惜已经丧失不传。清严可均的《全上古三代汉魏六朝文》里搜辑了一点，只可略见大凡。我们看王充《论衡》里推崇桓谭说："子长、子云论说之徒，君山（桓谭字）为甲。"就可以知道桓谭的批评眼光是如何的有价值。现在就他们所辑的残缺不全的《新论》来看，这位批评家一说到文学，必推尊扬雄。他很明白地说扬雄是圣人，又说少时极慕子云之丽文高论，要从他学赋。这些零辞断句是很多的，读者可以自己去翻阅严可均的辑本。我这里所要说的，只是他和扬雄心心相印的文章不朽观。

扬雄在当时是寂寞少人知的。只有侯芭、桓谭一二人是他的真知己。桓谭表彰他的话尤多。《汉书·扬雄传》说：

> 时人皆忽之……而桓谭以为绝伦。

又说：

> 时大司空王邑、纳言严尤闻雄死，谓桓谭曰："子常称扬雄书，岂能传于后世乎？"谭曰："必传，顾君与谭不及见也。凡人贱近而贵远，亲见扬子云禄位容貌不能动人，故轻其书。……若使遭遇时君，更阅贤智为所称善，则必度越诸子矣。"

桓谭心中以为文章之传，不必借声名势利；文学的本身，毕竟能够自己表现出来，供人家鉴赏，好文章必有"贤智称善"鉴别它的价值的。又《新论》里说：

> 谓扬子云曰："如后世复有圣人，徒知其材能之胜己多，不能知其圣与非圣人也。"子云曰："诚然。"（严可均辑本）

这虽是残缺的断句，但也可以见得他两人相信文章魔力之大了。大概桓谭说这话时，是正在那里和子云谈论子云自己的文章。子云本是自拟于圣人的，桓谭也推他为圣人；他这话的意思，是说将来如果再出一个圣人，他看了你的文章，必佩服你的才能在他自己之上，至于你是圣人或不是圣人，恐怕他就不能知道了。这分明是说："文"和"道"比较起来，"文"的不朽性或感人之点，远胜于"道"了。

文学之独立不朽，到这里就成了一定的观念。

# 十一　王充论创作的文学

桓君山的文章不朽观,到王充《论衡》里,又大张旗鼓了。王充是很佩服扬雄和桓谭的人,所以他的论调和扬、桓二人最相同,而且还要更进一步。王充也是一个淡泊自居、爱好文章的人,他看文学的价值高于一切。他以为不特文学不必借道德事功而增重,反而道德事功要借文学而增重。《论衡·佚文》篇说:

> 玩扬子云之篇,乐于居千石之官;挟桓君山之书,富于积猗顿之财。

又说:

> 文人之休,国之符也。望丰屋知名家,观乔木知旧都。鸿文在国,圣世之验也。

他这样看法,已经超过扬、桓二人了。所以他认为世间一切的东西,没有比文学更为重要的。《佚文》篇又说:

"《易》曰:'大人虎变,其文炳;君子豹变,其文蔚。'又曰:'观乎天文,观乎人文。'此言天人以文为观,大人君子以文为操也。"又《书解》篇说:"地无毛则为泻土,人无文则为朴人。"这些话更是把文学当作人生必要的条件了。王充对于文学批评最重要的贡献,就是分别纯文学和非纯文学。他的《佚文》篇里说:

> 论发胸臆,文成手中,非说经艺之人所能为也。

又《书解》篇说:

> 著作者为文儒,说经者为世儒。世儒业易为,故世人学之多。……文儒之业,卓绝不循人,寡其书,业虽不讲,门虽无人,书文奇伟,世人亦传。……汉世文章之徒,陆贾、司马迁、刘子政、扬子云,其材能若奇,其称不由人。世传《诗》家鲁申公,《书》家千乘、欧阳、公孙,不遭太史公,世人不闻。夫以业自显,孰与须人乃显。

他这文儒和世儒的分别,即是纯文学和非纯文学的分别。照他这样看来,像扬、马诸人的鸿文大笔,才有价值。凡是创作的文学,直说己意的文学,方可为贵;那依草附木、傍人门户的作品,就不足论了。本来汉朝的文人,有一种专于讲说六经，拘守章句的。这种叫作章句之儒。至于一班有天才的文人，多不愿做这种事。我们看司马相如、扬雄、桓谭，照班固、范晔所叙，都是一种佚荡不羁，博通今古而不为章句之业的人。

但是我们要晓得，王充所分别的，并非就和后来六朝人分别美的文学，像萧统《文选》所代表的观念一样。王充所大声疾呼的，不过是说一个文人，应该尽量发挥自己的意志，发为著作，方为可贵。那些经生拘守章句，依人篱下，即有作品，也不是自己的面目，不足为奇。他并不一定说作诗赋辞章的，才算文学。他所注重的，反是那些论理论事的著作。不过自从他建立了创作的天才高于笃实的学者这一种观念，文学的真价值就特别表露出来。他的话，一半也是针对当时的弊病讲的。汉朝的经生，多趋于利禄之徒，有些人品很卑污的，曲学阿世，或者甚至于附会当时的妖言惑众的话，以取悦人君，取悦世俗；像西汉的公孙弘，以《春秋》附会惨刻的政令，东汉的经生，又欢喜说谶纬之言，以迎合光武诸帝的嗜好，都是很可笑的，我们看司马相如谏神仙谏封禅，扬雄恬淡不求荣利，桓谭当着光武面前，极力排斥谶纬之言，岂不都是风骨高超，加人一等吗？即便王充自己，在《论衡》里，也时时对于世俗一班迷信妄诞的议论，像祥瑞鬼神等等，都大声纠正，毫不苟且。从这种超然物外的精神产生出来的文学，文学之超于一切，岂不是应该的吗？这也正是文学所以能够独立不朽的缘故了。

# 十二　魏文帝《典论》里的文气说

　　文学之自成领域，到魏晋以下，更为明显。因此批评文学的书，也随之而盛。建安的文学，上接两汉，下开六朝。曹氏父子兄弟，都是风雅的班头，和所谓"建安七子"在一块儿互相鼓吹。大家都有点儿把文学当作纯艺术了。对于内容技术，讨论得更为深入。魏文帝的《典论》里《论文》一首（昭明《文选》载），可谓开六朝以后论文的规模，虽然还没有像陆机《文赋》说得那样精微，但是比较以前的人，却是为文学而谈文学了。《典论·论文》里有几种特点。第一是对于文学最高的评价。他说：

　　　　盖文章经国之大业，不朽之盛事。年寿有时而尽，荣乐止乎其身，二者必至之常期，未若文章之无穷。是以古之作者，寄身于翰墨，见意于篇籍，不假良史之辞，不托飞驰之势，而声名自传于后。

这些话本也和桓谭、王充的见解差不多，不过说得更为透彻一点。"经国大业"一句，竟是把文学看作包括万事的大制作了。第二是分别文的形体。例如：

> 夫文本同而末异。盖奏议宜雅，书论宜理，铭诔尚实，诗赋欲丽。

我前边所说孔子的六诗、四始之分，为文章辨体的作始者。魏文帝这种辨体裁的看法，也下开陆机、挚虞、刘勰一班人的思路。但古时的文章分体，是不拘于形貌的。那时一切，既以根本思想为主，当然对于无论什么文章，都在根本上批评。所谓分体，可以说是就抽象的作用上分的。譬如"三百篇"，在后来人看，都是四言诗，但孔门所传，把它分出风、雅、颂来。在形貌上，统是四言诗，而风、雅、颂之分，乃是抽象的作用。后来像扬雄所说的"诗人之赋"和"辞人之赋"，也是抽象的分法。又譬如《文选》里有"骚"和"赋"的分目，但是《汉书·艺文志》原来说的"大儒孙卿，楚臣屈原，皆作赋以讽"，乃是认为讽的意思相同，所以归在一类来讲，并不拘"骚"和"赋"的形貌。就散文而言，譬如司马迁的《史记》，后来人不待言，是认为记事的文章，扬雄所著《法言》，自然是论说一类，但是王充便统而言之地说"子长、子云论说之徒"，岂不也是不拘形貌吗？魏文帝这种分体的方法，乃是开形貌之分，但也是因为后来文章的名目日渐其多，比较以形貌而分，容易有标准；所以自从他这样明白地列举出来，后世就永远用这方法了。再者他这种批评,我们一看就知道是不注重根本的思想;不但对于体裁之分别是根据外表的形貌,即便对于文之美恶,也是多在外表上讲究。所谓"丽",所谓"实"等等,岂不是一览便知的外貌吗?他所谓"诗赋欲丽",尤为大变古代批评的律令;我们看扬雄岂不是大反对"丽靡之辞"吗?看魏文帝这种批评,就可以知道此后文学观念和文章风气的面目了。本来文学批评也和文学本身的风气互为因果,互为转变的。

魏文帝重要的议论,还是另有所在。我们可以说它第三特点就是文气说。《典论·论文》的后段说:

> 文以气为主。气之清浊有体,不可力强而致。譬诸音乐,曲度虽均,节奏同检,至于引气不齐,巧拙有素,虽在父兄,不能以遗子弟。

本来孟子有"我知言,我善养吾浩然之气"和"持其志,毋暴其气"的话,对于言语文字标出"气"的批评,应该推孟子为始。再推上去,曾子也有"出辞气,斯远鄙倍矣"一句话。不过古人的话很浑括的。况且他们所说的气,总是关于人的道德修养,都有性理上的意义。魏文所说,可以说是才气之气。这一种,在他的批评眼光里,算是结晶之点。他虽然分别各种文的体裁,但又要拿一个扼要的标准来判断文章的高下,所以就提出一个"气"字。这样看来，他也不是完全只管外表而不管内容。不过他所谓内容，仍是技术构造的内容，而不是像古代批评专讲根本思想的内容。看他说："徐干时有齐气"，"应玚和而不壮，刘桢壮而不密，孔融体气高妙"，都是就才气上说。他这文气之说，实在关系很大。文而无气，就靡靡不振，虽有很多的辞意材料，然而力不能举了。后来《文心雕龙·养气》篇所说"钻砺过分，则神疲而气衰"，也是注意这个道理。我们看魏文帝的话，可以揣想他们那时一班朋友所兢兢切磋之点；所以建安文章，终于能得有"骨"之称。钟嵘《诗品》不是说"建安风力"吗？李白的诗，不是有"蓬莱文章建安骨"一句吗？后来韩愈大张文气之说，振起六朝以来颓废萎靡的文风，也可以说是魏文帝的嗣音了。

## 十三　陆机《文赋》注重文心的修养

越研究越精密,越推阐越鲜明,论文之作,到了晋朝陆机的《文赋》,更是斐然可观了。他这篇文章本身的美点也极多,情思声色,无一不精。在《文选》里,是人人爱读的一篇文章。尤其他通篇辞采丰美,简直可以说是文学批评界一部小辞典。后来人批评诗文,引用他的辞句,不计其数。《文赋》所讲的,从文学根本的涵养,思想的陶熔,文体的分析,一直到作文时谋篇命笔缀辞引旨的种种甘苦,没有一点不曾说到。他同时的人张华曾对他说:"人之为文,常恨才少;而子更患其多。"我们对于他这篇《文赋》,也可以说是"才多"了。

本来"赋"这件东西,我前边说过,是要"雕刻物情"。陆机这篇《文赋》里也说:"赋体物而浏亮。"这种"体物"的精神,就是要钩深索隐,说到它的深深处所。赋别的东西,或者还容易;赋文就非自己曾经寝馈于文深知甘苦的人,不容易说得透彻。好像谈禅理的人,总以为非自己亲身有所证悟,不容易说得亲切。文学本也是很玄妙的。陆机当六朝的初叶文学领域日渐美观的时候,自己又是太康（晋武帝年号）文坛的健将；以大作家的手，来雕刻文心，其价值之精贵，可想而知。况且他作这篇文章，看他自己的小序，分明是对于文章的内心经过沉思苦练而产出的结果。较之以前的批评家，那样笼统，就大不相同了。看他自己讲：

> 余每观才士之作，窃有以得其用心。……每自属文，尤见其情。恒患意不称物，文不逮意。……故作《文赋》以述先士之盛藻，因论作文之利害所由。他日殆可谓曲尽其妙。至于操斧伐柯，虽取则不远，若夫随手之变，良难以辞逮；盖所能言者具于此云。

他所谓"得其用心"和"作文之利害所由"，就是深入内心，有所证悟，不是泛泛的评论，所谓"随手之变，良难以辞逮；盖所能言者具于此"，尤可以使人知道文学的精微，有些不是言语所能达到的。文学的造诣，各有高下不同，完全由各人所到的境界不同，而生出领悟上的差别。所以文心之精微，也是父不能喻之子，兄不能喻之弟。我前边所引司马相如论赋的话，也说："斯乃得之于内，不可得而传。"所以陆机的眼光，是很有独到之处了。陆机虽然说"能言者具于此"，似乎还有不能言的地方，但他所说的，已经很精微了。他最好的地方，是能将文家那种心游万境，会于一心，然后自然流露成为文章的情景，描写得十分活跃。《文赋》里说：

> 其始也，皆收视反听，耽思旁讯，情骛八极，心游万仞。其致也，情曈昽而弥鲜，物昭晰而互进，倾群言之沥液，漱六艺之芳润，浮天渊以安流，濯下泉而潜浸。于是沉辞怫悦，若游鱼衔钩而出重渊之深；浮藻联翩，若翰鸟缨缴而坠层云之峻。

像这一类的话，我们读了，似乎也不知不觉地文心飞动起来。其余《文赋》中紧要的话自然很多。他对于思想根本也很注意，例如：

> 虽区分之在兹，亦禁邪而制放。

他又以为文章要剪裁得适当。他的绳尺是：

> 苟铨衡之所裁，固应绳其必当。……苟伤廉而愆义，亦虽爱而必捐。

他主张文的命意和遣辞，都要恰到好处。要烦简得中，又不要抄袭陈言，自己要有警策的意思。这些话，他自己说得很清楚。但他归结的意思，还是注重平日的涵养，临文时自然流露出来。他总以为文之工拙，好像有时是不由自

主的。天机的驱使,最为可贵。所以他说:

> 方天机之骏利,夫何纷而不理。思风发于胸臆,言泉流于唇齿。……或竭情而多悔,或率意而寡尤。

我们看他这收尾一段话,就可以知道他品藻的眼光所在了。

## 十四　挚虞的流别论

晋朝又有挚虞作《文章流别》。《隋书·经籍志》列《文章流别集》四十一卷，又《文章流别志论》二卷。《流别集》是分体选集古今的文章。《流别志论》是就各体的文章，分论它的流别。这两书都失传了。但他这种《志论》散在各种类书里，后人曾搜辑了一点出来。张溥《汉魏六朝百三家集》和严可均《全上古三代汉魏六朝文》里都有辑录。

从他们所辑的来看，他所谓"流别"，是对于每种文体必推求它的发源，然后下溯它的变迁。根据原来创立那种文体的初意，和立言措辞的派头，来鉴定后人所作的是否合体。魏文帝、陆机等本已有区分文体的话，但他们所说的，不过是略备大凡。魏文所说"奏议宜雅，书论宜理"，陆机所说"诗缘情而绮靡，赋体物而浏亮"，都是粗论形貌的话。如果学者只奉此为圭臬，结果必是知其然而不知其所以然，一片模糊影响的观念罢了。我们有了挚虞的解释，然后才算得着辨别体裁的标准。例如他说：

> 古者圣帝明王，功成治定，而颂声兴。于是工歌其章，以奏于宗庙，告于鬼神。故颂之所美者，圣王之德也。……扬雄《赵充国颂》，颂而似雅……若马融《广成》《上林》之属，纯为今赋之体，而谓之颂，失之远矣。

在他看来，像"颂"这种文体，既是原来颂美帝王成功之德而歌于宗庙鬼神的，那么，后人称美其他的事件的文章，即使所说也关于政事，只能归在"雅"之一类，不能算是"颂"。本来，文体是时时变化的。即便袭用旧日的名目，而内容会变出别的样子。即如"赋"之一体，自然以屈原、荀卿为正宗，汉初的赋，也还是《楚辞》的一派；但到了后来，照班固的《两都赋序》所说，已经是"雍容揄扬……雅颂之亚"了。天下事往往有原本一脉而日渐支离的，就是这一种了。但是我们仍要时时推究它的源流，然后才不至于太过离题。这种就叫作"流别"论。"流别"是很要紧的。太不顾"流别"的人，结果就有作诗作得像散文，作散文作得像诗的了。明朝李东阳的《怀麓堂诗话》说："诗太拙则近于文，太巧则近于词。宋之拙者皆文也，元之巧者皆词也。"乃至于作诗作得像卜卦的卦辞，汤头歌诀，寺庙里的神签的人，都是离题太过了。

挚虞这种工作，为文章辨体的总龟，为撰辑总集的巨范，所以《隋书·经籍志》说总集始于挚虞。清《四库全书总目》总集类的小序也说:"'三百篇'既列为经,王逸所裒,又仅《楚辞》一家,故体例所成,以挚虞《流别》为始。"就是说正式的总集,应当推挚虞为始了。自从他开了总集之端,历代所传,遂有整千整万的总集。但是各有各的宗旨,各有各的形态。有的特标一种抽象的宗旨,有的只求广备形体。像挚虞这样剖析精微,就各种形体中,辨别它当与不当,循流溯源,由本及末,这种规模就难得了。清朝姚鼐的《古文辞类纂》和李兆洛的《骈体文钞》,分别门类,详论源流,略仿挚虞的规模,已经是一代传诵的总集。所以挚虞《文章流别》之丧失不传,是文学批评界一桩何等可惜的事!

挚虞有几句很被传诵的话。他对于赋的批评是:

> 古诗之赋,以情义为主,以事类为佐。今之赋,以事形为本,以义正为助。情义为主,则言省而文有例矣。事形为本,则言富而辞无常矣。文之烦省,辞之险易,盖由于此。夫假象过大,则与类相远。逸辞过庄,则与事相违。辨言过理,则与义相失。丽靡过美,则与情相悖。

我们读了这一段深刻的批评,对于以前所有论赋的话,像扬雄那种"丽以则""丽以淫"的笼统的口号,岂不是可以一旦大彻大悟,得着明了的标准吗?

## 十五　昭明《文选》发挥文学的"时义"

挚虞的著作，沾溉后人，十分长远。齐梁以下，有许多论撰文学的人，都出不了他的规模。任昉的《文章缘起》，昭明太子的《文选》，刘勰的《文心雕龙》，钟嵘的《诗品》，这些书都是在《文章志》和《文章流别》所打开的道路上走。任昉《文章缘起》原书，已丧失了。现在所传的，照清《四库全书总目》里讲，是唐朝张绩所补，大概就是张绩所依托的，不是完全真的。但虽然是依托，而大致总是依照原式。任昉的原书，本来叫作《文章始》，最初见于《隋书·经籍志》里，是这样称呼的。后来宋朝王得臣的《麈史》里说："梁任昉集秦汉以来文章名之始，目曰《文章缘起》，自诗、赋、《离骚》至于契约，凡八十五题，可谓博矣。"于是就通名《文章缘起》了。他考求每种文章名目，是始于何人。这也是挚虞《流别》之类。不过他是专言外表的名目，不管内容。又是专就秦汉以下而言，不管秦汉以前的。有些人指摘任昉的谬误，往往忽略这一点。例如任昉说三言诗起于晋夏侯湛，而唐刘存以为起于《诗经》"鹭于飞，醉言归"。昉以为铭起于秦始皇会稽刻石，而刘存以为黄帝有巾几之铭（参看清《四库全书总目》诗文评类《文章缘起》下），其实他们都不曾注意任昉是只说秦汉以后的。他这种看法也不错。原来一切文章体裁，都可说是始于六经；《文章缘起》的序已经自己说："六经旧有歌诗书诔箴铭之类。"足见任昉也不是不知道。不过诗文自成一类，而脱离那些论道经邦的书的范围以外，总是后来的事。所以从秦汉以后说起，比较是有具体成形的标准。实在我们辩论文体，岂能一件件定要回复古初。譬如古代的碑，不过是宗庙里系牲口的石柱子，并没有刻文字，《礼记·祭义》里，有"入庙门，丽于碑"；又古代所谓铭，是死人出殡时棺柩前的旗帜，《周礼·春官·司常》，有"大丧共铭旌"，但是后来的人，就有墓碑墓铭了。所以文体的变化，实非人力所可阻止。秦汉以后和秦汉以前文体的差别，大有鸿沟之别，任昉从这里说起，也正是大有别裁了。

任昉的书，我们略略知道他这些意思就够了，不必深论。让我们现在来研究昭明太子的《文选》。

挚虞的《流别》，既然已经失传，我们就以昭明太子的《文选》为编"总集"的正式祖师。我前边说过，凡是选录诗文的人，都算是批评家，何况《文选》一书，在总集一类中，真是所谓"日月丽天，江河行地"。那么，他作书的目的，去取的标准，和所有分门别类的义例，岂不是在我国文学批评学中，应该占一个很重要的位置吗？我们要研究《文选》，先要读昭明太子自己的序。

《文选》的总标准，是：

> 事出于沉思，义归乎翰藻。

凡是"以立意为宗，不以能文为本"的，都在他所略去之列。大概总是以后世单篇整齐的诗文为主，像那些经典子史大部诸作，本也另是一回事，无从割取；所以他就专录后世的篇翰，而大致以"入耳之娱""悦目之玩"为目的。这样一来，把文学当作欣赏玩悦用的，不必当作道德事功上实用的东西，这种观念，是因他而建立了。

至于他分别文体的方法，又是兼有挚虞、任昉之长。挚虞好像一切以最初的形体为标准，他的批评，也多半是古而非今。任昉又只断自秦汉以后。昭明太子就不同了。他知道本，也知道末；不执末而忘本，也不执本而忘末。王充《论衡》里说："知古而不知今，谓之陆沉；知今而不知古，谓之盲瞽。"昭明太子没有这样的毛病。他以为一切文章，固然皆有最初的发源，但是到了后来，一定会有变化，不必都和发源时代一样，这种"时义"，是不可不知的。我们看他的《〈文选〉序》说：

> ……文之时义远矣哉。若夫椎轮为大辂之始，大辂宁有椎轮之质。增冰为积水所成，积水曾微增冰之

凛。何哉？盖踵其事而增华，交其本而加厉，物既有之，文亦宜然；随时变改，难可详悉。

他标出"时义"二字，真是有绝顶的聪明、过人的领悟。本来，数典忘祖，固然是可耻的事，而食古不化，也未尝不可笑。人间事无不受环境的变迁和思想的潮流所影响，文学也不能例外。知道"时义"，才可以算个通人。譬如挚虞说诗，以四言为正，其余非音之正（看张溥辑本）。昭明太子则以为：

自炎汉中叶，厥涂渐异。退傅有"在邹"之作，降将著"河梁"之篇。四言五言，区以别矣。又少则三字，多则九言，各体互兴，分镳并驱。

知有自然的异涂，而不必强加正伪之分别了。又譬如挚虞说赋，以《楚辞》为善，而昭明把"骚人之文"当作赋中之一种，对于其他述邑居，戒畋游，纪咏风云禽鸟草木虫鱼的赋，也都一律作平等之观，和刘向《七略》、班固《艺文志》记载诗赋的方法是一样的。他这种圆融广大知古知今的气象，真是不可多得。他选文的次序，以赋诗为首，其次才是论序诏令书奏哀祭一类的文章。这种也是深得文章的源流。我们看《汉书·艺文志》有诗赋一类，为后世目录家所列"集部"之滥觞。"总集"是把"别集"总合起来，也应当依照"集部"发生的历史。文学自成领域，本是汉赋所开辟，其他论序表奏那些文章，严格说来，都不是纯文学。照刘向父子和班固的目录学，凡是这些文章都应该就他所说的内容，分别归在六艺诸子之流的。昭明首赋诗而次杂文，正是大有条理。再者他把赋放在诗的前面，又是很有用意的。《汉书·艺文志》诗赋类，本是赋在诗先。"三百篇"后，就有骚赋。所以上接"三百篇"之文统的，正是赋，而不是汉魏的五言诗。况且五言诗也本是发生在赋之后的。那些束晳、韦孟的四言诗，不过略存一格，绝不能上接风诗冠冕这部《文选》的。所以昭明在《〈文选〉序》里，论断得十分清楚。他说：

> 古诗之体，今则全取赋名。

分明是说古来的诗和现今的赋，虽名目不同，而内容确是一脉相承的了。至于他选那些论序书奏的杂文，也不苟且。他所谓"以立意为宗，不以能文为本"，他的意思，是说对于这些书应当求其意，不能专求其文，并不是说他文章不好。本来六经诸子，如果整部地搬进《文选》里去，岂不要把这部书胀破了肚子吗？反过来说，如果要割裂挑选，岂不是又将好好完整的东西，弄得破碎不堪吗？况且选又如何选法呢？所以他一概不要，而但取那些原来自成篇幅，整齐有首尾的文章了。六经诸子的文章，并不是不好，但是我们看后来那些高头讲章的书，什么《周文归》（明钟惺选）、《古文观止》之类，割裂经典，乌烟瘴气地闹些什么"起承转合"，贻误学人，就知道昭明太子这种森严的界限是有深远的眼光了。曾国藩的《经史百家杂钞》，也是大可不作的。此外还有苏东坡《志林》里说《文选》编次无法，大概他看《文选》的分目太过于零乱琐碎了。其实《文选》是以赋、诗、杂文，为大段的类别，他自己序中分明说得很清楚，并且说：

> 凡次文之体，各以汇聚。诗赋体既不一，又以类分。数分之中，各以时代相次。

就是告人以大段的分类为主。至于内中各别的子目，不过各依原名，集在一起，便于观览罢了。苏东坡又说他不取陶渊明的《闲情赋》，为强作解事。又有人说：昭明不取王羲之的《兰亭序》，因为"丝竹管弦"四个字用重复了，于是讥昭明未曾查过《汉书·张禹传》（孙梅《四六丛话》引《懒真子》）。但是这些地方，我们认为昭明太子偶尔遗漏也可，认为他体例谨严也可，都是无关轻重了。

总而言之，我们从《文选》这部书，可以得两种好处。一是得了辨别文章源流之正轨，知古亦可知今，执末而不忘本。二是得了欣赏文学的妙趣，拿文学来怡情悦性，比较是一种超远的观念，不必一定看作"经国大业，不朽盛

事"那样的严重,那样的拘泥。清孙梅《四六丛话》卷一的小序,专论《文选》,可以当作《文选》的小赞:

> ……若乃悬衡百代,扬榷群言,进退师于一心,总持及乎千载,吾于昭明见之矣。……揆厥所长,大体有五。曰通识。《五经》纷纶,而通识训诂者有《尔雅》。诸史肸蠁,而通述纪传者有《史记》。《选》之为书,上始姬宗,下迄梁代,千余年间,艺文备矣。质文升降之故,风雅正变之由,云间日下,接迹于简编,汉妾楚臣,连衡于辞翰,其长一也。

这一段是说《文选》之综集艺文,与《尔雅》之综训诂,《史记》之综纪传,鼎立而三。又铺陈文章的流别,使人知道质文升降风雅正变的源流,为"总集"之大规模。又说:

> 曰博综。自昔文家,尤多派别。《文志》表江左之盛,《典论》诠邺下之贤。《选》之所收,或人登一二首,或集载数十篇。诗笔不必兼长,淄渑不必尽合。《咏怀》《拟古》,以富有争奇。玄虚、简栖,以单行示贵。其长二也。

这是说昭明太子的门庭广大。不拘拘于一派的文章。他绝无门户之见,也无拘守时代风气之见。又说:

> 曰辨体。风水遭而斐亹作，心声发而典要存。敬礼工为小文，长卿长于典册。体之不图，文于何有。分区别类，既备之于篇；溯委穷源，复辨之于序。勿为翰林主人所嗤，匪供兔园册子之用。其长三也。

这是说昭明辨别文体，极其精微。对于某种文体，以某人为擅场，考究得很清楚，不是随便钞写作类书的。好像《西京杂记》里说："扬子云曰：'戎马之间，飞书驰檄，用枚皋；朝廷之中，高文典册，用相如。'"人各有能有不能，体各有善有不善。昭明选文，对于这一点，大有眼光。不但每人的佳作，都已入选，并且所选作品，多半足以代表各个人一生的精神。又说：

> 曰伐材。文字英华，散在四部。窥豹则已陋，祭獭则无工。惟沉博绝丽之文，多左右采获之助。王孙、驿使，雅故相仍；天鸡、蹲鸱，缤纷入用。是犹陆海探珍，邓林撷秀也。其长四也。

这又是说昭明所选，有许多沉博绝丽之文，可以供给作文者以极丰富而又极雅醇的辞藻材料。学者得此，可以免除俗陋之讥。最末他又说：

> 曰镕范。文笔之富，浩如渊海；断制之精，运于炉锤。使汉京以往，弭抑而受裁；正始以还，激昂而竞响。虽《禊序》不收，少卿伪作，各有指归，非为谬妄。谓小儿强解事，此论未公；变学究为秀才，其功实倍。其长五也。

这又是称赞昭明太子选政之公，去取之当了。

我们试想想看，假如没有《文选》这部书，我国文学界是何等的暗淡。要正式认识中国文学，还有哪一部书比《文选》更可以做中心的标准吗？

## 十六　沈约的声律和文章三易

当齐梁之交，沈约是个大作家。他以声律论文，自矜独得之秘。曾经著有《四声谱》。《南史·沈约传》说他："以为在昔词人，累千载而不悟；而独得胸襟，穷其妙旨。"四声之发明，或者不始于沈约。《隋书·经籍志》有晋张谅《四声韵林》，又有刘善经《四声指归》，也列在沈约之前，都是小学一类的书。钟嵘《诗品》也说："王元长创其首，沈约、谢朓扬其波。"大约沈约的地望尤为高华，所以他就独擅其名。四声的专论，当然是小学音韵一类的学问。况且他的书，又已失传，详细不得而知。我们所重的，是他以声律论文的话。《南史·陆厥传》说：

> 时（永明末）盛为文章。吴兴沈约，陈郡谢朓，琅琊王融，以气类相推毂。汝南周颙，善识声韵。约等文皆用宫商，以平上去入为四声，以此制韵，有平头，上尾，蜂腰，鹤膝。五字之中，音韵悉异，两句之内，角徵不同，不可增减。世呼为"永明体"。

《诗人玉屑》里,又引沈约所谓诗病有八,所谓平头,上尾,蜂腰,鹤膝,大韵,小韵,旁纽,正纽。这些名词,《唐音癸签》里都有解释。都是诗的戒律,也不知是否确是沈约的意思。我以为沈约的精论,尚不在此。他的《宋书·谢灵运传》论说:

> 若夫敷衽论心,商榷前藻,工拙之数,如有可言。夫五色相宣,八音协畅,由乎玄黄律吕,各适物宜。欲使宫羽相变,低昂舛节,若前有浮声,则后须切响,一简之内,音韵尽殊,两句之中,轻重悉异,妙达此旨,始可言文。至于先士茂制,讽高历赏,子建"函京"之作,仲宣"灞岸"之篇,子荆"零雨"之章,正长"朔风"之句,并直举胸情,非傍诗史。正以音律调韵,取高前式。自灵均以来,多历年代,虽文体稍精,而此秘未睹。至于高言妙句,音韵天成,皆暗与理合,匪由思至。张蔡曹王,曾无先觉。潘陆颜谢,去之弥远。世之知音者,有以得之,知此言之非谬。如曰不然,请待来哲。(据《文选》参校)

这才是他的结晶的批评,这才是他"商榷前藻"的妙论。本来《尚书》里"声依永,律和声",和《周礼》里"六律为之音",都可以说是论诗言声律的先声。但是古时这些话,是就以诗入乐而言;既有音乐做标准,考较文字上的声律，当然容易。后来的诗，不用入乐，而且也没有定谱。文人作诗，都是随意命笔，不必协于唇齿。沈约提出声律，也可算是探本之论。文章本要动人观感，如果扣之无气，读之无声，就未免索然少兴。《尚书》里所谓"歌永言"，似乎就是说"文气"，至于"声依永，律和声"，即是说声律了。文气以声律为借，声律又以文气为根本。魏文帝以文气论文；沈约的声律论，足以补充魏文帝之不足。《诗·大序》也说："长言之不足，不知手之舞之，足之蹈之。""长言"即是气，"手舞足蹈"，即是声律之形容了。但是沈约四声八病之论，实在不过是一种外形的标准，他所注重的，是"音韵天成，皆暗与理合，匪由思至"。所以他《答陆厥书》（《南史·陆厥传》）说：

……高下低昂，非思力所学。……自古辞人，岂不知宫羽之殊，商徵之别；虽知五音之异，而其中参差变动，所昧实多，故鄙意所谓"此秘未睹"者也。以此而推，则知前世文士，便未悟此处。……故知天机启，则律吕自调；六情滞，则音律顿舛也。……韵与不韵，复有精粗，轮扁不能言之，老夫亦不尽辨此。

分明告诉人说音律之变动参差，要各人自悟，要自启天机，不是几句外形的标准所能说尽。如果外形标准可以说尽，岂能算作"独得胸襟"呢？钟嵘《诗品》里讥刺沈约，以为"使文多拘忌,伤其真美。余谓文制本须讽读,不可蹇碍;但令清浊通流,口吻调利,斯为足矣。至平上去入,则余病未能,蜂腰鹤膝,闾里已具"。他这话拿来指摘专拘声病不求根本的人,确是很对的,但不能罪及沈约。沈约的主张,本和钟嵘不甚相远。我们又看《颜氏家训·文章》篇引沈约的话:

> 凡为文章,当从三易;易见事,一也,易识字,二也,易读诵,三也。

一切都要"易"而不要艰涩,正是他精神的表现,哪里还有拘忌呢?但是这个"三易"也不是容易做到的。虽然不可以拿琐碎的拘忌做惟一的法宝,但也未尝没有自然的法度。参差变动,自有天机,总要自己悟入。他这三易之说和声律之说,正是两两相需,相成而不相反,是文学论评中千古的珍秘,我们不可漠视。沈约之诗,任昉之笔,一时并名(梁简文帝《答湘东王书》张溥辑本),但是任昉总嫌笔底质重,诗也"不能有奇致"(钟嵘《诗品》)。《北齐书·魏收传》里,也有"见邢魏之臧否,即是任沈之优劣",沈之所以优,正是因为能主张三易了。清新谐畅,总是文家的高致。滞重庸俗的骈文,局促拙劣的散文,乃至于佶屈的诗,都应该拿沈约的话,来医它一医。

## 十七　发挥"文德"之伟大是刘勰的大功

《文心雕龙》,是文学批评界惟一的大法典了。这是人人心中所承认的公言,无论哪一派的文家,都不能否认。不但能上括经史诸子的文心,中包魏晋六朝的辞理,即便后来唐宋元明一直到了现在一切的单辞片义只证孤标,无不一网兼收,洪炉并铸。它的规模,真是大不可言。孙梅的《四六丛话》卷三十一里说:"按士衡《文赋》一篇,引而不发,旨趣跃如。彦和则探幽索隐,穷形尽状,五十篇之内,百代之精华备矣。其时昭明太子纂辑《文选》,为词宗标准;彦和此书,实总括大凡,妙抉其心,二书宜相辅而行者也。自陈隋下及五代,五百年间,作者莫不根柢于此,乌乎盛矣!"其实彦和所说的,还有超过昭明太子的地方;深探经史诸子立言的条理,是昭明所不曾做到的了。对于《文心雕龙》这部书的特色,我们来说,不如彦和自己说。凡是古人这种大著作,所有的自序,都是自表曲折的用心,详细告人以探索的门径,不是随便说一点缘起的。要知道《文心雕龙》的宗旨,务必要细读他的《序志》。

他作这部书的宗旨,好像是自居于孔门文学之科。他

说他自己梦见孔子之后,就想"敷赞圣旨"。但是:

> 敷赞圣旨,莫若注经。而马郑诸儒,弘之已精,就有深解,未足立家。唯文章之用,实经典枝条。五礼资之以成,六典因之致用,君臣所以炳焕,军国所以昭明,详其本源,莫非经典。

他觉得文章是一切的根本,所以就以推阐文心,为"敷赞圣旨"的工作。看他意思,好像以为这种工作的价值,还在马郑注经之上。我们看近代古文家的健将曾国藩说:"古之知道者,未有不明于文字。……所贵乎圣人者,谓其立行与万事万物相交错而曲当乎道,其文字可以教后世也。吾儒所赖以学圣贤者,亦借此文字,以考古圣之行,以究其用心之所在。"这种精义,岂不早有刘彦和先发其覆吗?彦和又以为后世文风日坏,应该拿古圣的正训,来提醒学者。所以他《序志》里又说:

> 而去圣久远,文体解散。辞人爱奇,言贵浮诡,饰羽尚画,文绣鞶帨,离本弥甚,将遂讹滥。盖《周书》论辞,贵乎体要;尼父陈训,恶乎异端。辞训之异,宜体于要。于是搦笔和墨,乃始论文。

这又是针对时弊的话。从前有人说:陶渊明人非六朝之人,

## 十七　发挥"文德"之伟大是刘勰的大功

文亦非六朝之文。刘彦和这种抗心独往、冥契道真的态度，也可以说是人非六朝之人了。他的书，除了《序志》一篇外，共四十九篇。前二十五篇，分论各种文体，是论其外形。后二十四篇，评论文章的作法，是论其内心。他自己所谓篇数准乎"大《易》之数，其为文用，四十九篇而已"，正是他托体甚尊的地方，也就是说这《序志》一篇，通贯四十九篇的宗旨。我们看他自己顺叙四十九篇的篇意，十分清楚：

> 盖《文心》之作也，本乎道，师乎圣，体乎经，酌乎纬，变乎骚。文之枢纽，亦云极矣。若乃论文叙笔，则囿别区分。原始以表末，释名以彰义，选文以定篇，敷理以举统。上篇以上，纲领明矣。至于割情析采，笼圈条贯，摛神性，图风势，苞会通，阅声字，崇替于《时序》，褒贬于《才略》，怊怅于《知音》，耿介于《程器》，长怀《序志》，以驭群篇。下篇以下，毛目显矣。

足见得他的分篇和次叙，皆有用心。上二十五篇为大纲，下二十四篇为细则。从前孔门六义之分，以风、雅、颂为《诗》之异体，以赋、比、兴为《诗》之异辞，前者为外形，后者为内心，以内心成外形，所谓以此三事成彼三事。彦和的衡鉴方法，大有得于孔子的规模。本来自魏文帝

《典论》以后,论文的书很多。彦和所以不同于人的地方,他自己也有详说:

> 魏《典》密而不周,陈《书》辨而无当,应《论》华而疏略,陆《赋》巧而碎乱,《流别》精而少巧,《翰林》浅而寡要,……并未能振叶以寻根,观澜而索源。不述先哲之诰,无益后生之虑。

"振叶寻根","述先哲之诰",是他的特色了。至于他每篇所说的话,自然不见得句句和人家无所雷同,但他又明白告诉人说:

> 及其品列成文,有同乎旧谈者,非雷同也,势自不可异也。有异乎前论者,非苟异也,理自不可同也。

这种公正的态度,正是他所以自成其伟大的缘故。

至于我们想领略刘彦和这个人的精神和他全书总相,我以为即开宗明义第一篇的《原道》,可以代表。"道"就是自然之道,大宇宙中一切万事万象,无往不是道,即无往不有文章。道因人而垂文,人因文以明道,鼓天下之动存乎辞,知道这个道理,就知道"文德"之所以大。魏文提出文气,沈约提出文律,彦和的"文德"说,正是"振叶寻根"的议论,高于一切了。所以"文德"之说,可以做他的总代表。其他小的美点，本也一时说不尽。我略举一端做个例子。譬如唐朝刘知几的《史通》，自然也是了不得的书；虽是专门论史，但他自负兼有从《法言》一直到《文心雕龙》这些书的美点。像他那些《惑经》《疑古》诸篇，拘文牵义，琐琐争辩，实在全没有通人的气象。我们只要一看《文心雕龙·夸饰》篇所说："虽《诗》《书》雅言，风格训世，事必宜广，文亦过焉。是以言峻则嵩高极天，论狭则河不容舠，说多则子孙千亿，称少则民靡孑遗，襄陵举滔天之目，倒戈立漂杵之论：辞虽已甚，其义无害也。……孟轲所云'说《诗》者，不以文害辞，不以辞害意也'。"这一段话，就可以大破知几之妄。一个是鸿文妙手，一个是拘墟之儒了。没有文学修养的人，不但不可以做文人，也何尝能够通经著史呢？彦和的学问十分博大，他这书可以说是总括全体经史子集的一部通论。他深通内典，曾随僧祐手定定林寺的经藏。《梁书》里说他"依沙门僧祐……遂博通经论，因区别部类，录而序之"，那又可以说是他为内典而作的《文心雕龙》了。

# 十八　单刀直入开唐宋以后论诗的风气的《诗品》

文章到了齐、梁，算是文敝得很了。梁元帝《金楼子》抨击这时的文风说："苟取成章，贵在悦目。"《颜氏家训》也说："趋末弃本，率多浮艳。"但是像刘勰这种体大思精的著作，其中所包的头绪很多；虽有针对当时的话，但不是单刀直入的说法。和他同时，有一个单刀直入的批评家，就是钟嵘了。以前的批评家，实在多半是一种泛论的态度，自从有了钟嵘《诗品》，才算建立了严格的批评学，他下开唐宋以后诗话之风，影响十分长远。他的机锋，多半是针对当时文敝而发的。他标出"风力""清刚""吟咏性情，何贵用事"这些口号，做他的宗旨；又说沈约的声律，"使文多拘忌，伤其真美"。总括起来，他是以清新自然为宗。其实凡是一个大作家，所讲的话，都极有分寸。他所特别说明的，不过是表现他的特别观察点，足以补充前人所没有说到的；并不是只管这一点，对于其他各点，一概不管。沈约何尝有拘忌，我在上节里，已经说过。但是有一班附和的人，专把四声八病，当作无上法宝，就正用得着钟仲伟这个批评。钟仲伟足以补前人所未及，也正在此。不过我们不能说，只有他一人知道这个道理，其他的人概不知道罢了。

他的书，专论汉魏以来的五言诗。他看这些诗，是汉朝人的特创，不是上承衰周。本来，我前边说过，承接"三百篇"的文统的，是骚赋，而不是汉魏的五言诗。这个观念，六朝人都很清楚。所以《文选》就把赋列在诗前。仲伟开头不说"三百篇"，但说"李陵始著五言之目"。于是截断众流，断然地说：

> 推其文体，固是炎汉之制，非衰周之倡也。

他对于汉朝，说得很略，大意认为篇章太少，无从详论。他心中以为论五言诗，应该断自曹魏，曹魏的诗，才算五言的正经。《古诗十九首》，他未曾像《玉台新咏》那样的说是枚乘所作，他并且疑为曹植所作，所以他便推曹魏的五言如日中天了。他所赏的，是"建安风力"，以为永嘉以后：

> 建安风力尽矣。

但他还赞美：

> 郭景纯用俊上之才……刘越石仗清刚之气。

于是总起历代的诗人,以为:

> 陈思为建安之杰,公干、仲宣为辅。陆机为太康之英,安仁、景阳为辅。谢客为元嘉之雄,颜延年为辅。斯皆五言之冠冕,文辞之命世也。

他认为诗的极则是要:

> 宏斯三义(赋比兴)而用之,干之以风力,润之以丹彩;使味之者无极,闻之者动心,是诗之至也。

又以为诗的毛病,一是贪于用典。他说:

> 至于吟咏性情,亦何贵于用事?"思君如流水",既是即目,"高台多悲风",亦惟所见,"清晨登陇首",羌无故实,"明月照积雪",讵出经史?观古今胜语,多非补假,皆由直寻。

他以为第二种毛病,是拘牵声律。但是他虽不赞成拘牵声律,也主张唇吻协调。他说:

## 十八 单刀直入开唐宋以后论诗的风气的《诗品》

> 古曰诗颂,皆被之金竹,故非调五音无以谐会。……今既不被管弦,亦何取于声律也。……王元长创其首,谢朓、沈约扬其波。……士流景慕,务为精密,襞积细微,专相陵架。故使文多拘忌,伤其真美。余谓文制,本须讽读,不可蹇碍;但令清浊通流,口吻调利,斯足矣。至于平上去入,则余病未能;蜂腰鹤膝,闾里已具。

是指一班随声附和的人,并没有直责沈约。不过沈约心中,以为欲口吻调利,也必须天机自悟,不是随便可以做到的,总要对于声音之变化,下一番参究的工夫。这个意思,本来很精,音乐本是由人而生的,不一定合入音乐,才要讲诗律。仲伟是没有注意这一层了。

《诗品》把历来的诗人,分作上中下三品,不过他自己很谦恭地说:

> 三品升降,差非定制。

清王士禛《渔洋诗话》里指摘钟嵘的品次多谬。他以为像魏武、陶潜,宜在上品,陆机、潘岳,宜在中品,曹植与刘桢,相差太远,指出不公平的地方很多,甚至于骂钟嵘"黑白淆讹"。本来明朝王世贞的《弇州山人四部稿》里,有《诗品总评》,已略略说到钟嵘品次之不当。这些话,很难裁判的。《四库提要》说:"梁代迄今,邈逾千祀,遗篇旧制,什九不存,未可以掇拾残文,定当日全集之优劣。"这段话或者比较是持平之论。但《太平御览》五百八十六引钟嵘《诗评》(《隋书·经籍志》亦作《诗评》),原将陶潜放在上品。安知我们现在的传本,不是后人的窜乱呢?又钟嵘往往说某人的诗源出某人,《四库提要》说他附会。章实斋《文史通义》说:"论诗论文,而知溯流别,则可以探源经籍,而进窥天地之纯,古人之大体。"又把钟嵘看作和刘向、刘歆一样的通人。实在《诗品》所推流别,不尽可信;但古人的作品,散亡很多,也难以实证。我们通其大体而观,《诗品》实是一部有本有末的好批评。他特别指明诗是吟咏性情,又指明诗是生于各人的遭际。这两个观念,已经是立其大本。其余主张风力,主张清新调利,都是极中正的议论;至于品次诗人的高下,或者他有他的一种比较加减的标格。看他推崇曹植为文章之圣,好像以他为千古第一人似的,知道他是以兼有"风骨""辞采"为第一圆满的诗。他说陈思王"骨气奇高,词采华茂,情兼雅怨,体被文质",这四句肯定的批评,似乎十分斟酌。"骨""采""情""体"四者俱优的人,本来是很难得。譬如他说魏武帝"古直,甚有悲凉之句",似乎是风骨可取,至于"采""情""体"三样,未见得都是精美了。即便照后人看起来,陈思王当然是正宗,当然是可以取法的。魏武、渊明,各有奇才异秉,岂是人人所能希冀的吗?后人论唐诗，也说杜甫为诗圣，而不能人人学李白。这样看来，钟嵘也没有错。譬如王荆公编李、杜、韩、欧四家诗，以杜甫为第一，其次是欧，再次是韩，最后是李，不是自有他的解释吗？（《渔隐丛话》卷六引《遁斋闲览》）章实斋说："《文心》体大而虑周；《诗品》思深而意远。"这两句话，可以算是定论了。

卷 下

## 十九　从治世之音说到王通删诗

梁陈轻薄侧艳的文风，到隋朝已经有改革的动机。大概六朝的末叶，一班文人所钻研揣摹的，不外那些流行的诗赋藻缋的文章。对于经典子史高文大册，很少注意。好像以为文家做功夫，用不着这样深求的意思。本来六朝的初叶，大家早已置儒家经典于度外。《文心雕龙·明诗》篇已经告诉我们说："正始明道，诗杂仙心。……江左篇制，溺乎玄风。……宋初文咏，体有因革。庄老告退，而山水方滋。俪采百字之偶，争价一句之奇。"到了梁朝，梁简文帝和梁元帝在上提倡缘情绮縠的文章。简文并且有"立身须谨慎，文章须放荡"的主张（《诫当阳公大心书》，张溥辑本）。从此以后，侧艳之风，日渐其盛了。我们看《隋书·李谔传》里，有李谔上隋高祖的书说："江左齐梁，其弊弥盛。贵贱贤愚，惟务吟咏。遂复遗理存异，寻虚逐微。竞一韵之奇，争一字之巧。连篇累牍，不出月露之形；积案盈箱，唯是风云之状。……于是闾里童昏，贵游总丱，未窥六甲，先制五言。至于羲皇、舜、禹之典，伊、傅、周、孔之说，不复关心，何曾入耳；以傲诞为清虚，以缘情为勋业,指儒素为古拙,用词赋为君子。故文笔日繁,其政日乱。"这样看来,齐梁以后,文学中美的特质,可算得登峰造极了。但是美虽美,总不切于实用。这种情形,和政治风俗有关。我国自古把文学当有用的东西,又认文学与政治相通;《礼记·乐记》说:"声音之道,与政通矣。"就是建立这个观念。照历史上看来,凡是美的文学独立出风头的时候,多半是乱世。譬如荀卿、屈原这些"贤人失志之赋",六朝轻艳的诗赋,五代的小词,乃至于宋词元曲,都不是盛世之音。所以往往一逢盛世开国的时候,都有厘正文体的举动。例如隋开皇四年令"公私文翰,并宜实录"的诏,唐宋的复古运动,清初清真雅正的标准,都是一种对于文学风气大有影响的举动。这些举动的意义,也是根据古代的经义,不把文学当作随便玩悦的东西。以为一个人应当在大处用心,不应当敝精力于美艳的小文艺;以为正当的文学,是表现道德事功的工具,要求真切,用不着专求美艳。美艳奇巧的文辞,不免使人的心术陷于轻薄局促的境界,或者甚至于使人荡检逾闲,有影响于政治风俗,所以要革除。这也是乱极思治的一种动机。他们的意思,大致是这样了。

隋朝虽有改革文体的诏,但事实上其国祚甚短,没有多大影响。但是隋朝的王通,讲学龙门,收了不少的河汾弟子。他自己固然是追踪洙泗,自负是承先启后的人,他的门人和弟子,多做了唐朝的开国元勋、盖代的文士,因此对于学风和文体上,发生了不少的影响。房、杜诸巨公姑且不论,像王绩是他的弟弟,王勃是他的孙子,都是文坛的健将,都有振起颓风的本领。我们看杨炯的《王勃集序》说:勃祖父通,"闻风睹奥,起予道惟;揣摹三古,开阐八风;始摈落于邹韩,终激扬于荀孟"。这种态度的人,居然出现于陈隋之末,可谓奇事。王通论文的话,见于他的《中说》。《中说·事君》篇说:

……子谓文士之行可见。谢灵运小人哉,其文傲,君子则谨。沈休文小人哉,其文冶,君子则典。鲍照、江淹,古之狷者也,其文急以怨。吴筠、孔珪,古之狂者也,其文怪以怒。谢庄、王融,古之纤人也,其文碎。徐陵、庾信,古之夸人也,其文诞。

他还比较赏识陆机。又说颜延之、王俭、任昉"有君子之心焉,其中约以则"。又说:"古之文也约以达,今之文也繁以塞。"他的标准很严,主张典约有则之文章,而反对"怪""诞""冶""碎"。这种意思,可以说和扬雄是一鼻孔出气。他并且学孔子删诗,把汉魏以下的诗,定成一部《续诗》,上继"三百篇"(王通事迹,不见于《隋书》。但唐人文集里有许多说到他的。杨炯的《王勃集序》,李翱的《读文中子》,刘禹锡的《王华卿墓志》,皮日休、司空图二人,都有《文中子碑》,皆言通此事)。他这部书虽然失传,但《中说》里有论《续诗》的话，什么“四名”“五志”（一曰化，天子所以风天下。二曰政，藩臣所以移其俗。三曰颂，以成功告神明。四曰叹，以陈诲立家诫。凡此四者，或美焉，或勉焉，或伤焉，或恶焉，或诫焉，是谓五志）。那些选例，自然都是仿效《诗经》的“四始六义”。我们现在不必管人家所骂他的僭经之罪，我们只可惜这部代表一种批评眼光的“六朝诗选”之失传了。王船山的《诗绎》说得好：“仲淹续经，见废于儒先旧矣。……卫宣，陈灵，下逮乎《溱洧》之士女，《葛履》之公子，亦奚必贤于曹、刘、沈、谢乎？仲淹之删，非圣人之删也，而何损于采风之旨乎？”沈德潜的《古诗源序》也说：“后世攻王氏曰僭。夫王氏之僭，以其儗圣人之经，非谓其录删后世诗也。使误用其说，谓汉魏以下学者不当搜辑，是惩热羹而吹齑，见人噎而废食，其亦翦翦拘拘之见尔矣。”都是说王通选诗之事不可厚非。僭经不僭经，又另是一个问题。但他的选诗是根据孔门的诗教。这又是回顾古义的批评，和我前边所说骚赋代兴的时候的批评家那种回光返照的眼光是一样的。我们要知道这种回光返照的势力，在我国文学潮流中，是不断地表演出来，差不多可以说是我国文学批评史的干线。本来六朝之末，徐陵选《玉台新咏》，已略有这种动机。《大唐新语》里说：“梁简文为太子，好作艳诗，境内化之。晚年欲改作，追之不及，乃令徐陵为《玉台集》以大其体。”我们看徐陵那篇《玉台新咏》的序，确有化宫闱之燕昵为文翰之怡情的意思,并且有"曾无参于雅颂,亦靡滥于风人"这么两句做他的宗旨。足见梁陈侧艳之风,也是当时有识者所欲改革。到了唐朝,这个运动,就成熟了。《唐书·虞世南传》里说虞世南劝太宗不要作宫体诗,就更是旗帜鲜明了。王通的《续诗》既然丧失,他究竟怎样选法,无从知道,但是我们承认他的学说,在唐初是有影响的。

## 二十　别裁伪体的杜甫

　　文章艳丽，本不能算为恶点，所怕的是没有气势和风骨。梁、陈的文章所缺的在这一点。初唐四杰所以比较能振起的，也在这一点。但是梁、陈的徐、庾，实在是开初唐的门径的人。徐、庾有清俊之气，所以杜甫也有"清新庾开府"之评。初唐四杰得了这种清俊之气，又加上盛世的环境，所以就不同了。不过虽然清俊，还不能到高古雄浑的境界。高古雄浑的文章，要算陈子昂、张说开其端。到了李、杜、韩、柳，就光焰万丈了。李白说："蓬莱文章建安骨，中间小谢又清发。"（《宣州谢朓楼饯别校书叔云》）他的主张，当然是以风骨清发的为上。杜甫更有详细论文的话，我们不可不研究。我们要知道杜甫之所以伟大，和他折衷八代之正法眼藏，不可不读他的论文六绝——就是他集中所题的《戏为六绝句》：

　　　　庾信文章老更成，凌云健笔意纵横。今人嗤点流传赋，不觉前贤畏后生。
　　　　杨王卢骆当时体，轻薄为文哂未休。尔曹身与名俱灭，不废江河万古流！

## 二十　别裁伪体的杜甫

　　纵使卢王操翰墨，劣于汉魏近风骚；龙文虎脊皆君驭，历块过都见尔曹。

　　才力应难跨数公，凡今谁是出群雄？或看翡翠兰苕上，未掣鲸鱼碧海中。

　　不薄今人爱古人，清词丽句必为邻。窃攀屈宋宜方驾，恐与齐梁作后尘。

　　未及前贤更勿疑，递相祖述复先谁？别裁伪体亲风雅，转益多师是汝师。

"别裁伪体亲风雅，转益多师是汝师"，这两句是他通身血脉所贯注的结晶点。大凡论文，最难得是这种圆融广大知古知今的精神。昭明、刘勰都曾经表现过。老杜之为诗圣，就在这几首诗里可以看得出。他作这几首诗的动机，是针对当时一班时流而发。大概那个时候的人，厌薄齐梁，高标风雅，已成了一定的风气。人人都自负是与古为徒，而对于近代或当时的作家，都先怀着一个看不起的念头。老杜自己，当然是领袖风雅的英杰，但他的意思很广大。他以为文章之事，不是张幌子，喊口号，抬出一种空壳大帽子所能济事，最要紧是要有真面目真才性之表现。否则，附庸风雅，高攀屈、宋，都是毫无道理。大家不要看不起庾信，也不要看不起王、杨、卢、骆。庾信虽是齐梁的作者，但确有他的特色，到老年更有凌云的健笔。而世人乃时时拿他早年流行的那些轻艳的小赋，做讥弹的口实，好像庾信这种老宿，就怕了你们这班后生似的，其实都是谬妄啊。王、杨、卢、骆固然不是真有古筋古骨上追汉魏、肸蠁风骚的人，而且也诚然略为六朝以下时风所囿，但他们也有不朽的真价值，世人过于轻薄诋毁，其实大家如果试验起来，有几个能赶得上他们的呢？才人难得，目前一班文士，不过是小草敷荣，至于山海大观，都不曾梦见。我们爱古人，同时也不必薄今人。古诗风雅之音，固然可贵，但今人的清词丽句，也可以近取。世人都高自附于屈、宋，恐怕动起笔来，实在还赶不上齐梁啊。文章之事，流别承传，都可以递相师法，多所取材。当然不可执末而忘本，也不可以执本而废末。多师而有真面目，是最要紧的精神。我们以风雅为宗主，为裁别伪体的绳尺。有真面目的文章，就不是伪体。没有真面目的，虽天天讲风雅，也是伪风雅。这都是老杜的主张。他对于昭明《文选》再三称道。他训儿诗，有"熟精《文选》理"一句（《宗武生日》诗），尤为后人所称诵。昭明《文选》的眼光通达，我前边已经说过。唐人尚《文选》，也是一时风气，不过拿"理"字来说《文选》，实在是老杜心得的精言。王渔洋师弟之间，称道这句话，但以为对于这个"理"字，不必过求深解，恐限于宋诗的理窟，固有深心（看《师友诗传录》）。其实这"理"字，似乎原来下得很斟酌，不是随便讲的。《文选》出世以后，大概文人多取其艳辞，而略其理致。杜甫要救那辞胜于理的文敝，所以提出"理"字，正是有所用意咧。

## 二十一　蓄道德而后能文章是韩愈眼中的根本标准

韩愈称赞陈子昂（《荐士诗》），尤其推崇李、杜。他说："李杜文章在，光焰万丈长。不知群儿愚，那用故谤伤？蚍蜉撼大树，可笑不自量。"（《调张籍》）韩愈是少所许可的人。他这样推崇李、杜，好像和李、杜是沆瀣一气了。其实他的眼光还略有不同。李、杜不废六朝，并且他们的诗风，总是从曹、阮、鲍、谢之流变化而出。韩愈作文章，就主张要严格地复古了。他的复古，并不像苏绰、宋祁那种装模作样的复古，他是要先从道德学养上严格地取法圣贤，然后发为圣贤的文章。所以他是专法六经。虽然说"非三代两汉之书不敢观"，其实是专以三代为主，对于荀、扬诸子，尚且有所别择，对于两汉，只不过称道司马相如、司马迁、刘向几个人，其余东汉班固以下，都不是他所取法的。《新唐书·文艺传》序所说"擩哜道真，涵泳圣涯，于是韩愈倡之"，正是他的态度。关于他的论文的话，可以分作两部分说：一种是讲文章的根本，一种是讲文章的技术。但他所说的两种，都是互相统贯的。他论文

章根本,例如《答尉迟生书》里说:

> 夫所谓文者,必有诸其中;是故君子慎其实。实之美恶,其发也不掩。本深而末茂,形大而声宏,行峻而言厉,心醇而气和,昭晰者无疑,优游者有余。体不备,不可以为成人;辞不足,不可以为成文。

又说:

> 愈所能言者,皆古之道。

又《答李翊书》说:

> ……道德之归也有日矣,况其外之文乎?抑愈所谓望孔子之门墙而不入于其宫者,焉足以知其是且非耶?虽然,不可不为生言之。生所谓立言者是也,生所为者与所期者,甚似而几矣。抑不知生之志:蕲胜于人而取于人耶?将蕲至于古之立言者耶?蕲胜于人而取于人,则固胜于人而可取于人矣。将蕲至于古之立言者,则无望其速成,无诱于势利,养其根而俟其实,加其膏而希其光。根之茂者其实遂,膏之沃者其光晔,仁义之人,其言蔼如也。

这些话都是以为文章和人的品性是表里相应的。什么样的人就有什么样的文章，一毫不可假借。这种意思，从《周易·系辞》里所说"吉人之辞寡，躁人之辞多"那些话已开其端。扬雄《法言》也说："声画形，则君子小人见矣。"唐朝这个时候，开韩愈复古之先声的独孤及、萧颖士、元结这班人，也都不乏这一类的论调。这时候，有一个尚衡作《文道元龟》一文（见《唐文粹》），说："君子之作，先乎行，行为之质；后乎言，言为之文。行不出乎言，言不出乎行，质文相半，斯乃化成之道焉。"他又分别君子之文、志士之文、词士之文为三等。这些话，都和韩愈是一类。所谓古文，照韩愈的意思，就是"古圣贤人"之文，或是"古之立言者"之文。作古文，就是修到和他们一样从那样道德里发出的文章。在这一类的论调中，韩愈的话，最为透彻了。他说到作文的技术，也和他这表里如一的观念是一贯的。他《答刘正夫》说：

> 文宜师古圣贤人。……师其意不师其辞。问曰：文宜易宜难？曰无难易，惟其是尔。若圣人之道，不用文则已，用则必尚其能者；能者非他，能自树立不因循者是也。

此外《答李翊书》所说：

> 惟陈言之务去，戛戛乎其难哉。……气，水也，言，浮物也。水大而物之浮者大小毕浮。气之与言犹是也，气盛则言之短长与声之高下皆宜。

他所谓"惟其是"，所谓"去陈言"，所谓"气盛"，都是说先从学养上有所得，然后自然能获得这种效果。否则学养毫无，如何能够分别什么为"是"什么为"不是"，如何能够"自树立"，如何能有自己心得之言而不用陈言，如何能够有自得之乐昌盛之气呢？所以有些人就把"去陈言""惟其是""气盛"，认为韩愈论文的根本标准，实在是只知道一半。不但后人只知道一半，即便他的从游弟子李翱，也似乎不能得其全体。李翱《答王载言书》（《李文公文集》），解释韩愈"陈言务去"的意思，以为譬如《周易》说"笑言哑哑"，《论语》上说笑，就不说"哑哑"而说"莞尔"，这就是修辞的要义。实在"去陈言"不是这样去法。韩愈最重要的话，是"惟其是尔"。"是"是合乎当前的情理。譬如"哑哑"是大笑，"莞尔"是微笑，这种字义是一定的，假使说大笑而用"莞尔"，说微笑而用"哑哑"，便是错误。我们只要用得恰当不错误，并不一定要故意翻新。像这种故意翻新，反而可笑。用字要训诂精切，断不能因为避陈言而胡乱杜撰。这才是韩愈所谓"去陈言"的真意。如果执着李翱之言，那么，结果非另造一部字典不可了。我们看裴度《寄李翱书》（《次山集》）有劝勉李翱的话，也是正中他这种偏见之病。裴度说："昔人有见小人之违道者，耻与之同形貌共衣服，遂思倒置眉目反易冠带以异也，不知其倒之反之之非也。"岂不是极可以救李翱之病吗？如果我们明白韩愈蓄道德而后能文章的根本主张，自然也就能明白随事制宜的"惟其是"了。

但是文章工夫，到了"惟其是""气盛言宜"，并非就从此停止。如果只知道"宜"字，似乎客观的条件太重，变为"酬世锦囊"了。各人有各人的面目，各人有各人的宜，不能一定的。他《答李翊书》，说到"气盛言宜"，就马上接着说："能如是，其敢自谓几于成乎？"底下又说"处心有道，行己有方"的道理。所以他不但以为文章发源于道德，即便下笔的时候，也是由于平日伟大的胸襟流露而出，不是临时苦心织绣而成，要有包络天地的胸襟，然后有淋漓大笔的文章。本来陆机、刘勰也都有这种说法，不过韩是专主此意，说得更透彻。他批评世人读李、杜的诗（《调张籍》），"徒观斧凿痕，不睹治水航"，是不能得到他们的好处的。又称颂李、杜说："想当施手时，巨刃磨天扬。……平生千万篇，金薤垂琳琅。仙官敕六丁，雷电下取将。流落人间者，太山一毫芒。我愿生两翅，捕逐出八荒。……腾身跨汗漫，不著织女襄。顾语地上友，经营无太忙。"都是这种意思。他的最相好的朋友孟郊，有几句诗说："天地入胸臆，吁嗟生风雷。文章得其微，物象由我裁。……苟非圣贤心，孰与造化该。"（《赠郑夫子鲂》）正是互相发明的话。

至于文章的气体,他是比较欢喜"清奥"一路。"清奥"的境界,和李太白所谓"清发",杜子美所谓"清新",略有不同。我们看他《荐士诗》(荐孟郊)说:"周诗三百篇,雅丽理训诰。……中间数鲍谢,比近最清奥。……有穷者孟郊,受材实雄骜。冥观洞古今,象外逐幽好。横空盘硬语,妥帖力排奡。敷柔肆纡馀,奋猛卷海潦。"就可以知道他的欣赏所在了。"雅丽理训诰",是他的目的,他心中似乎不但没有齐梁,汉以下都不放在眼里,要完全效法《诗》三百篇。但似乎只要学雅颂,不要学国风;我们看他说"三百篇"的好处,只说"雅丽理训诰",就可以知道。本来他自己的诗,也确是雅颂铺叙之意多,而风人讽谕之意少。苏东坡说:"诗格之变,自退之始。"(《志林》)陈后山说:"韩以文为诗。"(《后山诗话》)也或者看到这一点。韩愈称赞孟郊的话,正是说他自己的欣赏,说他自己的作风咧。

## 二十二　白居易的讽谕观和张为的《诗人主客图》

杜甫爱古人，也同时不薄今人。但大历十才子接在后面，过于求工秀，所以又激出元和时代韩、白的复古。韩固复古，白居易也实在是专爱古人而薄今人的。不过一个主聱涩，一个主平易，笔调不同，而笃古的眼光是一样。韩愈论文是要先从道德学养上学古圣贤人，是文人心气上的复古。白居易的复古，是在文学作用上讲的。他认为诗的作用是：

上以诗补察时政，下以歌泄导人情。（《与元九书》）
文章合为时而著，歌诗合为事而作。（同上）

又叹同时一些同调的朋友多已死了，以为：

不知天之意，不欲使下人之病苦闻于上耶？不然，何有志于诗者，不利若此之甚也。（同上）

称道民间疾苦,就是"下以歌泄导人情"的意思。这些都是诗的大用。他当然也是本着孔门的诗教。但又似乎只知道国风,不知道雅颂。他本着他这种观察,批评六朝以后的诗,在这《与元九书》中,说得很详尽。他说:

> 晋、宋已还,得(六义)者盖寡。以康乐之奥博,多溺于山水。以渊明之高古,偏放于田园,江、鲍之流,又狭于此。……陵夷至于梁、陈间,率不过嘲风雪、弄花草而已。噫!风雪花草之物,"三百篇"中,岂舍之乎?顾所用何如耳。设如"北风其凉",假风以刺威虐也。……"采采芣苢",美草以乐有子也。皆兴发于此而义归于彼,反是者可乎哉?然则,"余霞散成绮,澄江净如练","离花先委露,别叶乍辞风"之什,丽则丽矣,吾不知其所讽焉。……唐兴二百年,其间诗人不可胜数。所可举者,陈子昂有《感遇诗》二十首。……又诗之豪者称李、杜。李之作,才矣!奇矣!人不逮矣!索其风雅比兴,十无一焉。杜诗最多,可传者千余首,至于贯穿古今,觋缕格律,尽工尽苦,又过于李。然撮其《新安吏》《石壕吏》……"朱门酒肉臭,路有冻死骨"之句,亦不过十三四。杜尚如此,况不逮杜者乎?

## 二十二　白居易的讽谕观和张为的《诗人主客图》

这都是以讽谕时事为诗的正经。凡不是这样的诗，都是他所不取。但白居易自己的诗，方面很多，并不严守这个标准，似乎有点矛盾。他把他自己的诗分为四大类。一是讽谕诗，皆有关于美刺比兴因事立题的。二是闲适诗，都是退公闲居吟玩性情的。三是感伤诗，都是事物牵情随感咏叹的。四是杂诗。他自己最爱的，是他的讽谕诗；以为这都是本于兼济天下之志。其次闲适诗，也合于穷则独善其身的道理。至于"杂律诗与《长恨歌》以下"，都不是他自己所尚，并且叹惜世上人，都只能赏鉴这些杂诗，以为"时之所重，仆之所轻"。白居易的诗，到了现在，似乎还是《长恨歌》《琵琶行》那些篇最为人所爱诵，而当时杜牧之骂他那些杂诗为诲淫，这都是居易所不及料的了。照他自己这样分诗体的办法，固是完全以"四始六义"为归宿，但结果反而因为偶作违背"四始六义"的诗而被谤，足见得高标宗旨是不容易的事。文学批评时时回返古义，和文学本身时时要轶出古义之外，这两个轮子是在那儿平头并进的。诗教之不能范围骚赋，也和诗教之不能范围五、七言诗，是一样的。要说复古，还是韩愈所说做人做到古圣贤人，然后文章才能做到古圣贤人，最为彻底，最为可信。否则，就文论文，也还是杜甫那种"别裁伪体亲风雅，转益多师是汝师"的眼光最为通达。唐末有个张为，撰了一部《诗人主客图》（纪晓岚的《镜烟堂十种》中收有此书），专推崇白居易，以他为"广大教化主"。这本书是将中晚唐的诗人，分别品次。所谓"主"者，第一个就是白居易，其次有孟云卿、李益、鲍溶、孟郊、武元衡，都各为一派之"主"，其余的人，附属在各"主"之下都是"客"。这书似乎是摹仿钟嵘而下开宋人诗派图之风；但实在很浅陋，没有多大道理。诗的"广大教化主"，除了杜甫，似乎还没有第二人可以当得的。

## 二十三　可以略见晚唐人的才调观的《本事诗》和《才调集》

唐朝有几部诗话：皎然的《诗式》，孟棨的《本事诗》和司空图的《二十四诗品》。释皎然是谢康乐的十世孙，是天宝、大历间人。刘禹锡的《灵澈上人集序》里说当时江左的诗僧，以画公（皎然字）"能备众体"（《唐文粹》）。皎然对于诗道，当然自足名家。但可惜我们所有的这部《诗式》，已经丧失了真面目，怕是伪托的了。清《四库全书总目》诗文评类存目里，辨出其可疑之点，因为参照《直斋书录解题》所载的卷数和体裁，都不相符。我们看这个书，的确很琐碎。虽然不少刻骨之言，但大体是不大方。我们不必深论。孟棨、司空图都是晚唐的人。孟棨《本事诗》是略取历代诗人缘情之作，叙述作诗的本事，使人知道某诗是为某事而作。大抵是专以人事情感上所触发的诗为主，所说的，又多半是才调清美的诗。可以代表晚唐诗人欣赏的兴趣。作者把他所讲的分作七类：一是"情感"，二是"事感"，三是"高逸"，四是"怨愤"，五是"徵异"，六是"徵咎"，七是"嘲戏"。他的叙述，颇能描写作

者各人的才调。唐代诗人的轶事,多赖以存留。至于他的主张,好像以为诗是纯粹发挥人事情感之用,他的《本事诗序》说:

> 诗者,情动于中而形于言。故怨思悲愁,常多感慨,抒怀佳作,讽刺雅言,著于群书。虽盈厨溢阁,其间触事兴咏,尤所钟情,不有发挥,孰明厥义?因采为《本事诗》凡七题,犹四始也。

我前边讲过,《左传》里已经有诗本事。《毛诗》小序更是具体的诗本事。古代采诗,当然专就那咏叹时政咏叹人事一方面来着眼。但是后世的诗,像我前边引刘彦和所说正始仙心,江左玄风,宋初山水,乃至于初唐王、孟之兴象,白香山所说的"闲适",这些诗,实在都不能一一求其本事。如果一定要求本事,就不无拘泥之过。这也是后来的诗轶出"三百篇"范围以外之一点。孟棨高攀"四始",固然是不符其实,但即便论后世的诗,也实在不能一律用这个办法。他对于诗,好像完全主张发挥才情,不主张攻苦的作品。他叙李白赠杜甫的诗,说:

> 白才逸气高,与陈拾遗齐名,先后合德。其论诗云:"梁陈以来,艳薄斯极,沈休文又尚声律;将复古道,非我而谁欤?"故陈、李二集,律诗殊少。尝言:

## 二十三　可以略见晚唐人的才调观的《本事诗》和《才调集》

"兴寄深微，五言不如四言，七言又其靡也，况使束于声调俳优哉？"故戏杜曰："饭颗山头逢杜甫，头戴笠子日卓午。借问何来太瘦生？总为从前作诗苦。"盖讥其拘束也。

这段话，太过于扬李而抑杜，不足为据。李、杜并不曾互相排诋。《渔隐丛话》卷五引《洪驹父诗话》，谓李有《尧祠赠杜补阙诗》，不仅"饭颗山头"之句，又卷六引《学林新编》，谓杜赠李的诗，所说"李侯有佳句，往往似阴铿"，正是赞美太白善为五言诗。都说得有理。清《四库全书总目》所以说孟棨这段话，"论者以为失实"。我们看唐末韦庄著《又玄集》，选唐人诗，自己说："但掇其清词丽句，录在西斋，莫穷其巨派洪澜，任归东海；总其得者，才子一百五十人。"（《又玄集序》）五代时蜀韦縠所选的《才调集》，完全以晚唐人的眼光为宗，清冯班评《才调集》，又推为西崑正宗，《四库全书总目》说韦縠是"以秾丽秀发为宗，救当时粗俚之习。以杜诗高古，与其书体例不同，故集中无杜诗"。这都是晚唐人的才调观，孟棨也正是这派人。

# 二十四　标举味外之味的司空图

　　唐末最善论诗的人，没有好过司空图的了。他的《二十四诗品》把诗的境界，分作二十四种，各种都拿韵语十二句来形容他，说得十分精微。他这书也差不多是人人所诵习的了。我们看他所分的是：雄浑，冲淡，纤秾，沈著，高古，典雅，洗炼，劲健，绮丽，自然，含蓄，豪放，精神，缜密，疏野，清奇，委曲，实境，悲慨，形容，超诣，飘逸，旷达，流动。这些名目，似乎是兼备众体，不主一格。但自来都认为他是主张味外之味，好像也是专讲神韵的。苏东坡说，司空表圣论自己的诗，以为得味外味，看他所作的，诚然很工，但有寒气。(《东坡志林》)清朝王士祯，更拿表圣《诗品》所说"不著一字，尽得风流"，做他的诗学皈依之点。(《师友诗传录》)清《四库全书总目》在表圣《诗品》底下，又不以王士祯所认为然，说表圣"所列诸体毕备，不主一格"。"王士祯但取其'采采流水，蓬蓬远春'二语，又取其'不著一字，尽得风流'二语，以为诗家之极则，其实非图意也。"但我看表圣论诗，似乎确和王士祯是一路。《诗品》平列各体，所说的很浑括，诚然不容易指明他的究竟主张；但表圣有与人论诗书两通，说得很清楚。他《与李山论诗书》说：

> 文之难而诗之难尤难，而古今之喻多矣。而愚以为辨于味而后可以言诗也。江岭之南，凡足资于适口者，若醯非不酸也，止于酸而已；如为鹾非不咸也，止于咸而已。华之人以充饥而遽辍者，知其咸酸之外，醇美有所乏耳。……《诗》贯六义，则讽谕抑扬、渟蓄渊雅，皆在其中矣。然直致所得，以格自奇，前辈编集，亦不专工于此，矧其下者耶？王右丞、韦苏州澄澹精致，格在其中，岂妨于遒举哉？贾阆仙（岛）诚有警句，然视其全篇，意思殊馁；大抵附于蹇涩，方可致才，亦为体之不备也，矧其下者哉？噫！近而不浮，远而不尽，然后可以言韵外之致耳。（与下《与王驾评诗书》见《表圣文集》，《唐文粹》亦有）

底下又接着举出他自己的许多诗句，好像自以为对于各种不同的情景，都能写得出来。大体上看来，似乎他主张兼备众美；但其实他是爱好风神。举出王右丞、韦苏州之澄澹精致，正和王士祯是有同样的欣赏。他又有《与王驾评诗书》说：

> 国初……沈、宋始兴之后，杰出于江宁，宏肆于

> 李、杜，极矣。右丞、苏州，趣味澄夐，若清沇之贯达。大历十数公，抑又其次焉。力勍而气孱，乃都市之豪估耳。刘梦得、杨巨源亦各有胜会，阆仙……辈时得佳致，亦足涤烦。厥后所闻，逾褊浅矣。然河汾蟠郁之气，宜继起有人。今王生者，寓居其间，沉渍日久，五言所得，长于思与境偕，乃诗家之所尚者。

这也是俨然以王、韦为宗，以"思与境偕"为最胜。《蔡宽夫诗话》(《渔隐丛话》卷十九引)说："司空图善论前人诗。如谓元、白力勍气孱，乃都会之豪估，郊、岛非附于蹇涩，无所置才，皆切中其病。"这样看来，司空图确是以盛唐为宗，不数中晚唐的了。他认为盛唐诗人能兼备众美。所谓酸咸之外者，正是因为酸止于酸，而没有其他的味道；咸止于咸，此外也一无所有，皆是偏于一格，所以不好。这和他列举二十四种诗品，正是一贯的主张。我们看他《诗品》第一首论"雄浑"，说：

> 大用外腓，真体内充。反虚入浑，积健为雄。具备万物，横绝太空。荒荒油云，寥寥长风。超以象外，得其环中。持之非强，来之无穷。

这大概是他心中所奉为至高无上之极品，所以列为二十四品之冠。这十二句实在可以包括后来严沧浪的"羚羊挂角"

和王士禛的"神韵"。士禛不拿这十二句做他的宗旨，而拿后边的"采采流水""不著一字"那四句来讲，大概因为这十二句说得浑融阔大，学者难于捉摸，容易流为明七子之肤壳伪体，而后边那四句较为警醒，便于指点的缘故。

## 二十五　西崑家所欣赏的是"寓意深妙""清峭感怆"

"诗家总爱西崑好，独恨无人作郑笺。"这是元遗山《论诗绝句》中讥笑西崑体的话。但杨亿原是改革文体的人；起五代之衰，开天水之盛，杨、刘也是开道的健将。（《四库全书总目》《武夷新集》下引田况《儒林公议》云："亿在两禁，变文章之体，刘、钱辈皆从而效之。"）本来自晚唐五代以来，文学界的风花雪月，柔而无骨，又到了极点。宋朝周紫芝《太仓稊米集》里，有一首《戏题韦庄〈浣花集〉》的诗，他说："晚塘风月一番新，弄粉调膏点注匀。谁与花林诗宰相，聘将花蕊作夫人。"这首诗形容文格之低，十分刻骨。《西崑酬唱集》绝不是这一路。我最爱欧阳脩《六一诗话》里对于这件事的批评。《六一诗话》说："杨大年与钱、刘数公唱和，自《西崑集》出，时人争效之，诗体一变。而先生老辈，患其多用故事，至于语僻难晓，殊不知自是学者之弊。如子仪《新蝉》云：'风来玉宇乌先转，露下金茎鹤未知。'虽用故事，何害为佳句也。又如'峭帆横渡官桥柳，叠鼓惊飞海岸鸥。'其不用故事，又

## 二十五　西崑家所欣赏的是"寓意深妙""清峭感怆"

岂不佳乎。盖其雄文博学，笔力有余，故无施而不可。非如前世号诗人者，区区于风云草木之类，为许洞所困者也。"足见得杨、刘诸人和韦庄、韩偓，还有不同的地方。杨、刘诸人所奉的宗主是李义山。《全唐诗话》卷四说：

> 杨大年云：义山诗，陈恕酷爱其一绝云，"珠箔轻明覆玉墀，披香新殿斗腰肢；不须看尽鱼龙戏，终遣君王怒偃师。"叹曰：古人措词寓意，如此深妙，令人感慨不已。大年又曰：邓帅钱若水举《贾谊》两句云："可怜夜半虚前席，不问苍生问鬼神。"钱云：措意如此，后人何以企及。鹿门先生唐彦谦为《诗纂》，慕玉谿得其清峭感怆，盖其一体也。

他心中叹羡义山之情，跃然如见。但是我们要注意，他所叹羡的，是义山"措词寓意"之妙，并不是专在丽巧上讲求。所以欧阳脩的话，是深知其意。至于学西崑的人，学得僻涩，原不能归罪于杨、刘本人。杨、刘也欢喜唐彦谦，人家都说他因为彦谦的诗，用事精巧，对偶亲切（《石林诗话》），但我们看杨亿自己所说的，是因为彦谦"慕玉谿得其清峭感怆"。西崑家的精神，原来是注重这一点的。可惜后人很少注意。

老杜的诗，在唐朝并没有李白、白居易那样大的势力，没有好多人学他。王安石说，唐人只有李义山知学老杜而得其藩篱（《渔隐丛话》卷二十二引《蔡宽夫诗话》）。陈后山说，唐人不学杜诗（《后山诗话》）。到宋朝初年，仍然有些人不欢喜杜诗。杨亿说杜子美是村夫子（《诗话总龟》卷五引《古今诗话》），欧阳修不爱杜而尊韩（《诗话总龟》引《贡父诗话》），只有唐彦谦、黄亚夫（庶）、谢师厚（景）和亚夫的儿子黄山谷（又是师厚的女婿）才学杜诗（《后山诗话》）。黄山谷就做成了后来所号的江西派。但西崑家学李义山，而义山又原是学杜的。所以老杜的诗，实在是西崑体和江西派的共同祖师。知道西崑家以"寓意深妙""清峭感怆"为欣赏之点，就可以知道李义山所以能够走进老杜之藩篱的缘故。

## 二十六  晏殊对于富贵风趣的批评

文人少达而多穷,是人人常说的话。但是事实上,古今来也有不少的富贵文人。文章当然各从其境遇,然而就技术上讲,说快乐的话,比较说愁苦的话,还要难过百倍。韩愈有几句话讲得好,"和平之音淡薄,而愁思之音要妙;欢愉之词难工,而穷苦之言易好也。"(《荆潭唱和诗序》)大概无论说欢愉,说穷苦,总不可以沉溺太过,过于刻画;总要有超然于实境之外的精神才好。我们联想起"乐而不淫,哀而不伤"那两句话,毕竟是好的标准。譬如孟郊、贾岛一生穷饿,自然不得不发为穷苦之音,但是刻画穷况,未免太过。《全唐诗话》说:"郊作诗曰:'食荠肠亦苦,强歌声无欢,出门如有碍,谁云天地宽。'其穷也甚矣。"所以后来有人讥笑孟郊,说天地并不碍,他自己碍了。《六一诗话》也引贾岛的"坐闻西床琴,冻折两三弦",说他"其寒亦何可忍也"。至于说富贵的诗,如果刻画太过,毫无气象,也不免恶俗。关于这个道理,晏殊说得最好。本来宋朝到这时候,政治上是很清明的;自从太祖重书生,文人的际遇也算古今第一。好像钱若水、杨亿、王珪、宋庠、晏殊这班人，都是文章知遇，身登台阁，声华很盛，耳濡目染，自然都是富贵欢愉之事。但是同一富贵之音，而高下大有分别。晏殊的眼光，在这里就大有特色。他主张凡是说富贵，要说出富贵的气象，不可但说些金玉锦绣就算了事。《青箱杂记》里说：

> 晏元献公虽起田里，而文章富贵，出于天然。尝览李庆孙《富贵曲》云："轴装曲谱金书字，树记花名玉篆牌。"公曰："此乃乞儿相，未尝谙富贵者。故余每吟咏富贵，不言金玉锦绣而唯说其气象。若'楼台侧畔杨花过，帘幕中间燕子飞''梨花院落溶溶月，柳絮池塘淡淡风'之类是也。"故公自以此句语人曰："穷儿家有这景致也无？"

像李庆孙这两句诗，对于那些金玉锦绣，似乎有点目眩意迷的情形，诚然很恶俗。晏殊自己那几句诗，能超然物外，自然有一种清华高贵的样子，绝不是穷苦怨叹的胸怀所能发出，这才是真正的和平富贵之音。又欧阳修《归田录》说：

> 晏元献喜评诗，尝曰："'老觉腰金重，慵便枕玉凉。'未是富贵话；不如'笙歌归院落，灯火下楼台'，此善言富贵者也。"人皆以为知言。

## 二十六　晏殊对于富贵风趣的批评

足见他对于这种富贵欢愉的文章，时时用到他的慧眼。和他同时的人韩琦、王珪，也以作富贵诗得名。不过王珪也只是外表的堆砌，没有晏殊这样得富贵的神理。所以《后山诗话》说："王岐公诗，喜用金璧珠碧以为富贵，而其兄谓之至宝丹。"正是说他只知堆砌金碧，而实无高贵的精神。

晏殊所欣赏的，是富贵的风趣，而不是富贵的物质。文章可以观人，正是在这些地方。如果真是雅人，无论处贫贱处富贵，都不失其雅；如果是俗人，处贫贱也俗，处富贵也俗。人的气量局格之大小，作出文章来，都完全可以表现，不能丝毫掩饰。《全唐诗话》卷二说："孟郊下第诗曰：'弃置复弃置，情如刀剑伤。'……后及第，有诗曰：'……一日看尽长安花。'一日之间，花即看尽，何其速也。果不达。"这种都是对于穷苦的境界沉溺得太过，不能自拔。因此，有些批评家往往拿文章来判断人的命运。这一种也是我国文学批评中一种有力的批评。《左传》里时时有拿言语文辞来判断人的吉凶的记载，就是这批评法的起源。《青箱杂记》里说韦宙认为"卢携文章有首尾，异日必贵。"《诗话总龟》卷五引《鉴戒录》曰："王建诗寒碎，故仕终不显。"像这种谈论，我们常常碰得着的。无论如何，文章的气度和为人的气度是表里如一，这一点是不会错的。《宋史·晏殊传》上说："晏殊虽处富贵，奉养如寒士，樽酒相对,欢如也。"有这样气度,所以他的文章慧眼,也与众不同。人人知道天怀淡泊的人才可以安处贫贱,而不知道处富贵,也未尝不要天怀淡泊。只有天怀淡泊超然于实境之外的人,才可以安享富贵,领略富贵的趣味。晏殊对于富贵诗的批评,就是告诉我们这个道理。《青箱杂记》又说:

> 公风骨清羸,不喜食肉,尤嫌肥膻。每读韦应物诗爱之,曰:"全没些脂腻气。"故公于文章,尤负赏识。集梁《文选》以后,迄于唐,别为《集选》五卷,而诗之选尤精。凡格调猥俗而脂腻者,皆不载也。

可惜他这部《集选》竟失传了,不能使我们多得到一点他的批评标准。

## 二十七　欧阳脩文外求文的论调

韩愈的文章,在唐朝并不很看重。后人这样推尊韩愈,实在是宋朝欧阳脩所发起。所以陈善《扪虱新语》里也说:"韩文重于今世,盖自欧公始倡之。"我们看欧阳脩集中有《书韩文后》一篇,他说:

> 予少家汉东。有大姓李氏者,其子尧辅颇好学。予游其家,见敝箧贮故书在壁间。发而视之,得唐《昌黎先生文集》六卷,脱落颠倒无次序,因乞以归读之。是时天下未有道韩文者。予……后官于洛阳,而尹师鲁之徒皆在,遂相与作为古文,因出所藏《昌黎集》而补缀之。其后天下学者,亦渐趋于古。韩文遂行于世①。

这就是欧阳脩继柳开、穆脩等而做复古大将的动机。

---

① 编辑按:此段文字出自洪迈《容斋续笔》卷九,是洪迈对《欧阳文忠公集》中《记旧本韩文后》一文中相应内容删节而成。

但是欧阳脩的立论,比较韩愈还有更严的地方。韩愈固然是效法六经,但是当时裴度还批评他不应该"以文为戏,而不以文立制"(裴度《寄李翱书》,见《唐文粹》)。就是指他作《毛颖传》那些游戏的文章,以为他的文集里,很少有关经术治道的文章。所以明末顾亭林《与李中孚书》,也说:"如韩退之但作《原道》《平淮西碑》诸篇,则诚近代之泰山北斗。"他们这种批评,都还是根据古义在思想和作用上讲究。古文家最注重的,本也在此。所以欧阳脩一谈到文章,也就根本以文章为末务。对于技术上,毫无所陈,不像韩愈还有不少的文章格律之论。欧阳脩《答吴充秀才书》说:

> 盖文之为言,难工而可喜,易悦而自足。世之学者往往溺之,一有工焉,则曰吾学足矣。甚者弃百事不关心,曰吾文士也,职于文而已。此其所以至之鲜也。孔子老而归鲁,六经之作,数年之顷耳。……大抵道胜者,文不难而自至也。故孟子皇皇不暇著书,荀卿盖亦晚而有作。……后之惑者,徒见前世之文传,以为学文而已,故用力愈勤而愈不至。……若道之充焉,虽行乎天地,入于渊泉无不之也。

又《送徐无党南归序》说:

> 今之学者,莫不慕古圣贤之不朽,而勤一世以尽心于文字间者,皆可悲也。

本来韩愈的宗旨,也完全和这些话是一样,都是以为"道至而文亦至"。不过韩愈似乎还免不了唐代文士之习,以文章做应酬品,上书投赠颂扬夸张的地方还是很多。欧阳修比较这些习气删除殆尽,他修《唐书》,又自己作了一部《五代史记》,上法《春秋》,可以算是"以文立制"了。

# 二十八　欧阳修和梅圣俞同心爱赏"深远闲淡"的作风

但是欧阳修有一部《六一诗话》。他这诗话前面，题了几句话，说是："居士退居汝阴而集以资闲谈也。"这不过表示这部书是闲谈之作，不是什么精心结撰的东西。其实我们如果要略窥他论文的宗旨，这部书就很重要了。我们现在就他这诗话里，可以一条条地看出他对于诗的主张。他说：

> 仁宗朝有数达官，以诗知名，常慕白乐天体，故其语多得于容易。尝有一联云："有禄肥妻子，无恩及吏民。"有戏之者云："昨日通衢遇一辎軿车，载极重而羸牛甚苦，岂非足下肥妻子乎？"闻者以为笑。

他这意中，就是不以白居易那种率易之体为可法。又说：

> 孟郊、贾岛皆以诗穷至死，而平生尤自喜为穷苦之句。孟有《移居》诗云："借车载家具，家具少于

## 二十八　欧阳修和梅圣俞同心爱赏"深远闲淡"的作风

车。"乃是都无一物耳。又《谢人惠炭》云:"暖得曲身成直身。"人谓非其身备尝之不能道此句也。贾云:"须边虽有丝,不堪织寒衣。"就令织得,能得几何?又其《朝饥》诗云:"坐闻西床琴,冻折两三弦。"人谓其不止忍饥而已,其寒亦何可忍也。

这是不以郊、岛的诗骨过寒为然。又我前面论西崑体的诗那一节里,引了他诗话里一段话,可以见得他对于杨、刘的诗,也有很赞成的地方了。至于《后山诗话》说欧阳修不欢喜杜诗,我看也未必。《六一诗话》里说:

> 唐之晚年,诗人无复李、杜豪放之格,然亦务以精意相高。

又说:

> 盖自杨、刘唱和,《西崑集》行,后进学者争效之……由是唐贤诸诗集,几废而不行。陈公时偶得杜集旧本,文多脱误,至《送蔡都尉诗》云:"身轻一鸟□",其下脱一字。陈公因与数客各用一字补之,或云疾,或云落,或云起,或云下,莫能定。其后得一善本,乃是"身轻一鸟过"。陈公叹服,以为虽一字诸君亦不能到也。

看他何等推崇杜甫。但欧阳修所佩服的，还是他的朋友梅圣俞。他这诗话里引梅圣俞的诗和圣俞论诗的话极多。他说：

> 圣俞尝语余曰，诗家虽率意而造语亦难。若意新语工，得前人所未道者，斯为善也。必能状难写之景，如在目前，含不尽之意，见于言外，然后为至矣。贾岛云："竹笼拾山果，瓦瓶担石泉。"姚合云："马随山鹿放，鸡逐野禽栖"等是山邑荒僻，官况萧条，不如"县古槐根出，官清马骨高"为工也。余曰：语之工者固如是；状难写之景，含不尽之意，何诗为然？圣俞曰：作者得于心，览者会以意，殆难指陈以言也。虽然，亦可略道其仿佛。若严维"柳塘春水漫，花坞夕阳迟"，则天容时态，融和骀荡，岂不如在目前乎？又若温庭筠"鸡声茅店月，人迹板桥霜"，贾岛"怪禽啼旷野，落日恐行人"，则道路辛苦，羁愁旅思，岂不见于言外乎？

他又说："圣俞诗覃思精微，以深远闲淡为意。"他自己并且有一首诗称赞圣俞，说："梅翁事清切，石齿漱寒濑。作诗三十年，视我如后辈。……苏（子美）豪以气轹，举世徒惊骇。梅穷我独知，古货今难卖。"他和梅圣俞，实是沆

## 二十八　欧阳脩和梅圣俞同心爱赏"深远闲淡"的作风

瀁一气。他这"深远闲淡"四个字,实是他论诗文的主见。我们读他自己的诗文,可以看得出他的作风和他的批评,是很相合的。虽然不是和梅圣俞完全一式一样,但是看他这样推尊圣俞的言论,所谓"状难写之景,含不尽之意",这样详细的推敲,成了诗学上的至理名言,传诵千古,他心中即奉此为圭臬,是可以就这部诗话前后各条看得出的。欧阳脩和晏殊的风趣,颇有相同的地方,声名地位都很高华。他本也是出于晏殊的门下。《扪虱新语》也说:"欧公工于叙富贵。"但他的批评眼光,或者比晏殊更深入一点。所以他这诗话里有一节说晏元献不能算是梅圣俞的知己。

至于陈后山说他不喜杜诗,和叶梦得《石林诗话》里说他力矫西崑,本都不足信。清《四库全书总目》已经辨正了。欧阳脩是宋朝一切诗文风气的开道者。他能会通盛唐晚唐的诗,推崇李白、杜甫,也不薄晚唐及西崑,这是显而易见的。

又后来刘克庄的《后村诗话》里说欧诗是学韩愈,这话本不错。但我们看《六一诗话》里说到韩诗,也引梅圣俞的话,以为退之"拗强",似乎也不一定要学他的拗体。总而言之,我们看《六一诗话》,知道欧阳脩是爱李、杜之豪放,但也要求精意。爱韩愈之雄奇,但也不必要学他的倔拗。未尝不赞成白乐天的平易近人,但力戒浅俗。知道西崑末流的僻巧,但也取其佳致。他的眼光是很广大的。譬如他自己作的《崇徽公主手痕》诗中有两句:"玉颜自昔为身累，肉食何人与国谋？"《石林诗话》说："虽崑体之工者，亦未易比。"可见得他的取法是不拘一格了。《后村诗话》说，开宋诗的风气的人，是梅圣俞，不是欧阳脩，这话固然不错，但实在梅圣俞的诗，也完全亏得欧阳脩的提倡。梅圣俞并且自叹再作诗三十年，亦不能赶得上欧阳脩的《庐山高》（见于王直方的《直方诗话》）。欧的门徒虽极盛，曾巩、王安石、苏氏父子，都是他所奖进而成，但似乎都还不能赶得上他的全体。王安石选四家诗，以杜为首，以欧次之，最后是韩、李，颇具特识。欧公看诗的眼光，不能专当作宋诗的眼光看。

## 二十九　邵康节的忘情论

说到文学，人人都知道是情感的表现，都知道是以情感为惟一的原素。没有情感，就根本没有文学。但是情感这件东西，是很不容易驾驭的。宋朝邵康节对于这种意思，说得最多。他的《击壤集序》里说：

> 噫！情之溺人也甚于水。古者谓水能载舟亦能覆舟也。

所以他主张一切以客观观物，不要轻于动私人情感。他这序里说：

> 以道观性，以性观心，以心观身，以身观物，治则治矣，然犹未离乎害者也。不若以道观道，以性观性，以心观心，以身观身，以物观物，则虽欲相伤，其可得乎？……虽死生荣辱转战于前，曾未入于胸中，则何异四时风花雪月一过乎眼也。……盖其间情累都忘去耳。所未忘者，独有诗在焉。然虽曰未忘，其实

> 亦若忘之矣。何者？谓其所作异乎人之作也。所作不限声律，不沿爱恶，不立固必，不希名誉……因静照物，因时起志，因志发咏……故哀而未尝伤，乐而未尝淫。

他这段话，完全表示一种淡然忘情的文学。他的《击壤集》在文学界中独树一帜。所以严羽的《沧浪诗话》中，也立了邵康节一体。康节是把自己放在极空灵的地方，对于外物，只以客观的态度去看，不让他轻易撩起自己的情感，至于一切文章组织的技术，自然更无暇吹求。兴之所到，不计妍丑。

这种道理本来很好，文章根本的条件，本只有"辞达而已矣"一句已经说尽了。既然只以辞达为主，当然也就顺其自然，不去雕琢性情，做那些无聊的讲究。但是文学同性情的关系，毕竟是很密切的，因为文学是人事上的东西，不是玄理上的东西。拿文学来陶养性情，是文学之大用。《诗·大序》说："故正得失、动天地、感鬼神，莫近于诗。先王以是经夫妇、成孝敬、厚人伦、美教化、移风俗。"这些话虽然说得很阔大，但实在即是告诉人以诗是极切于人事的东西。如果不能感动人，不能陶养性情，那种文学，是不切于人生的了。我们不废闲适的诗，但无论是"庄老"，是"山水"（用《文心雕龙·明诗》篇语），总是要借物起兴，而不是逐物失性。严格地讲，像朱子说："王右丞诗清雅,亦少气骨。"(《诗人玉屑》卷十五)清方东树说:"辋川诗兴象超远,后人莫及,然无血气无性情。"(《昭昧詹言》续卷三)都是这个道理。客观不动性情,是玄学家的话,拿来论诗,毕竟隔了一层。

但邵康节的意思,原是教人不要溺于小己的私情,要除去私情,养起真性。他守着一种悠然自得的态度,他自己所谓"安乐窝",他自说"平生不作皱眉事"(《渔隐丛话》二十二引《复斋漫录》),都是另外一种境界,毕竟不是普通的境界。照普通的讲,"情"是"性"的表现,要养"性",先要养"情",除了养"情"而外,也实在没有法子去养"性"。"情"要善为利导,要善为驾驭,利导驾驭的工具,就是文学。

# 三十　宋人眼中老杜的诗律和《江西宗派图》

诗话这种书，到宋朝最盛。而且后来的诗话，多半是以宋人诗话为模型。《六一诗话》成了祖师，这种"闲谈式"的诗话，就从此开始。但是《六一诗话》，确是不愧为"闲谈"：他立论的态度很宽泛，很超脱，不尚苛细。本来宋以前论诗文的书，都是这样。即以诗话而论，像唐朝的《本事诗》《二十四诗品》之类，也都是宽而不迫的论调。欧公之后，宋人讲诗就日渐精细，谈论的范围，对于诗的内容技术格律精粗，就不肯轻易放过了。

"诗律"二字，本是杜甫自己先说起。"老去渐于诗律细"，不是老杜的名句吗？宋朝自欧阳修开风气而门庭较为广大，他的后辈，如王安石、苏轼、黄庭坚以及陈师道，无论各人是何等的作风，但无不尊奉杜甫为百世不祧之祖。王安石有《四家诗选》，以杜为第一，而李白反在最后。《渔隐丛话》卷六引《遁斋闲览》说：

或问王荆公云，编四家诗，以杜甫为第一，李白为第四，岂白不逮甫也？公曰：白豪放飘逸，人固莫及，然其格止于此而已，不知变也。至于甫，则悲欢穷泰、发敛抑扬、疾徐纵横，无施不可……盖其诗绪密而思深，观者苟不能臻其阃奥，未易识其妙处，夫岂浅近者所能窥哉？此甫所以光掩前人而后来无继也。

杜的价值，和后来人所有对于杜的认识，都让这几句话说尽了。（又《渔隐丛话》卷六引王定国《闻见录》，说黄鲁直说荆公《四家诗选》是因陈和叔请业而作，和叔先持杜诗来，故荆公即签示之。和叔随所送先后而编集，初无高下。）据这《闻见录》所说，这是黄鲁直亲自问荆公的，究竟不知确否。譬如荆公自己的《唐百家诗选序》说："欲知唐诗者，观此足矣。"而邵博《闻见后录》又说是宋次道家中钞胥所误，说是这些钞胥嫌钞得太多，偷偷地将长篇漏去了。这都使我们不容易断定。但是以理推之，既然亲操选政，应该不能怎样草率。书成之后，何以不复审一下？王定国、邵博这两段话，或不足信。安石又做杜甫像赞，推崇他到极点。本来自从唐元稹做李、杜优劣论，先杜而后李，当时韩愈不以为然，所以有"李杜文章在，光焰万丈长"那首诗。但后来《新唐书·杜甫传赞》，以及王安石这种《四家诗选》，又及秦观《淮海集》里的《少游进论》，都是推杜甫为诗中集大成的人，都是本于元稹之说。大概都因为杜甫律深意切，而李白不易揣摹。所以元稹说杜诗,"风调清深,属对律切。"《新唐书》的赞里也说,杜甫"律切精深"。宋人所讲究的,多半重在这一点。《石林诗话》说:"王荆公晚年诗律尤精严,造语用字,间不容发。然意与言会,言随意遣,浑然天成,殆不见有牵率排比处。"清吴之振《宋诗钞》说:"安石精严深刻,皆步骤老杜所得。"《诗人玉屑》卷十七说:"吕丞相说,东坡自南迁以后诗,全类子美夔州以后诗,正所谓老而严者也。"《后山诗话》说:"苏子瞻云:'子美之诗,……集大成者也。'学诗当以子美为师,有规矩故可学。"至于黄山谷之学杜,更不待言。这几个人笔路固然不同,《后山诗话》里说"介甫以工,子瞻以新,鲁直以奇,而杜子美之诗奇常工易新陈,莫不好也",但他们沉酣于子美之诗,都是一样。黄山谷学杜诗,自负是能去皮得骨的人,所以他有"天下几人学杜甫?谁得其皮与其骨"两句诗。到了吕居仁作《江西宗派图》,又后来方回选《瀛奎律髓》,定"一祖三宗"之目,于是杜子美不但做了宋人的家祖,而且成了黄山谷、陈师道一班人所独有的了。

吕居仁的《江西宗派图》,照陈振孙的《直斋书录解题》及《文献通考》里的《经籍考》所录,称为《江西派》一百三十七卷,又有《续派》十三卷。陈振孙说他所录的,是"黄山谷而下三十五家"。又说:"诗派之说,本于吕居仁。前辈多有异论,观者当自得之。"本来钟嵘、张为、司空图,都曾经依照诗的作风,分别品次。但明明地说出"派"字,而且专以一个地方风气为主,是从吕居仁这部书开始。但是陈振孙说他所录的三十五家,而《渔隐丛话》卷四十八又说他所录的,是"自豫章(指山谷)以降,列陈师道、潘大临、谢逸、洪刍、饶节、僧祖可、徐俯、洪朋、林敏修、洪炎、汪革、李錞、韩驹、李彭、晁冲之、汪端本、杨符、谢薖、夏倪、林敏功、潘大观、何顗、王直方、僧善权、高荷合二十五人以为法嗣,谓其源流皆出豫章也"。这两说,对于人数上颇不相符。至王应麟之《小学绀珠》录此《宗派图》,又有吕本中(即居仁)自己,附在最后,内容二十五人,亦有不同。居仁原来只作了这个图,他的门人,又附录各家的诗,所以有一百余卷之多。后来传者不一,或甚至有所增减。据宋刘克庄的《江西诗派小序》(今人丁福保编入其《历代诗话续编》)说:"诗派旧本,以东莱居后山上,非也。今以继宗派,庶几不失紫微(即居仁)公初意。(东莱亦指居仁)"这样看来,或者居仁不过举其大纲,他的门人弟子本着他的意思,略有推衍变化。所以《直斋书录解题》说:"诗派之说,本于吕居仁。"所谓本于吕居仁,即是从此发起,而附和者从而推衍的意思了。现在这一百三十七卷的原书,我们已看不着。他的《宗派图》的大略,只有以《渔隐丛话》所引为主了。《渔隐丛话》又略引居仁的原序,说居仁《宗派图》的原序本有数百言,大略是:

唐自李、杜之出,焜耀一世。后之言诗者,皆莫能及。至韩、柳、孟郊、张籍诸人激昂奋厉,终不能与前作者并。元和以后至国朝歌诗之作,或传者多依效旧闻,未尽所趣,惟豫章(指黄山谷)始大出而力振之,抑扬反复,尽兼众体,而后学者同作并和,虽体制或异,要皆所传者一。予故录其名字,以遗来者。

他所谓"录其名字,以遗来者",即是但作了那个图。至于附录各人的诗,当然是他的后学所为了。对于他这《宗派图》,有许多人都欢喜加以批评或讨论。《渔隐丛话》颇不以这样过崇山谷为然,说:"余窃谓山谷自出机杼,别成一家,清新奇巧,是其所长。若言抑扬反复,尽兼众体,则非也。元和至今,骚翁墨客,代不乏人。观其英辞杰句,真能发明古人不到处卓然成立者甚众,若言多依效旧文,未尽所趣,又非也。所列二十五人,其间知名之士,有诗卷传于世为时所称道者,止数人而已。其余无闻焉,亦滥登其列。居仁此图之作,选择弗精,议论不公,余是以辨之。"刘克庄的《江西诗派小序》也说这派中有些人的"诗绝少,无可采";又有些人,本不是江西人;又有些江西人可采而不采。《渔隐丛话》是根本不赞成吕居仁这宗派之说。刘克庄所疑的,不过是居仁去取的标准。克庄并且发明黄山谷的特点,极其推崇,所以克庄是很赞成吕居仁的。克庄这小序上说:"国初诗人,如潘阆、魏野,规规晚唐格调,寸步不敢走作。杨、刘则又专为崑体,故优人有挦扯义山之诮。苏、梅二子,稍变以平淡豪俊,而和之者尚寡。至六一、坡公,巍然为大家数,学者宗焉。然二公亦各极其天才笔力所至而已,非必锻炼勤苦而成也。豫章稍后出,荟萃百家句律之长,究极历代体制之变,搜猎奇书,穿穴异闻,作为古律,自成一家,虽只字半句不轻出,遂为本朝诗家宗祖。"他这段话,发明山谷之所以特异,比较吕居仁《宗派图序》所讲的还要透彻,并且还比较没有毛病。山谷之诗,如果一定说他"抑扬反复,尽兼众体",似乎还不如克庄这"锻炼勤苦……只字半句不轻出"几句话为形容得要;山谷所以究竟不同于欧、苏的,也正在此。至于陈后山本是和山谷齐名工力悉敌的人,居仁把他置在此图之首,作为紧接山谷的法嗣,克庄说:"后山树立甚高,不以一字假借人,然自言其诗师豫章公……后山地位,去豫章不远,故能师之。"这也说得很好。

　　本来以宗派言诗,其起源很早,我上边说过,像钟嵘《诗品》都算是这一路。我们看钟嵘的书中,欢喜说某人之诗出于某人,岂不也和居仁是一样的宗旨?宋朝的诗,除了初期有西崑体曾经盛极一时外,六一、荆公、宛陵、东坡这些人起来,大变风气,实在是和山谷、后山这些江西派,是沆瀣一气。六一、东坡等,实也是江西派的开道者,他们的诗,都是剥去浮艳,专存真气,正是开启江西派的作风,不过山谷于剥去浮艳、专存真气之中,也仍要讲究锻炼，不像六一多偏于疏散，东坡多偏于豪放罢了。吕居仁原来因为一班朋友结社吟诗，一时师友风气，瓣香山谷，以此作图纪事；后学附和，就编成了那一百三十七卷的总集。我们看居仁自己论诗的宗旨，极有自己心得之言，而且也不拘一格，足见得他这《宗派图》也不过是一时兴到之作。清张泰来的《江西诗社宗派图录》（丁福保《清诗话》）说得好：

  大抵宗派一说，其来已久，实不昉自吕公也。严沧浪论诗体，始于风雅，建安而后，体固不一，逮宋有元祐体、江西体，注云："元祐体即江西派，乃黄山谷、苏东坡、陈后山、刘后村、戴石屏之诗。"是诸家已开风气之先矣。居仁因而结社，一时坛坫所及，遂有二十五人，爰作图以记之。观吕公自序有云："同作并和，虽体制或异，要皆所传者一。"其崖略可睹矣。

他又引：

  范周士云："吕公一日过书室，取案间书读之，乃《江西宗派图》也。公言：'安得此书，切勿示人，乃少时戏作耳。'"及举此语以问陵阳先生，公语云："居仁却如此说。《宗派图》本作一卷，连书诸人姓字，后丰城邑间刻石，遂如禅门宗派高下，分为数等，初不

尔也。"（张泰来不信此说，我以为不妨存之）

所以这样看来，这《宗派图》在居仁本人，实不是什么经意的书，不过自欧阳脩、王安石、苏轼以及黄庭坚、陈师道一反西崑的作风，沉酣于唐朝李、杜、韩各大家，而尤皈依老杜，由他们这种宏雅之才，渊广之学，发为诗歌，成了宋诗的特色，于是效法黄、陈的那班江西社里的人，就捉着黄庭坚做一种格式，铸定了宋诗的模型。这种风气之转移，师承之大略，事实所现，固是如此。所以这《宗派图》，也未尝不是一种事实的书了。

至于究竟江西派所爱赏的是何种诗笔呢？要解决这个问题，仍不得不拿吕居仁的议论来研究一下。居仁的《紫微诗话》所称引的，颇不拘一格。他称引张横渠、程伊川的诗，又极赞李义山的《重过圣女祠》诗及《嫦娥》诗句。清《四库全书总目》说他"未尝不兼采众长"，诚然不错。但他最精的议论，可以代表江西派的观念的，就是他所作的《夏均父集序》。他这序中说：

> 学诗当识活法。所谓活法者，规矩备具而能出于规矩之外，变化不测而亦不背于规矩也。是道也，盖有定法而无定法，无定法而有定法，知是者可与言活法矣。谢玄晖有言，"好诗流转圆美如弹丸"，此真活法也。近世豫章黄公，首变前作之弊，而后学者知所

趋向，毕精尽知，左规右矩，庶几至于变化不测。（刘克庄《江西诗派小序》引）

他这所谓"活法"，所谓"流转圜美如弹丸"，诚然是很精辟的境界。山谷之精美清奇，学杜而能变杜，正是这样的情形。克庄又解释居仁这几句话，说："此序，天下之至言也。……所引谢宣城'好诗流转圜美如弹丸'之语，余以宣城诗考之，如锦工机锦，玉人琢玉，极天下巧妙。穷巧极妙，然后能流转圜美。近时学者，往往误认弹丸之喻而趋于易，故放翁诗云：'弹丸之论方误人。'又朱文公云：'紫微论诗，欲字字响，其晚年诗多哑了。'然则欲知紫微诗者，以《均父集序》观之，则知弹丸之语，非主于易；又以文公之语验之，则所谓字字响者，果不可以退惰矣。"这样看来，江西派末流之枯涩颓唐，是不合于居仁之原意了。

陈师道的《后山诗话》，江西派人多奉为金科玉律，但其中也不无可疑。陆游《老学庵笔记》疑其伪托。《四库全书总目》也说他对于苏、黄俱有不满之词，殊不类师道语。这诗话上有几句好像是严立宗旨之言，说："凡诗文宁拙毋巧，宁朴毋华，宁粗毋弱，宁僻毋俗。"这几句话，固然是诗文界一种良药，但是我看和吕居仁"弹丸""字响"的宗旨，和刘克庄所说的"山谷锻炼"，似乎都有点不同。山谷之诗，自然多向"僻"的一边走，但"僻"也正是锻炼，至于"粗""拙"二字,实在完全没有,并且冷艳芬芳的地方,也绝不是"朴"。即便陈师道自己的诗,也可以说是精巧在骨。以粗硬为尚,似乎都不是山谷、后山以至于居仁的主张。《后山诗话》,固然不能说完全不足信,但或者有后人传闻增附的地方。因为这个书,偶有自相矛盾之处。

江西派初期诸人所爱赏的,是精致灵活,而绝不是粗豪生硬,这一层是可以断言的。他们善于学杜,善于体会老杜的诗律,所以如此。杜诗之所以难学,而且往往学出毛病来,正是为那班拿粗豪的眼光来看杜的人所误。我们翻开这《后山诗话》一看,上面正有与前一说相矛盾的话,他说:"学杜不成,不失为工。"既然如此,为什么又说宁取粗拙呢?所以我们要想知道江西派的真心,还是不得不尊重吕居仁之言。

# 三十一　宋朝几部代表古文家的文学论的总集

自从欧阳脩提倡韩愈的文章,所谓古文之学,就从此成立,历宋、元、明以至清朝,作古文的,虽然说是上法六经,而实是以韩愈为不祧之祖,以欧阳脩为不迁之宗。宋朝人选有几部古文总集,就是根据这种观念而出现。最早的即是吕祖谦的《古文关键》。

《古文关键》虽是祖谦教授初学的书,但是影响很大。所有后来在古文家这一条路上走的人,都脱不了他的眼法。宋朝接着他起来的有楼昉的《崇古文诀》(《直斋书录解题》作《古文标注》),真德秀的《文章正宗》,谢枋得的《文章轨范》,再到后来,像明朝茅坤的《唐宋八大家文钞》,清朝蔡世远的《古文雅正》,康熙御选的《古文渊鉴》,乾隆御选的《唐宋文醇》,乃至桐城派诸家的古文选本,都是在一条路上。宋人本来多讲古文,当时选本存到现在的,也就是楼、真、谢这几种,去取虽略有不同,而皆从吕祖谦的书脱化而出。

祖谦的书,第一种开启后人的,就是专取韩愈、柳宗元、欧阳修、王安石、曾巩、苏氏父子这几个人的文章，好像建立了一个古文正统，好像建立了后来所谓"唐宋八大家"的名目。自来选文之书，最早的像挚虞《流别》，固然已经失传，所存的像昭明《文选》，都是包括古今，不拘一格。此外如姚铉的《唐文粹》，吕祖谦自己的《宋文鉴》，又是断代的书，只备一代之文，而不计工拙，不立宗派。到了吕祖谦这部《古文关键》出来，兼包唐、宋而非断代，专取一体而非兼体；六朝的文章体制不同，固绝不收入；秦汉的文章和六经接近的，他也不收。好像以为古文正统，集于这几个人身上。在他自己，或者是为教授学徒，先取法于近代的意思，或者因为自韩愈倡为古文，开了这种专学六经的风气，所以说到古文，不妨断自韩愈以下，做一个段落。其实他这种观念，也本是宋朝自欧、苏以来一代的风气，非他所特创，不过他选了这部总集，当时颇为一班学人所传习，遂成了定论了。

其次，祖谦这书的特点，就是将文章的篇章、用笔、字法、句法一切用意、遣辞、结构大体，详细批了出来。这也是前人文学批评的书所不曾做过的。以前的人评论文学，不过略说大概。谈诗的人，或者偶然举出某人一两句诗，加以批评，但是论到散文，都未曾如此。一切选录诗文的总集，皆没有这样的批评。祖谦这书，虽是为初学而设，但是影响很大，开了后来的"评点之学"。他这书，在每篇文章夹行之中，旁注小批，又于文中紧要的字句旁边，画一直线（评点家所谓"挪"或"抹"），使人注意。初学的人看起来，确是很足以启发的。后来方回的《瀛奎律髓》有评注，有圈点，也是这一路。到了明清两朝诗文家，以圈点来评文的，更是不计其数了。

他的书的前面，有几句很重要的批评。他对于这几家的文章，评论得极好。他说：

> 看韩文法：〔简古〕。一本于经，亦学《孟子》。学韩简古，不可不学他法度；徒简古而乏法度，则朴而不文。看柳文法：〔关键〕。出于《国语》。当学他好处，当戒他雄辩，议论文字亦反复。看欧文法：〔平淡〕。祖述韩子，议论文字最反复。学欧平淡，不可不学他渊源，徒平淡而无渊源，则委靡不振。看苏文法：〔波澜〕。出于《战国策》《史记》，亦得关键法。当学他好处，当戒他不纯处。曾文专学欧，比欧文露筋骨。子由文太拘执。王文纯洁，学王不成，遂无气焰。

这几句话，可以代表古文家的手眼，发韩、欧各家所不肯自言之覆。古文家都说上法六经，而实在专学六经的，只有韩愈。古文家最忌的是诸子百家的杂霸之气，所以除了韩一人而外，像柳的"雄辩"，苏的"不纯"，都在所必去之列。祖谦这样辨明，很有功于古文之学。至于"简古亦须学法度"，"议论要反复"，"平淡要有渊源"，"学王不成无气焰"这些话，对于文章的境界，极能引人向上，极能掘发各家的文髓了。

至于步随祖谦而起的楼昉《崇古文诀》，传本不多，见者甚少，但楼昉是祖谦的门人，《直斋书录解题》说其"大略如吕氏《关键》，而所录自秦汉以下至于宋朝，篇目增多，发明尤精，学者便之。"那么，这个书的好处大略可知，他从秦汉选起，是略广于祖谦。

古文家本近于理学家。但理学家简直不言文，古文家虽亦尚理学，而亦不废文，韩愈所说"学古道故欲兼通其辞"，就是这个意思。宋朝理学极盛。欧阳修等是古文家，固非纯然理学家，而且像苏东坡，尤其与理学相反，所谓洛、蜀二党的争论，是很显然的。但像欧阳修这种取法韩愈，比较多注重道的一方面的人，就与理学家更为接近了。我们看上边第二十七节所引欧阳修论古文的话，可以证明。到南宋时理学更盛，一班讲古文的人，像吕祖谦等，实在本是理学家。他所取的文章，都以义理纯正为主。稍后真德秀的《文章正宗》这部大总集出来，就代表纯粹理学家的文论了。真德秀这书，完全以"穷理致用"的文章为文章的正宗，否则不是正宗。他的序上说：

> 正宗云者，以后世文辞之多变，欲学者识其源流之正也。……昭明《文选》、姚铉《文粹》……所录，果皆得源流之正乎？夫士之于学，所以穷理而致用也。

> 文虽学之一事，要亦不外乎此。故今所辑，以明义理、切世用为主。其体本乎古，其指近乎经者，然后取焉，否则辞虽工不录。

他这样宗旨鲜明，所以去取极严。他所选的是从《左传》《国语》以下直到宋朝之诗文，分为四类，一曰辞命，二曰议论，三曰叙事，四曰诗赋，以内容质素而分，不是以外貌形体而分，这就是他以言理为宗旨的意思。即如他选诗歌，也与别的诗家观念不相同。宋刘克庄《后村诗话》说：

> 西山先生（即德秀）以诗歌一门属余编类，且约以世教民彝为主，如仙释、闺情、宫怨之类，皆勿取。予取汉武帝《秋风辞》。西山曰："文中子亦以此词为悔心之萌，岂其然乎？"意不欲收，其严如此。凡余所取而西山去之者太半，又增陶诗甚多，如三谢之类多不收。

完全以理学的眼光来看文学，当然是如此。顾亭林《日知录》里颇不以真德秀为然。顾说："《文章正宗》所选诗，一扫千古之陋，归之正旨，然病其以理为宗，不得诗人之趣。……必以坊淫正俗之旨严为绳削，虽矫昭明之枉，恐失国风之义。六代浮华，固当刊落；必使徐、庾不得为人，陈、隋不得为代，毋乃太甚，岂非执理之过乎？"顾氏一切立论，本都是鉴于明代理学家太过，流为迂腐而发，这几句批评真德秀之言，固然也本于普通的文学观念，但尚未搔着痒处。德秀此书，乃专为严立他的宗旨，故不惜一切异于他人。单拿普通的文学观念来责备他，他不见得心服的。不过我们要知道，古文家和理学家，都是专学六经，像真德秀这种书，当然是不背经义；所差者，就是不能将六经的主义各各地分别来看。六经不是专明一义的，各有各的面目，各有各的主义。《礼记·经解》里，不是有"洁净精微，《易》教也；……温柔敦厚，《诗》教也"等等的话吗？这分明是告诉人，各部经书，有各部经书的用意。理学家穷理之学，本近于《易经》的路数，而不一定能兼有《诗经》的道理；《诗经》是切于人情的东西，人情很复杂，所以诗歌一类的文学，也体貌不一。风雅颂赋比兴，各有其特性，所以各种诗都不能偏废。如果一种诗，专以"世教民彝"做正面的说法，那就和《易经》的卦词相近，和后世的格言相近，而与抑扬反复、情感动人的诗教大不相同了。《文章正宗》这种书，所以诗赋一类最为人所议，其原因在此。至于所选的那些散文，其去取标准，和其他古文家，并没有什么大异。在文章的思想和作用上吹求，也本是根据古义，我前边说过很多。真德秀尤能把这种古义严格地表现出来。他和邵雍那种忘情论，近于佛家道家别一境界的观念不同。

谢枋得的《文章轨范》，也是为教示士子习举业之用，大旨也和吕祖谦《古文关键》相同，都是理学家和古文家两层眼光混合一起的文学批评。他把文章分为大胆文和小心文两种，以为学文者先要大胆后要小心，这种看法，也很别致。至于他门人王渊济跋他这书，说他有表彰大义清节的寓意，也或者不错。

# 三十二　针对江西派的《沧浪诗话》

我前边说过，宋人的诗话多半是"闲谈式"的书。到了严羽的《沧浪诗话》出，就颇有严立宗旨，蔚然成一部著作的神气。严羽生在南宋之季，当江西派盛极一时之后，所以他的立论，多半是针对江西派而发。当他这个时候，所谓永嘉四灵：徐照、徐玑、翁卷、赵师秀，已经力矫江西末流粗涩之弊，而倡为晚唐体。一班江湖诗人，如陈起所刻《江湖群贤小集》，那些人都相与依仿，力反江西之作风。而且南宋大诗人如杨万里、陆游等，虽大概都是出发于江西派的宗风，但已经是脱化出去了。譬如杨万里在他的《荆溪集自序》里说，他自己初学江西，后来"辞谢唐人及王、陈、江西诸子而不敢学，然后欣如也。"陆游《老学庵笔记》也有攻击黄山谷"字字求出处"之论。清《四库全书总目》所以说："游诗法传自江西派，然游清新刻露，而出以圆润，实能自辟一宗。"这时候风气所鼓荡，不得不有变化。四灵派等人遂高标唐宗了。不过四灵派所理会的只有晚唐，而严羽之特点，就是专言盛唐。

他的书，态度很矜张，批评别人很严刻，不稍含混，好像自负是诗统所在,气象不凡。他这小小一部书,影响之大,令人可惊。从明朝李东阳及前后七子,一直到清朝的王士禛都跑不出他的门限,不过各人引申的说法各不相同罢了。严羽说诗,欢喜借禅学为喻,他重要的宗旨,是说诗要法盛唐,以妙悟为主,要不落言筌,不拘于书卷与理趣。他这诗话中《诗辨》一章里说:

> 论诗如论禅。汉魏晋与盛唐之诗,则第一义也。大历以还之诗,则小乘禅也,已落第二义矣。晚唐之诗,则声闻辟支之果也。……大抵禅道惟在妙悟,诗道亦在妙悟。且孟襄阳学力下韩退之远甚,而其诗独出退之之上者,一味妙悟而已。惟悟乃为当行,乃为本色。然悟有浅深,有分限。有透彻之悟,有但得一知半解之悟。汉魏尚矣,不假悟也。谢灵运至盛唐诸公,透彻之悟也。他虽有悟者,皆非第一义也。天下有可废之人,无可废之言,诗道如是也。若以为不然,则是见诗之不广,参诗之不熟耳。……诗之极致有一,曰入神,诗而入神,至矣尽矣。……夫诗有别材,非关书也。诗有别趣,非关理也。……所谓不涉理路、不落言筌者上也。诗者,吟咏情性也。盛唐诸人,惟在兴趣,羚羊挂角,无迹可求,故其妙处透彻玲珑,不可凑泊,如空中之音,相中之色,水中之月,言有尽而意无穷。近代诸公,乃作奇特解会,遂以文字为

## 三十二　针对江西派的《沧浪诗话》

诗，以才学为诗，以议论为诗。夫岂不工，终非古人之诗也。

他的大段宗旨是如此。但是我们要知道，他这些话，是他所标的一种最高的目的，而且是专就境界品格上讲。严羽一切立论的动机，本都是对付江西派兼对付四灵派而发，实在是以救弊的动机，做建立宗旨的运动。所以他的口锋不妨犀利。目标虽然很特别，但他所说求达这种目标的方法，也很普通，也很平正。他以为用功要由上而下，不可抱住后世一师之言，死紧不放。所以他的《诗辨》一章里又说："学诗以识为主，入门须正，立志须高，以汉魏晋盛唐为师，不作开元、天宝以下人物。若自退屈，即有下劣诗魔入其肺腑之间。故曰学其上仅得其中，学其中斯为下……先须熟读《楚辞》……汉魏五言，即以李、杜二集枕藉观之，如今人之治经，然后博取盛唐名家酝酿胸中，久之自然悟入，虽学之不至，亦不失正路。"我们看《渔隐丛话》说："豫章之学，得法于少陵，今少陵之诗，后生少年不复过目。"足见江西派的后生，简直不肯取法乎上。而四灵诸人，又只能以贾岛、姚合、晚唐为师。所以严羽特为此振起颓风之论。至于他的方法，上自《楚骚》、汉魏，而基础的工夫，还要寝馈于李、杜，然后博以盛唐诸公为酝酿，以待一旦之悟；这种路数，这种方法，实在极平妥。他以为诗之极致，是"入神"，底下接着说，"惟李、杜得之,他人得之盖寡",更是十分推崇了。"妙悟""别材""别趣"这些话既是专为救弊而发,所以他这《诗辨》一章,最末就很痛快地责备当时的人,他说:"近代诸公多务使事,不务兴致,用字必有来历,押韵必求出处,末流甚者,叫噪怒张,殊乖忠厚,殆以骂詈为诗,诗至此可谓一厄!……国初之诗,尚沿袭唐人,至东坡、山谷出,始自出己意为诗,唐人之风变矣。山谷用功,尤为深刻,其后法席盛行,海内称为江西宗派。近世赵紫芝(师秀)、翁灵舒(卷)辈,独喜贾岛、姚合之诗,稍稍复就清苦之风,江湖诗人多效其体,一时自谓唐宗,不知只入声闻辟支之果,岂盛唐诸公大乘正法眼者乎?"他这种批评,自是称心而谈的话,既为救弊而言,所以就不得不这样发作出来。

但严羽的话,正因为多在救弊一方面用心,而不能十分圆满,所以结果也引出不圆满的影响。明清一班诗人,力言盛唐,而始终不能及盛唐,并且连北宋大家,也还赶不上,即是受他的不圆满的害。严羽以禅喻诗,在根本上已经差以毫厘,而又专在"境"上立言,所谓"透彻玲珑,不可凑泊,如空中之音,相中之色",这种玄之又玄的境界,也令人难以理会。诗是理性情的东西;像这种玄妙不测的境界,必定要用参禅的工夫,才能够达到,不是涵养性情的工夫所能达到。所以严羽所差的,即是但言境界而未言性情。他虽然有一句"诗者,吟咏情性也"的话,但底下接着说:"盛唐诸人,惟在兴趣",和上句意不相属,不知所谓吟咏情性者,在他心中是何种意义。难道说"兴趣"二字,可以代表性情之表现吗?这一点是不可索解的。严羽可以算得知"境"而不知"人"。明七子所以徒有盛唐之肤壳,王渔洋所以徒有风神而少情性,未尝不是因严羽的话,而差以毫厘了。

至于他论诗,欢喜多分体制,清朝冯班最反对他,作《严氏纠缪》一书,痛陈其失。但严羽这诗话后面,有一封《答吴景仙书》,已经讨论此事。吴景仙也是不以他强分体制为然,景仙好像以为各家的诗,都有异户同门之处,不能严为分别。严羽则以为,"作诗正须辨尽诸家体制,然后不为旁门所惑,今人作诗差入门户者,正以体制莫辨也。"他又自谓,"仆于作诗不敢自负,至识则自谓有一日之长;于诸家体制若辨苍素,甚者望而知之,试以数十篇诗隐其姓名,举以相试,为能别得体制否"。他自负这样精于辨体,我们也无从试验他。不过就各人的面目而言,所谓人心不同,各如其面,从各人互异的方面看,这样详分体制,也未尝不好。他的分目,多半随事实随习惯而称,非他一人闭门造车造出这些体的名目。譬如昭明《文选》的分目,后人有说他细碎的,但是昭明也是随事实随习惯而分,细碎之中,自有他大段的类别,我中卷里论《文选》那一节,已经说过。严羽的分体,也可作那样看。例如他所谓"唐初体""大历体""元和体""晚唐体",为明朝高棅的《唐诗品汇》所承用(不过以大历为中唐,合元和于晚唐),于是初盛中晚的唐诗，遂成了一定的名目。明末钱谦益的《唐诗英华序》，也力攻这种强分时代的办法。但钱谦益乃是力矫七子之弊的人，所以对于这承袭严羽之言的高棅，就明加排难。又《唐诗品汇》为明朝一朝馆阁所崇奉（《明史·高棅传》），这样初盛中晚之分，成了一代诗人的肤壳门户之见，因此引起钱氏的攻击。不过严羽的话，本来很通的。他虽是这样分，但他又说："盛唐人诗，亦有一二滥觞晚唐者，晚唐人诗，亦有一二可入盛唐者，要当论其大概耳。"这是示人以圆活的眼光，并不是自破其例。他所最提醒的，就是"大历以前，分明是一副言语，晚唐分明是一副言语，如此见方许具一只眼"。凡看诗文的人，能有这种灵敏的眼光，分体也可，不分体也可，严羽似乎没有大错。冯班锱铢较量，反为小气。

严羽的《诗评》一章里，有几句很别致的话，他说："诗有词理意兴。南朝人尚词而病于理，本朝人尚理而病于意兴，唐人尚意兴而理在其中，汉魏之诗，词理意兴无迹可求。"这样看来，他是祖汉魏而宗唐了。大凡诗文风气，有时代之迁流，而文学批评上所用的名词，也自然有时代迁流因时设施之处。他拿词理意兴四种名词比较来讲，也完全为"本朝人尚理而病于意兴"那一句而发，总是想拿唐诗来救宋诗之弊。清胡应麟《诗薮》说："严仪卿（即羽）论诗，六代下便分明，至汉魏便鹘突。"他是看严羽所谓"汉魏无迹可求"这一类的话，好像不大懂得汉魏诗的样子。其实严羽较论汉魏六朝人的诗，也颇多心得之言。总而言之，凡是说诗，像《文心雕龙·明诗》篇那种根据各人性情遭际、时代兴衰来讲，为最识要领。自从钟嵘那样专门分品次较诗格，已经多为后人所议，何况严羽。严羽诗话所引起的毛病，是不以性情言诗，其他没有什么错处。《四库全书总目》说："要其时宋代之诗竞涉论宗，又四灵之派方盛，世皆以晚唐相高，故为此一家之言，以救一时之弊。后人辗转承流，渐至于浮光掠影，初非羽之所及知。誉之者太过，毁之者亦太过也。"颇为公允。不过浮光掠影的毛病，虽非羽所及料，但他知"境"而不知"人"的议论，终是应该负责。这种责备，本来自诗话大盛以后，所有作诗话的人都应该负的。无奈严羽这诗话，俨然是一部郑重而出之的著作，不像其他闲谈式的诗话，因此他的影响极大，所以他应该多负一点责任。有许多人常有"诗话兴而诗亡"之叹，也未尝无故。宋姜尧章的《白石道人诗说》里说："以我之说为尽，而不造乎自得，是足以为能诗哉？"原来批评家不过是引人自己入胜，并没有立意要引人入迷，迷者自迷。所以这样看来，应该负责的人，又不是作诗话的本人，反而是看诗话的人了。

# 三十三　《瀛奎律髓》里所说的"高格"

当宋朝亡的时候，诗学界有一个大批评家，就是方回。他的大著作，就是《瀛奎律髓》。他这书是把有宋一代的"诗话之学"和"评点之学"两种体裁综合起来，是很有规模的书。在主张上，他是江西派的后劲，对于西崑，固所不许，对于当时的四灵、江湖诸人，最为鄙薄。严沧浪要以盛唐的诗医宋诗的病，方回则仍抱定黄、陈诸子，以黄、陈接杜甫，建立一条边的大路，为江西派的护法，而且也是江西派的救弊者。宋朝一朝的诗，总还算江西派的势力最大，除了黄、陈本人而外，几个有名的大家，都是和江西派不即不离的。我们一说到"宋诗"两个字，脑筋里绝不会把西崑，四灵、江湖等派的诗拿来代表，一定是让东坡、山谷、后山、放翁这些大家占住了脑筋。所以照方回这部书的态度来讲，可以说他的批评，大致都不背于南北宋多数诗人的观念。固然各人口中的话不能完全相同，方回也当然有他个人的见解，但是可以浑括地说他是宋诗的眼光了。所谓宋诗眼光，就是说他不是唐诗的眼光，也不是明诗的眼光，也不是清诗的眼光。像严沧浪的论调，就可以和唐司空图、清王士祯相提并论了。

方回本来自命为宋之遗民，虽然周密《癸辛杂识》上论方回失节于元，许多丑行，有"十一可斩"之说，但宋人笔记小书，时时有党同伐异、轻薄诋諆之习，不必句句话都可信。况且正史上本没有他的传，生平详细事迹不可知，后人但凭周密这个记载，和刘壎的《隐居通议》上所说方回的事来讲，周密、刘壎都是和他同时的人，而刘壎说他"乞斩贾似道，觉得是一磊落士"，所以后人又何必一定要信周密而疑刘壎呢？我们可以一概不论，单论他的诗说。

又清纪昀的《瀛奎律髓刊误序》，说方回不应该攀附道学以自重，这也是以周密的话先入为主。我们就书言书，方回时时发其亡国之痛，又往往就诗而论人品论世道，实不愧一个有心的人。至于纪昀的议论，以及他所总裁的《四库总目提要》，都免不了清初一班馆阁之见，喜考据而厌道学。对于稍稍谈道学的人，总要设法吹求他一点末节细行，以文致其过。又动辄自夸其通识，好像最恨门户之见似的。例如纪昀既作《瀛奎律髓刊误》，以斥江西；又作《删正二冯评阅才调集》，以斥西崑，自负折衷之识，其实他自己的纰缪也很多。像方回这种人，既然晚年在元朝统治之下，又时作宋室之思，这种态度，在清朝那些皇帝心中，是最所憎恶，如果方回生在清初，恐怕早已为文字狱所罗织；一班馆阁之臣习染成风，也从而吠影吠声，殊为可笑。《四库提要》是官书，有时还比较慎重，在方回的《桐江续集》那篇提要上，虽略引周密的话，但也称赞方回的识解。到了纪昀自己作这个《刊误》，就大事吹求，简直把他骂得无地自容，处处皆含成见；他所刊误的，自然也有些地方可以补救方回的，但实在远不及方回之精辟独到。关于这一层，我们不可不注意，凡是纪昀评点刊正的书，都切不可认为他所刊正全是有理，而被他刊正的人都是错的。

《瀛奎律髓》前面，有方回一篇短短的自序，略说他选诗的义例：

> 律者何？五七言之近体也。髓者何？非得皮、得骨之谓也。斯登也，斯聚也，而后八代、五季之文弊革也。文之精者为诗，诗之精者为律，所选诗格也，所注诗话也。学者求之髓，由是可得也。

他以为律诗是诗体之精者，所以他专选律诗。纪昀对于这句话就根本反对。昀又有《删正方虚谷瀛奎律髓》一书（在《镜烟堂十种》中，即是《瀛奎律髓刊误》之约本，或者是最后的定本，故与《刊误》多有异同）。在这书里，他驳方回这种以律诗为精之说，他说："古体岂诗之粗者？"纪昀的话，普通看来，当然似乎极有理；但是律诗是唐初承六朝之末，精研声律之风，而衍创出来的一种最工稳的诗体。梁陈的古诗，已经有大似唐初五七言律的地方，唐初沈佺期、宋之问等，又从这种趋势更加研精，遂成了所谓律诗。所以律诗本是代古诗而兴的一种作品。一切人事上的变迁，本都是由阔略而趋于细密，由简明而趋于烦碎。在意味上，不必今胜于古，在格律上，总是今密于古。"密"不一定就是好，而且古有古的"密"，今有今的"密"。不过照律诗的声调格律来讲，当然律诗密于古诗，亦即是律诗精于古诗。这是自有诗律以来的一种普通观念，并非方回自造之言。元稹的《杜君墓志铭》，已经讲得最清楚，他说："唐兴……沈、宋之流，研练精切，稳顺声势，谓之为律诗，由是而后，文变之体极焉。"但是好古之情，人所恒有，虽然律诗欲取古诗的地位而代之，而作古诗的人，依然还是很多，所以元稹又说："然而莫不好古者遗近，务华者去实，效齐梁则不逮于魏晋，工乐府则力屈于五言，律切则骨格不存，闲暇则纤秾莫备。至于子美，盖所谓上薄风雅，下该沈、宋……尽得古今之体势。"这就是说律诗既兴之后，仍有许多作古诗的人，不过虽作古诗而终不及前人，又以为过于尊律诗，也不无毛病。到杜甫才兼工古今体，既能兼今体之长而无其病，又能上追一切古体之美，所以算个特出的人了。元稹所说的"律切"，正和方回所说"律者诗之精"是差不多的意思。所以方回的话，并未说错。而且照元稹的话看来，假使没有杜甫再振起古诗之体，恐怕古诗的地位，早已被今体诗挤去得无影无踪了。纪昀的批评，有些是随笔兴到不暇深思的见解。就《瀛奎律髓》而言，方回的话，都是句句思索过一番地说话，虽然不无偏见，但比较纪昀要警策一点。

方回的选法，是不以人为类，而以诗题的事类来分的，有所谓"登览类""朝省类""怀古类""风土类"等等四十九类共四十九卷。这种选法，本于昭明《文选》，而宋元人最盛行，亦取便于学子之揣习。像《唐文粹》，固完全本于《文选》的选法，其他小的选集，像刘克庄的《分门纂类唐宋时贤千家诗选》，赵孟坚的《分类唐诗》，以及无名氏的《类编草堂诗余》等等，皆是这一路。有些人说，这种选法不大方。但是以人为类的选法，可以见一个人的精彩。以体为类的选法（例如以诗赋、碑铭、论序或四言诗五言诗、七言诗等等为类之选本，即是以体为类之选法），能见一体之流别。至如欲观内容之指事抒情和各人心手异同之处，那么，这种以事类为别的选法，也未尝无功。凡是诗文选本，原是代表各人批评鉴别的眼光，并非教人专看选本而不看专集；所以无论如何选法，都可以各从其是，不必是甲而非乙。

但是既以事类为分，对于所分的标准用意，不能不有所说明，所以方回在每类之前，都有一篇小序，说明所以立这一类诗的用意。有些小序，作得甚有意味，譬如他的"怀古类"小序：

> 怀古者，见古迹思古人。其事无他，兴亡贤愚而已。可以为法而不之法，可以为戒而不之戒，则又以悲夫后之人也。齐彭殇之修短，忘尧桀之是非，则异端之说也。有仁心者必为世道计，故不能自默于斯焉。

纪昀也赞成这段话，以为"此序见解颇高，可破近人流连光景自矜神韵之习"。又"升平类"方回的小序说：

> 诗家有善言富贵者，所谓"笙歌归院落，灯火下楼台"，"梨花院落溶溶月，柳絮池塘淡淡风"是也。然亦必世道升平而后可。李太白当唐明皇盛时，奉诏作《宫中行乐词》，虽渔阳之乱未萌也，而其言已近乎夸矣。今取凡言富贵者，不曰富贵而曰升平，必有升平而后有富贵。羽檄绎骚，疮痍憔悴，而曰君臣上下朋友之间可以逸乐昌泰，予未之信也。

这段话又大有道理，纪昀也说："此论却正。"我前边有论晏殊的富贵风趣一节，略说富贵诗的优劣，说明晏殊的意思，是以为必天怀淡泊的人，才能表现富贵的风趣。这个意思和方回可以互相发明。天怀淡泊不溺于富贵的人，自然就能体贴世道，言有分际，绝不会当忧而反乐了。关于这一层，欧阳修曾和晏殊闹过一次意见。《渔隐丛话》卷二十六引《隐居诗话》说："晏元献作枢密使，一日雪中退朝,客次有二客,乃欧阳学士脩、陆学士经。元献喜曰:'雪中诗人见过,不可不饮。'因置酒共赏,即席赋诗。是时西师未解,欧阳脩句有'主人与国共休戚,不惟喜乐将丰登;须怜铁甲冷彻骨,四十余万屯边兵'。元献怏然不悦,后尝语人曰:'裴度也曾燕客,韩愈也会做文章,但言"园林穷盛事,钟鼓乐清时",却不曾恁他作闹。'"裴度当唐朝宪宗的时候,也是国家多事,淮西之乱,并且身自统兵平乱,而《唐书》力称其临事镇定,后来罢官,园林文酒之盛,一时称羡。韩愈是他的宾客,所以晏殊就拿这话来讲。我们看谢安当他的侄子和苻坚打仗的时候,乃对客下棋,也是镇静的意思。本来临事镇静是要紧的,临大事而手忙脚乱,徒悲嗟涕泣,反足误事。像晏殊这种文酒之会,也不见得就是耽逸乐而忘忧国。欧阳脩这诗,未免太过。但是方回拿这种意思提醒人,确是大可注意。如果一个人生在乱世,不能有触于心,反而发出欢乐之音,那岂非等于刘后主的"此间乐,不思蜀",等于陈叔宝之全无心肝吗?又"忠愤类"小序说:

> 世不常治,于是有《麦秀》《黍离》之咏焉。庾信《哀江南赋》,亦人心之所不容泯也。炎、绍间(南宋高宗年号建炎、绍兴),有和江子我诗者,乃曰:"成坏一反掌,江南未须哀。"子我以为何其不仁之甚。惟出荆、舒之学,京、黻之门者例如此。今取其可以怨

者列之。

他引庾信《哀江南赋》，正是怀故国伤宋室之亡，其言甚切。那作"成坏一反掌，江南未须哀"两句诗的人，他认为太过达观无心肝，骂他是出于王安石、蔡京之门，这也是本于宋朝一班道学儒林中人共同的心理，所以憎安石。方回这书，是作于元朝至元二十年，距宋亡已七年，不无《麦秀》《黍离》之感，所以不觉情见乎辞。他对于这一类所选各诗，往往有很沉痛的批评，时有论及宋末的政事，十分感叹。像其中汪彦章《己酉乱后》那四首和曾茶山《闻寇至》，刘屏山《北风》，刘后村《书事》那几首，方回的批评，反复论宋事，语气之间，那样凄楚，不是出于真心，哪能如此呢？纪昀动辄说方回故意矫情自掩其丑行，真太过信周密之言了。至于"闲适类"的小序以韩愈"穷居闲处，升高望远，采山钓水，黜陟不闻，理乱不知"的"闲适之味"，是"诗家所必有而不容无者也。"纪昀以为这是偏滞之见，他说："人生穷达系于所遭，不必山林定高于廊庙，而四始六义，亦非专为石隐者设。"实在闲适一类的诗，在白居易诗集中，已自己立了这一类。"桑者闲闲兮"，在《诗经》中，也早有这种幽隐闲适之风。而且方回并未曾说出山林一定高于廊庙。纪昀过于信手吹求。方回所谓"不容无"，不过说诗界中不可缺少这种风味，并非责廊庙之人一定要个个有这种风味，他这小序的下面不是说："要之闲适者流多在郊野,身在朝市而有闲适之心,则所谓大隐君子,亦世所希有也"吗?

方回所建立的门户,即是所谓一祖三宗之说。《瀛奎律髓》卷二十六中有一段批注说:"乌乎!古今诗人当以老杜、山谷、后山、简斋为一祖三宗,余可豫配飨者有数焉。"这是比较《江西宗派图》略有不同的地方。《宗派图》好像专以黄山谷做一时诗坛风气之宗主。虽然吕居仁的序中提了杜甫,但还是和李白在一起提的。黄山谷之善于学杜,固是他们所公认,但是《宗派图》中,并未曾提及他是专学杜。学杜必由黄山谷,虽然是《后山诗话》的话,但《宗派图》也未曾提及。这样看来,大概江西派的末流,或者只知黄山谷而不知杜工部了。所以《渔隐丛话》也说:"近时学诗者,率宗江西,而不知江西本亦学少陵者也。"这种情形,实是《宗派图》有以开其端。因此有些大家虽源出于江西而时时有起衰救弊之思,像杨万里、陆游等,岂不都要脱化于江西之外吗?(参看上边论《沧浪诗话》节)刘后村的《江西诗派小序》说:"后来诚斋(即杨万里)出,真得所谓活法,所谓流转圜美如弹丸者,恨紫微公不及见耳。"又说:"弹丸之语,非主于易,字字响者,不可退惰。"都是指江西末流之失,以为杨诚斋诸人可以救其弊。但江西派末流根本的病征,乃是虽知山谷之学杜,而不去学山谷之所学,即专门抱定山谷本人为主。所以和吕居仁同时的陈简斋(与义,字去非),就发了一种砭时之

## 三十三 《瀛奎律髓》里所说的"高格"

论,他说:"诗至老杜极矣。苏、黄复振之而正统不坠。东坡赋才大,故解纵绳墨之外而用之不穷;山谷措意深,故游泳玩味之余而索之益远。要必识苏、黄之所不为,然后涉老杜之涯涘。"他正是有专以老杜为法的意思,并且以苏、黄并称,又是不专守黄山谷。《江西宗派图》没有列简斋之名,或者即是因为这个缘故。而后来刘克庄诗话即说:"元祐诗人迭起,不出苏、黄二体,及简斋始以老杜为师,建炎间避地湖峤,行万里路,诗益奇壮,造次不忘忧爱,以简严扫繁缛,以雄浑代尖巧,第其品格,当在诸家之上。"刘须溪序《简斋集》,又明说他较胜苏、黄。这样看来,直学老杜以振江西末流仅知山谷之弊,尊崇简斋以配山谷,正是方回的时候一班名家的公见。方回于是正式提出杜甫为祖,正式提出简斋和山谷、后山并为三宗,而非必如吕居仁以后山以下,硬要定为山谷之法嗣,他这种手眼,比较《江西宗派图》更要妥当,更无流弊。我所以说他不仅是江西的护法,而且是江西的起衰,不但是江西一派的拘墟之论,而且是南北宋一朝多数大家递变日新最后结晶之思想的总汇。

方回处处本杜甫为祖之意,又处处发明简斋之高,词气中即时以简斋学杜的本领,尚在山谷、后山之上。他这种观念,固稍异于《宗派图》,又固是本于宋末一班人的意见,但实是身丁乱世,受环境所激成的思想。《瀛奎律髓》卷一说:"老杜诗为唐诗之冠,黄、陈诗为宋诗之冠,黄、陈学老杜者也。嗣黄、陈而恢张悲壮者，陈简斋也。"又卷十三说："简斋诗独是格高，可及子美。"又卷二十三说："去非格调高胜，举一世莫之能及，欲学老杜，非参简斋不可。"差不多一说到简斋，无不深致推崇，而所以推崇他的眼光，实专注在"恢张悲壮"四个字上。简斋身丁北宋之末，二帝蒙尘之痛，在南北宋之交，他最能表现一种沉痛激越之音。方回也有身世之感，比物连类而致其叹赏，不为无故。陆游的诗，固然也很悲壮，但比较容易流为圆滑。所以方回又提出"格调高胜"四字，以赞简斋，然后他的立说，才不易打破。老杜夔州以后之诗，本是有宋大家所公认的高格，好像《诗人玉屑》卷十七引，"吕丞相说东坡南迁后诗，类子美夔州以后诗，所谓老而严者也"。"老而严"，即等于方回所谓"格高悲壮"。所以在方回眼中，简斋学杜得髓，正在此处。山谷、后山所遭之时，较为承平。简斋"避地湖峤，行万里路，诗益悲壮，造次不忘忧爱"，正和老杜平生大有相同之点，因此学杜而得其最后的老境，本是理所应然，以此称之，不为太过。方回本着这种观念来论老杜，所以《律髓》卷十就说："大抵老杜集，成都时诗胜似关辅时，夔州时诗胜似成都时，而湖南时诗又胜似夔州时，一节高一节，愈老愈剥落。"所谓"愈老愈剥落"，正是剥去浮艳，专存真气，有宋大家所注意的，无不在此。江西派固因吕居仁而坚其壁垒，而末流反而束缚规矩无活气，求字响而反哑，求"弹丸"而反涩，正因求工太过，

## 三十三 《瀛奎律髓》里所说的"高格"

无真情境。方回以此振之,所以说他确是江西派之起衰者。西崑之流为僻,江西之流为险,都非原来主张者之本意。方回也并未曾有生硬粗豪之说。而纪昀《刊误序》,硬说他是"以生硬为高格,以枯槁为老境,以鄙俚粗俗为雅音,名为尊杜,而工部之精神面目迥相左也",实不免冤枉方回。方回所说的"剥落",和"粗硬"二字相差太远。后山诗"宁拙毋巧,宁粗毋弱"那几句话,或者可疑,或者也是江西派中人有激而然,矫枉过正之言,但断没有以粗拙做正面的主张的道理。我们要知道清初的朝廷,本来专欢喜提倡和平中正之音,这本是时代环境不同,但对于这种稍近激昂慷慨的见解,无不大肆抨击,实在太过。纪昀把他抨击方回的话大书特书于《四库全书总目》之中,使得一班人对于《瀛奎律髓》,几视同"邪说",这是纪昀之过了。历代国家衰乱的时候,往往美艳的文学特别发达,世愈乱,文章愈淫艳,这是常有的例子。六朝五代的文风,不是显而易见吗?方回在《律髓》卷七"风怀类"韩致尧的《幽窗》诗后面,加了几句批评说:"岂非世事已不可救,姑留连荒亡以纾其忧乎",这也是一种感慨的话。但是南宋之末"世事已不可救"的时候,居然一反向例,诗文界颇无荒亡淫艳之作,而随处有激昂悲壮之音,民气赖以不坠,这正是有宋诸大诗家的功劳。我们要想明了有宋诸大家的这种功劳,方回《瀛奎律髓》正用得着了。方回自序,所以特标出"革八代五季之文弊"一句,正是这种用意。文学批评，也未尝和诗代无关，纪昀何必定要反对？

　　方回所最注意的，是"格高"二字，这是吕居仁所不曾说到的。所谓"格高"，是注意于意在笔先，先在性情学问上讲求的。《律髓》卷二十一说："诗先看格高而语又到意又工为上，意到语工而格不高次之，无格无意又无语下矣。"这是他论诗的根本标准。他这"格高"二字，颇与钟嵘《诗品》中的"风力"二字相当。我们看他推尊简斋，即是以格高为主，同时他又把"格高"二字遍赞他所谓"三宗"。《律髓》卷二十四说："盖学老杜而才格特高，则当属之山谷、后山、简斋。"总是表明他所以取为三宗的用意，完全是因为三人之格高。他讥评四灵、江湖诸诗人，都是本着这个观念。所以《律髓》卷十说："姚合与贾岛同时而稍后，格卑于岛，细巧则或过之，盖四灵之所宗也。"又说："姚合诗专在小结里，故四灵学之，五言八句，皆得基础，七言律及古体，则衰落不振，又所用料不过花竹鹤僧琴药茶酒，气象小矣。"又卷二十五说："今江湖学诗，喜许浑，以为'丁卯句法'。"又卷十说："许用晦诗，出于元、白之后，体格太卑，对偶太切，近世晚进，争由此入，所以卑之又卑也。"又卷十四于戴石屏诗后批云："石屏此诗，止于诉穷乞怜而已，江湖间人，皆学此等衰意思。"我们拿他这几段话一看，可以知道他所谓格高和格卑的大略分别了。卷四十七又说："江西诗，晚唐家甚恶之，然粗则有之，无一点俗也。晚唐家吟不著，卑而又俗，浅而又陋，无江西之骨之律。"这就是表示通江西派的全体而言,都是格高于四灵、江湖,他所以仍主江西一派正因这个缘故。至于江西之粗,他并不为之曲讳,又何尝主张粗硬呢?方回对宋朝一代的诗,有一个去取的总标准。《律髓》卷一说:"老杜诗为唐诗之冠,黄、陈诗为宋诗之冠,黄、陈学老杜者也。嗣黄、陈而恢张悲壮者,陈简斋也。流动圆活者,吕居仁也。清劲洁雅者,曾茶山也。七言律,他人皆不敢望此六公。若五言律诗,则唐人之工者无数。宋人当以梅圣俞为第一,平淡而丰腴,舍是则又有陈后山也。此余选诗之条例,所谓正法眼藏也。"

至于论"响字"论"句眼",方回在这些技术上,固详示后人,但也都是黄山谷、吕居仁以来的常见。《冷斋夜话》说:"东坡诗:'只恐夜深花睡去,故烧高烛照红妆。'山谷曰:'此诗谓之句中眼,学者不知此妙,韵终不胜。'"至于吕居仁的话,我前节已经引过了。所以这种地方,并非方回的特创,也并非方回根本注意之点。他的根本要义,只有"格高"二字了。他这《律髓》,对于各诗,都详加圈点,所以说他又是兼综宋人圈点之学。但他圈点中所最用心的,就是将所谓"句眼"圈出来,句眼就是响字,诗句中有句眼然后才能"响"。《律髓》卷十说:"未有名为好诗而句中无眼者。"譬如杜甫《登岳阳楼》诗中,"吴楚东南坼,乾坤日夜浮",方回把"坼"字"浮"字圈出来,说这是句中眼。李白《秋登宣城谢朓北楼》诗中,"人烟寒橘柚，秋色老梧桐"的"寒"字"老"字，也是句眼。诗句中有句眼，然后才能把这一句的神情活泼泼地托出来，不然就是死句。这种解诗的方法，似乎说得琐碎一点，但为教示学人起见，也未尝无功。纪昀骂方回"逐流失本"。其实方回在卷四十二里早已自己表明不可逐流失本的意思，他说："潘邠老以句中眼为响字，吕居仁又有字字响句句响之说，朱文公又以二人晚年诗不皆响责备焉。学者当先去其哑可也，亦在乎抑扬顿挫之间，以意为脉，以格为骨，以字为眼，则尽之。"这是根本的意思，并不是只管一个字响不响，而不管全篇通不通，往往正因为一个字用得好，而通篇意脉更能豁然呈露。一首诗如果曲折有意，又能句有眼而用字响，自然活气跃然，没有死气了。《律髓》卷二十说："居仁诗主乎活，茶山倡和求印可，而居仁教以诗法，故茶山以传放翁，其说曰：最忌参死句。今人看居仁诗，多不领会，盖专以工求，则不得其门而入也。以活求，则可参矣。"又卷二十二说："简斋诗高峭，吕居仁诗圆活，然必曲折有意，如'雪消池馆初晴后，人倚阑干欲暮时'，'荒城日短溪山静，野寺人稀鹳鹤鸣'，皆所谓清水出芙渠也。"这些话更能补足居仁所谓"活法"之意，正是先在"用意"上讲求，何尝教人逐末忘本呢？如果照纪昀的方法来读书，恐怕无论何人都免不了语病，欲加之罪，何患无辞。

《律髓》又有"变体类"一卷，"拗字类"一卷，都是详论句调字法，更为精细。"拗字类"是举古今不必协平仄的律诗，他以为老杜这种拗体最多，谓之"吴体"，但往往因拗而骨格愈峻峭，才小者不能为。江湖诗人推崇许浑的拗体诗，称为"丁卯句法"，其实不知始于老杜。凡拗体总要诗句浑成，气势顿挫，则换一两字平仄无害。他又说："八句俱拗而律吕铿锵，试以微吟、或以长歌，其实文从字顺也。……此等句法惟老杜多，亦惟山谷、后山多，而简斋亦然。乃知江西诗派非江西，实皆学老杜耳。……或以壮丽，或以沉郁，或以劲健，或以闲雅，又观本意如何。"他的意思，是说这种拗体不易学，总要看本意如何，要因拗而反峻峭才好，只有老杜最擅此，江西诸家亦得此意，并没有说江西学杜的本领，仅在于此。纪昀又骂他："以此种句法为学杜，杜果以此种为旨乎？"真是太过信笔吹求。方回以为"如必不可依平仄，则拗用之尤佳"，盖方不得已而后拗，自然也有拗的恰当处，非定主张拗体。纪昀说："拗亦有定法，非随意换易。赵秋谷《声调谱》言之详矣。虚谷尚未尽了了。"但方回又何尝说可以随意呢？《声调谱》难道就没有逐末忘本的流弊吗？不过江西派的人，往往特别欢喜作拗体，所以为人所厌。而《四库全书总目》说方回"以生硬为健笔，以粗豪为老境，以炼字为句眼，颇不谐于中声"，分明是先怀成见，不满意于方回的议论，好像以为他有碍于清初所提倡的和平中正的作风，其实冤枉了方回。

与方回同时而稍前一点，有一个周弼，选有一种《三体唐诗》，是专讨论五七言律诗和七言绝句的格律，有所谓四实四虚、虚实相半等格律，把诗中句子，分为孰虚孰实，说得很明白，都是研究诗律的人所不可不看。但周弼所言多常例，方回的"变体类"，正是补其不及。方回说："周伯弼《诗体》，分四实四虚、前后虚实之异。夫诗岂止此四体耶？然有大手笔焉，变化不同。用一句说景，用一句说情，或先后，或不测，今选于左，并取夫用字虚实轻重外若不等而意脉体格实佳，与凡变例之一二书之。"这种实是教人以圆活的眼光，和居仁所谓"活法"，正是一样。纪昀以琐碎责方回，不如说一切谈诗文的人都是琐碎。

清吴之振是深用功于宋诗的人，选有《宋诗钞》，久为艺林所称许。之振序《瀛奎律髓》说："其诠释之善，则不滥于饾饤而疏瀹隐僻。其论世，则考其时也，逆其志意，使作者之心千载犹见。其评诗，则标点眼目，辨别体制，使风雅之轨后学可循。斯固诗林之指南，而艺圃之侯鲭也。"此论十分公允。我们如果略略细心读方回的原书，自然可以明白方回的真面目，他的立意甚高，而示人以轨辙甚明。像纪昀这样任意吹求，实在过分得很。他或者是读这个书的时候，随手批点，不甚经意。我们看纪昀《律髓刊误》前又有一篇自己的小序，说："余少时阅书好评点，每岁恒得数十册。……久失其稿，忽见李子约斋所录本……惜余鹿鹿少暇，不能重为李子点勘一过。"然则纪昀的《刊误》，也不必深论了。

方回的自序里说："所注，诗话也。"他这《律髓》的批注，如果有人把它提出来编辑一下，恐怕比任何一家诗话的规模，都要大些。宋代遗闻，所说尤多。清厉鹗作《宋诗纪事》，所以采他的话最富。方回又有《〈文选〉颜鲍谢诗评》一书，《四库全书总目》甚称赞之，但不是可以代表他重要见解的书。

总而言之，方回的《律髓》，并非全无流弊，引用故事，也偶有错误，但都是小疵，对于这部书的大体，没有妨碍。清吴宝芝有一篇《重刻律髓记言》，说得也很公允，我现在引一段，作我这篇的结论：

> 一祖三宗之说，论诗家每用相诟病，谓其不应独宗江西也。夫訾其为偏，诚所难辞，然观其《论诗小序》云："立志必高、读书必多、用力必勤、师传必真，四者不备，不可言诗。"可知其于此事煞费工夫而来。盖从三折九变之余，而始奉此为归宿，其中甘苦得失之数，必有独喻其微旨者，非漫然奉一先生之号，傍人门户，以自标榜也。昔人积终身之功，晚年有得，乃始树帜立宗，接引后人。今人……于四者之功，无一足恃，未尝入古人之藩篱，而造其堂，啐其胾，乃徒吹索瘢疵，弹驳古人，或訾其全体，或摘其片言，甚或刺取稗官琐语，用资讪笑，此徒为大耳。……果

> 能深历江西派之阃奥,则从此推广,旁通触类,安在诸家之长,不复可兼收并蓄耶?

诗的风气和作者用心之甘苦,其内容曲折,斟酌于利弊多少之间,三折九变之余,而发为一种主张,绝非可以随便拿自己粗略无深切的成见,来乱加讥弹的。方回所谓"立志必高","师传必真",正是他不惜舌敝唇焦而作这个书的用意。吴宝芝笑那班刺取稗官琐语来讪笑方回的,即是指那班奉周密《癸辛杂识》所云方回"十一可斩"为至宝的人。这些人吹瘢索疵而不足,于是进而想出一种对人的问题,做根本打倒之计,未免太过了。除了《瀛奎律髓》而外,我国文学批评界,恐怕还找不出传授师法有如此之真切如此之详密的第二部书。后人生在千百年以后,还幸而有这样一种师传真切的书,好像亲听许多诗家躬自指点一样,使文人颠顶笼统之病,也不妨借这个书来医一医,岂不大可宝贵吗?学者先从这个"师传真切"的书中经历一番,然后再博观广学,恐怕更容易得益,吴宝芝的话,说得很清楚了。

# 三十四　元遗山以北人悲歌慷慨之风救南人之失

和方回同时的元好问,在金元之际,为文章界一个显学。他是北方人,对于南宋一切江西、四灵、江湖诸派一律扫除,提倡遒健宏敞的作风,他选有《中州集》和《唐诗鼓吹》,略可以看他的诗学眼光。《唐诗鼓吹》仅十卷,专选唐人七律,其去取亦颇有别裁,专为鼓吹唐音,改革宋代诸派而设。但是我们如果想切实明了他的主张,他的《遗山集》中有《论诗三十首》绝句,是最好的材料。他这三十首诗,可以说是自从老杜论诗六绝以后,绝无仅有的佳作了。他大概的主张,是要有风骨有宏敞之气,多任自然,下笔大方,要除儿女之情,要多有悲壮风云之意。我现在略引他其中的几首:

汉谣魏什久纷纭,正体无人与细论。谁是诗中疏凿手,暂教泾渭各清浑。

他这三十首是从汉魏一直论到宋末,开口以"正体"二字为主,自有截断众流,独任大雅扶轮之意。

  曹刘坐啸虎生风,四海无人角两雄。可惜并州刘越石,不教横槊建安中。
  邺下风流在晋多,壮怀犹见缺壶歌。风云若恨张华少,温李新声奈尔何?

"建安风力"本是钟嵘所推之极则,钟嵘也说刘越石有"清刚之气",元好问正是主张风力清刚的人,所以入手批评就如此表现。他不满意于儿女情多的诗,所以他说钟嵘虽嫌张华儿女情多,风云意少,但比较温飞卿、李商隐还算好得多了。

  一语天然万古新,豪华落尽见真淳。北窗白日羲皇上,未害渊明是晋人。

他以为晋人诗都还有建安、黄初之意,像刘越石固可以与曹氏父子、刘公幹等相比,而渊明之自然高淳,也仍应列在晋诗之列,与渊明自己不忘晋室之意相符。这又是好问提倡天然不雕琢之作风。

  纵横诗笔见高情,何物能浇魂磊平。老阮不狂谁会得,出门一笑大江横。

## 三十四　元遗山以北人悲歌慷慨之风救南人之失

> 心画心声总失真，文章宁复见为人。高情千古
> 《闲居赋》，争信安仁拜路尘？

阮籍之高横，自然是他所欣赏的。自此诸人以外，六朝文人，多半没有真情真气，像潘安仁《闲居赋》，说得何等清高，但他的为人却轻躁趋利，拜贾谧之路尘，为千古所笑。所以六朝的浮艳萎靡，好问一概抹杀。

> 慷慨歌谣绝不传，穹庐一曲本天然。中州万古英雄气，也到阴山敕勒川。
>
> 沈宋横驰翰墨场，风流初不废齐梁。论功若准平吴例，合着黄金铸子昂。

他以为诗到唐初为一振，但必推陈子昂为起衰之手；沈、宋仍不离齐梁，所以还不算。这也本是韩昌黎以来大诗家的公见。他又暗中以为南方俗弊文衰，北方的雄风代之而起，所以提出斛律金那首《敕勒歌》，好像以为南朝那样卑弱，幸亏有一个北齐的斛律金，能发慷慨之声，独存古风。这种嫌薄南风的思想，时时在他的作品中表露出来。他是北人，仕于金朝，雄奇之气，固所当然。

> 排比铺张特一途，藩篱如此亦区区。少陵自有连城璧，争奈微之识碔砆。

本来元稹表彰老杜,不可谓不至,他作杜的墓志,推老杜于李白之上。但他所指明老杜所以高于李白之点,实未能见其大处,不能令人满意。好问所以说老杜的精处,尚非元稹所能见到。因元稹只说:"至若铺陈终始,排比声韵,大或千言,次犹数百,词气豪迈而风讽清深,属对律切而脱弃凡近,则李尚不能历其藩翰,况堂奥乎。"对于根本要点,未曾说出。不过元稹是就诗才与诗的技术上讲,也未尝不是确评。以思想作用来求文,固是根据古义,但老杜仍有"转益多师","清词丽句"之赏,足见得在才术上,也是不可不讲求的。宋人对于杜之崇拜,暗中即本于元稹的观念,涵泳于老杜的诗律甚深,是宋诗的特征。元好问注意于"心声",注意于天然豪壮,厌薄有宋一代之风,所以有这种批评。

望帝春心托杜鹃,佳人锦瑟怨华年。诗家总爱西崑好,独恨无人作郑笺。

这是对于一班学商隐的西崑家而言。西崑之流为隐僻,也本是自来诗家所薄。不过我前边论西崑家的眼光,实注意于清峭感怆的风致,而且也多有不用典故之作。末流之弊,固不可法。

## 三十四 元遗山以北人悲歌慷慨之风救南人之失

　　万古文章有坦途，纵横谁似玉川卢。真书不入今人眼，儿辈从教鬼画符。

　　出处殊途听所安，山林何得贱衣冠。华歆一掷金随重，大是渠侬被眼谩。

　　笔底银河落九天，何曾憔悴饭山前。世间东抹西涂手，枉着书生待鲁连。

　　切切秋虫万古情，灯前山鬼泪纵横。鉴湖春好无人赋，夹岸桃花锦浪生。

　　切响浮声发巧深，研磨虽苦果何心。浪翁水乐无宫征，自是云山韶濩音。

这几首都是厌怪僻，重自然，以为不可认山林气味一定就高于廊庙。至于研四声研声病，不若一任自然。世人何必定要走鬼僻的险路，不走光明的大路。杜甫大才，何尝苦吟。孟棨《本事诗》谓李白笑杜甫作诗太苦，是不可信的。

　　东野穷愁死不休，高天厚地一诗囚。江山万古潮阳笔，合在元龙百尺楼。

　　谢客风容映古今，发源谁似柳州深。朱弦一拂遗音在，却是当年寂寞心。

这是推尊韩愈、柳宗元。韩之大笔淋漓，固是他所必取，而且韩愈虽然尊孟郊，若以韩、孟比较而论，则决定取韩愈，而不取孟郊之穷愁。他说柳宗元简直是谢灵运第二，可惜人家多不知道他的功夫有这样深远。好问的《唐诗鼓吹》，拿柳诗冠一书之首；柳诗之得表彰，是他的特识了。

  奇外无奇更出奇，一波才动万波随。只知诗到苏黄尽，沧海横流却是谁？

在好问心中，以为像东坡、山谷，都是故意要翻新出奇，而一班人就立刻风起云涌地随着他跑；只知诗道尽于苏、黄，而竟没有一个崛起于沧海横流之会的人。他不满意于苏、黄的诗，也因为宋朝一朝的诗人，尊苏、黄尊得太过，几不复知有苏、黄以上的人物，所以他有这样的大声疾呼：

  百年才觉古风回，元祐诸人次第来。讳学金陵犹有说，竟将何罪废欧梅？
  古雅难将子美亲，精纯全失义山真。论诗宁下涪翁拜，未作江西社里人。
  池塘春草谢家春，万古千秋五字新。传语闭门陈正字，可怜无补费精神！

他以为宋朝兴国百年之久，始有欧阳修、梅圣俞、王安石这些人，革除西崑，上复古意。苏、黄诸人，无非承其后尘。不料宋人乃对于这几个开山初祖，反置之不理。至于

## 三十四　元遗山以北人悲歌慷慨之风救南人之失

以学王安石为忌，或者犹可以熙宁新政为嫌；而欧、梅二人，又因为什么罪名而被废弃呢？他的言外之意，当然是说宋诗应推欧、梅为冠，不应该大家这样过尊苏、黄。欧之自然，梅之清切，正合好问的宗旨。本来像欧阳脩、梅圣俞论诗的眼光，确是不能当作宋诗的眼光看，我前边已说过了。好问又以为江西派虽名为宗杜，既远不能及杜，又并且还赶不上义山之学杜，仅仅守得一个黄山谷。所以他又退一步说，黄山谷固然不必一定可尊，但宁可佩服山谷本人，绝不做江西社里的人物。这就是说江西社里那些人的议论，恐怕都不是山谷本人所许可的。好问又自题其所选《中州集》说："北人不拾江西唾，未要曾郎借齿牙。"更可以见他的态度了。陈后山之苦吟，当然更不合好问的标准。

　　好问重要的话，大概如此，心目中总是悬了一种门庭阔大天挺自然的作风，痛诋寒俭僻涩之习。本来像严羽，像方回，都和好问一样，都是欲救宋诗之弊。严羽提出盛唐的妙悟。方回又鞭辟近里，正式提出老杜为祖，又推重简斋的高格，欲为江西派下一剂起死回生的妙药。而元好问又专宗那种慷慨的古风而贬斥宋调。不过好问的宗旨，他好像专取那些大开大合的笔调，以老杜听说的"掣鲸鱼于碧海"那样雄壮的境界为主。在好的一面说，当然可以救宋末诸弊；但在坏的一方面说，就不免使人因"雄"而至于"犷"，因"壮"而至于"粗野"了。杜甫论诗，尚有极细密的地方，所以为好问所不及。不过好问自己的诗，雄壮之中，仍有温润之美。他生于金末元初，兵戈满地，身世萧瑟，所以诗中有感叹宏深之致。但学好问的人，往往失于粗野，这是无可讳言的。清《四库全书总目》于《唐诗鼓吹》下，硬要说他这《鼓吹》一书，高出方回《瀛奎律髓》之上，这不特对于二书分量之大小，用力之勤逸，不是持平之论，而显然是有意偏袒金之遗臣，偏袒边塞的雄风，故薄南人的精作了。至于《四库全书总目》说好问所选的诗，"去取谨严，轨辙归一，大抵遒健宏敞"，这本不错，但也无非是事实上的问题。因为他所选的，专是唐人七律一种，又专以遒健宏敞为主，说他谨严归一，当然是可以的。但如果说他单调，又何尝不可呢？《四库总目》的批评，有许多是不可信的。至于好问的《中州集》，又是俨然以那些诗为正声的意思。清翁方纲的《石州诗话》上说："遗山录金源一代之诗，题曰《中州集》，中州云者，盖斥南宋为偏安矣。"正是这个意思。至于好问同时的家铉翁《题中州集后》说："生于四方……道学文章为世所宗……虽谓之中州人物可也。……壤地有南北，而人物无南北，道统文脉无南北，虽在万里外，皆中州也。元子胸怀卓荦过人甚远，彼小智自私者同室藩篱一家……溟涬下风矣。"这是说好问《中州集》，是代表正宗的意思，并非有南北的畛域。家铉翁此话，实是为他曲解。

明末钱谦益极推尊好问的《唐诗鼓吹》，因为谦益最反

## 三十四　元遗山以北人悲歌慷慨之风救南人之失

对明朝高棅的《唐诗品汇》，他以为高棅专以初盛中晚来分唐诗，又分些"正宗""大家"等等名目，使人拘泥窒碍，不能得唐人整个的精神，不若元好问这个书来得大方，所以他力为表彰，并为之作注释。但翁方纲《石州诗话》上又说，《唐诗鼓吹》恐非真出于好问之手，方纲根据好问《论诗三十首》中于初唐举陈子昂，于晚唐举李商隐，以为识力高绝，不应该像《唐诗鼓吹》那样专主雄阔一路，因为好问分明以"精纯"二字推商隐，足见得他也不是不能够分别观察的。不过《唐诗鼓吹》，本来未曾题明是好问所著的，只有书前赵孟𫖯序里说是好问所编，门人郝天挺所注，于是大家就往往以此求好问之诗学。除了钱谦益曾经表彰一番外，这书影响并不大，也没有什么特别可讨论的地方。我们要研究好问的批评，还应该细看他《论诗三十首》。

又翁方纲对于好问这三十首诗，有详细的讨论，每首之后，曾经加了些评注。不过方纲这个评注，实是针对王渔洋而说的。他最不满意于王渔洋的诗论，因为渔洋专讲严羽的妙悟，而吐弃一切，尤诋山谷、江西一路，而方纲是提倡宋诗的。渔洋曾有《拟遗山论诗绝句》，对于宋诗，贬得太过，所以方纲就以好问与渔洋之论，两两比较，而深责渔洋，但因此不免有点曲解好问之言以牵就他自己的意见。譬如好问所说"古雅难将子美亲，精纯全失义山真。论诗宁下涪翁拜，未作江西社里人"，分明是不满意于江西之尊山谷,不过是退一步的说法。而方纲说这正是好问力尊山谷之处,以为他认山谷之学杜,和义山之学杜,皆深得杜髓。又以为他以"精纯"二字称义山,足见他并非吐弃一切,专讲妙悟。方纲这样解法,似乎有点成见了。我们把好问这三十首诗前后通贯起来一看,就可以明白,好问不但不屑意于山谷,似乎对于杜甫,也不必一定视为惟一的宗主,李义山也不是他所尊崇的。

我看严羽、方回和元好问,都是欲救宋末诗学之弊,不过各人的药方不同。好问虽然没有明白吐弃一切格律精微之论,但无论如何,是欲以雄阔自然之风来救一班专讲格律的人的末路。江湖、四灵之小气,江西末流之生硬,他都一律厌弃。总而言之,好问是主张慷慨大方的真风骨,比较言盛唐而流于空壳无真味的明七子,确是好得多了。

# 三十五　宋濂论"摹仿"和高棅的"别体制""审音律"

文学上的好尚，经过南宋、金、元这样长久的乱离扰攘之世，到了明初，自然另有一番铺排。刘基、宋濂诸人博大沈郁之风，本是时代上所必有，而文人之宗仰唐风，点缀盛世，又是上承严沧浪一缕清芬而发作于这个时候。高棅的《唐诗品汇》，于是大启门庭，几乎为有明一代的典范。刘基、宋濂等，固非徒以文人称，但实为一代开基的大手笔。宋濂有一篇《答章秀才论诗书》，大致以为古人的诗，都是前后相摹仿，特立独行自名一家，是成功者之事，而不是初学者所能借口。宋濂的话，虽是对初学而言，但用意恐怕很深。因为金源的诗风，像元好问那种雄放的派头，往往引出粗豪犷野之弊。到元朝又另有一种纤丽的作风，不袭金人悲壮之习，而流弊亦至于轻佻，都是物极必反。所以宋濂这封书上说：

　　近来学者，类多高自操觚，未能成章，辄阔视前古为无物，且扬言曰：曹、刘、李、杜、苏、黄诸作，虽佳不必师，吾即师，师吾心耳。故其所作，往往猖狂无伦，以扬沙走石为豪，而不复知有纯和冲粹之者，可胜叹哉！

所以他又说：

诗之格力崇卑，固若随世而变迁，然谓其皆不相师可乎？第所谓相师者，或有异焉。其上焉者师其意，辞固不似，而气象无不同；其下焉者师其辞，辞则似矣，求其精神之所寓，固未尝近也。然唯深于比兴者，乃能察知之耳。虽然，为诗当自名家。……为人臣仆，尚乌得谓之诗哉？……古之人其初虽有所沿袭，末复自成一家。……乌乎，此未易为初学道也。

他这样发挥文学的摹仿性，可谓十分透彻，也是因为元末的诗风，近于荡检逾闲，所以提出这种规矩方圆之论。像元末明初的杨维桢，当然是个奇才，但往往受"文妖"之称（朱国祯《涌幢小品》载王彝语）。所以宋濂所说的"猖狂"，在这时候，有救弊之必要，而且严立轨范，以为摹拟之资，像宋濂所兢兢于"文必先相师"的意思，又隐然为明代的文学先注定一个特征了。严沧浪所主张的盛唐模范，于是完全表露于高棅的《唐诗品汇》。

《唐诗品汇》是专就声律兴象词致（简括地说，就是明

## 三十五 宋濂论"摹仿"和高棅的"别体制""审音律"

朝人所常常说的"格调")上面,将唐一代的诗人,分出品汇来。他的总叙说:

> 有唐三百年诗众体备矣,故有往体、近体、长短篇、五七言律句、绝句等制,莫不兴于始,成于中,流于变,而陊之于终;至于声律兴象、文词理致,各有品格高下之不同。略而言之,则有初唐、盛唐、中唐之不同;详而分之,贞观、永徽之时,虞、魏诸公稍离旧习,王、杨、卢、骆因加美丽,刘希夷……上官仪……此初唐之始制也。神龙以还,泊开元初,陈子昂古风雅正,李巨山文章宿老,沈、宋之新声,苏、张之大手笔,此初唐之渐盛也。开元、天宝间,则有李翰林之飘逸,杜工部之沉郁,孟襄阳之清雅,王右丞之精致,王昌龄之声俊,高适、岑参之悲壮,李颀、常建之超凡,此盛唐之盛也。大历、贞元中,则有韦苏州之雅澹,刘随州之闲旷,钱、郎之清澹,皇甫之冲秀,秦公绪之山林,李从一之台阁,此中唐之再盛也。下暨元和之际,则有柳愚溪之超然复古,韩昌黎之博大其词,张、王乐府,得其故实,元、白序事,务在分明,与夫李贺、卢仝之鬼怪,孟郊、贾岛之饥寒,此晚唐之变也。降而开成以后,则有杜牧之之豪纵,温飞卿之绮靡,李义山之隐僻,许用晦之偶对,他若刘沧、马戴、李频、李群玉辈……此晚唐变态之

极,而遗风余韵犹有存焉。……靡不有精粗邪正、长短高下之不同。观者苟非穷精阐微,超神入化,玲珑透彻之悟,则莫能得其门而臻其阃奥。今试以数十百篇之诗,隐其姓名以示学者,须要识得何者为初唐,何者为盛唐,何者为中晚,又何者为王、杨、卢、骆……何为李、杜……辨尽诸家,剖析毫芒,方是作者。

严羽的宗旨,到这里可算得发挥尽致了。总是以声律兴象为主,要有玲珑透彻的妙悟,对于初盛中晚各家的诗,必须辨明各有一副言语,掩其人名,一读便能分晓。句句话都是严羽的中心结晶的议论。所以高棅也专以"辨尽诸家剖析毫芒"为第一等的工夫。他的意思,是把这些人的诗分别出品汇来,按照源流正变的品次,使人讽诵自得,所以他很少加以评语。即是期望读者自己以"无迹可求"的超越精神,达到玲珑透彻的妙悟,辨出各人各时代的声调。高棅这个书的首卷,有《历代名公叙论》一卷,里面引严羽的话最多最备,隐然奉为圭臬。揣摹兴象格调,俨然唐音,遂成了明诗的特色。而高棅此书,据《明史·文苑传》说:"终明之世,馆阁以为宗;厥后李梦阳、何景明等摹拟盛唐,名为崛起,其胚胎实兆于此。"

高棅此书,就五七言各体之中,各分"正始""正宗""大家""名家""羽翼""接武""正变""余响""旁流"九格,大略以初唐为正始;盛唐为正宗,为大家,为名家,为羽翼；中唐为接武；晚唐为正变，为余响；方外异人等为旁流。譬如五言古诗，即以初唐四杰等人为正始，以陈子昂、李白为正宗，以杜甫为大家，以王、孟、韦、柳等为名家。七言律诗，即以沈佺期、宋之问等为正始，以崔灏、李白、王维、李颀、孟浩然为正宗，以杜甫为大家。如此等等分类，不暇细引。他心目中，总是以初唐与盛唐之初几个人为正式宗主，认唐人诗终是另有一种声容，上不同于汉、魏、六朝，下不同于宋以后，要推求此理，必于音律体制上求之，所以高棅的总叙上，又借当时杨伯谦的《唐音集》，来表明自己的意思。他说："前哲采摭群英……裒成一集……唯近代襄城杨伯谦氏《唐音集》，颇能别体制之始终，审音律之正变，可谓得唐人之三尺矣。"这"别体制""审音律"，即是他一书的眼目。像杜诗向来公认为集大成，集大成就是不必专限于唐一代的意思。唐人自己选唐诗，都往往不选杜诗；譬如殷璠《河岳英灵集》，高仲武《中兴间气集》，韦縠《才调集》，这些集皆不录杜。严羽也说："众唐人是一样，少陵是一样，韩退之是一样。"高棅所以多以初唐和盛唐之初那些人为正宗，而多不以杜为正宗，也是力从音律体制上，辨别唐诗的特别面目。他的总叙最后几句就说："诚使吟咏性情之士，观诗以求其人，因人以知其时，因时以辨其文章之高下，词气之盛衰，本乎始以达其终，审其变而归于正，则优游敦厚之教，未必无小补云。"这审变调而归于正宗的意思，说得更显明了。后来钱谦益最攻击这种详分时代的办法,谦益《古诗赠新城王贻上》的诗,有"初盛别中晚,画地坐狴牢。妙悟掠影响,指注窥厘毫"几句话,正是对此而发,也因为明人动辄高言初唐盛唐,肤壳影响之谈,流弊太大,所以他在明末,就大声疾呼,欲救此病。不过严羽的议论,我前边已讨论过了,也不是完全高张门户,不能融会贯通的人。他提出盛唐以救宋诗之弊,到了高棅,就专本此意,详细分析,而明人又寻流而忘返,也难怪钱谦益有这样的攻击。但就高棅此书而论,在当时不为无功。清《四库总目》说:"宋之末年,江西一派,与四灵一派,并合而为江湖派,猥杂细碎,如出一辙,诗以大弊。元人欲以新艳奇丽矫之,迨其末流,飞卿、长吉一派,与卢仝、马异、刘义一派,并合而为纤体,妖冶佹诡,如出一辙,诗又大弊。百余年中,能自拔于风气外者,落落数十人耳。明初闽人林鸿,始以规仿盛唐立论,而棅实左右之,是集其职志也。"为救元末之弊,高棅此书,不可不出。至于划分初盛中晚,本是根据时代风气,也不是无稽之论。《四库总目》又说:"限断之论,亦大概耳。寒温相代,必有半冬半春之一日,遂可谓四时无别哉?"唐宋之分,本是朝代之名,朝代可以浑括言之,至于时世之治乱盛衰,与人情之悲欢离合相激相附,自各有其以时异以人异之面目。如果照钱谦益《古诗赠新城王贻上》诗所说:"有唐盛词赋,贞符汇元苞……千灯咸一光,异曲皆同调",岂不太笼统吗?况且初盛中晚，大体上分明各有一副言语，无非根据各人的时代、各人的遭际、各人的性情而自有差别。如果一概不论，岂不反与知人论世之义相违背吗？批评家的议论，往往为救弊而发，救人之弊，而自己的弊病，也不免生于不知不觉之中，这是无可如何之事。

本来古时论诗，也有专诵本诗自求其意，而不必一定要考其人考其事。譬如《诗》三百篇，本不必一定要小序；我们看孔子、孟子时时说诗，《左传》《礼记》所引诗，以及《韩诗外传》所纂记的诗说，多是不管作诗的本事本人，由读者玩味本诗的文句，而发挥其辞理。孟子说："《诗》云：'迨天之未阴雨，彻彼桑土，绸缪牖户，今此下民，或敢侮予。'孔子曰：'为此诗者，其知道乎，能治其国家，谁敢侮之？'"这是一个最好的例子。《鸱鸮》一诗，固是周公所作，但孔子说这个话的时候，就是离开本事本人，而以己意求得其辞理，所以他说："为此诗者，其知道乎。"心目中必是先观本诗，而后推想到作诗的人，并非先把周公之为人，放在脑筋里，然后始发此言；如若不然，他应该说"周公其知道乎"了。《左传》所载吴季札到鲁国来观乐，听了所奏的诗，他能一一辨别是某国某国的风。譬如鲁人为之歌邶、鄘、卫，他听了之后，就说："美哉渊乎！忧而不困者也，吾闻卫康叔、武公之德如是，是其《卫风》乎。"原来奏诗的时候，并未曾先告他是《卫风》，他听了之后，自己会判断出来。这种情形，正合于作诗之本义。

因为诗与文不同，文要直说，诗要含而不露。含而不露，即是不要直率，不要把真人真事平铺地写出来。要听读者讽玩本文，而自得其讽谕不言之意。所以当初采诗的时候，本是专以一国的风气为主，未尝计较一篇篇的作者或一篇篇的本事。《诗》三百篇之有序，无论是国史所题，或是孔门弟子所作，都是读者考求古今事势，博稽掌故，或根据传说而作，但断乎不是诗人自己作的，这一点，是毫无可疑。如果诗人把自己作诗的原意原事，和盘地说出来，那么，他作一篇明白晓畅的文章，岂不更清楚，何必又弯弯曲曲地再作诗呢？他所以要作诗，正是要人专就他诗的本文——不必借助于诗以外的材料——领略他的情感，于是诗人的情感和读者的情感，自然能够不知不觉地融会起来，这就是"言之者无罪，闻之者足以戒"，和"可以兴，可以观，可以群，可以怨"的道理。我们看《左传》所载那些称诗以见己志的人，不知多少，他们用起诗来，用得何等活泼玲珑，足见得他们平日读诗，读得何等有"妙悟"了。本来诗这件东西，是古时教士子的主要科目，起初固没有小序，更没有传笺注疏，都是就本文上讽诵。《汉书·艺文志》不是说古时人读经，都是存大体、玩经文吗？后来小序和笺释注解的书，一天一天的多，读诗者缴绕于小序和笺释之言，处处求事实，处处求解说，往往连本文都不顾，结果充满脑筋的，尽是注解之言，而诗的本文，反而忘记，还说得上什么吟咏性情呢？宋朱子舍弃小序，独申己意，未尝没有缘故。我们看《尚书》里说到诗的欣赏，从"诗言志，歌永言"，一直说到"八音克谐，无相夺伦，神人以和"，这几句实在是双关的话。就作诗的人一方面讲，从"诗言志"一直作到"八音克谐，无相夺伦"，才算圆满；就读诗的人一方面讲，起初实在没有法子立刻知道这个诗人的"志"是何种样子。如果想知道诗人之"志"，一定先要从"八音克谐"上注意起，由"八音克谐"而知其"律和声"，由"律和声"而知其"声依永"，由"声依永"而知其"歌永言"，由"歌永言"而后知其"诗言志"。这就是我国最早的教人欣赏诗的方法。后来《周礼》上说的"以六德为之本，以六律为之音"，又何尝不是这样意思。我在上卷头几节里，已经略略地讨论过。吴季札读诗的方法，尤其显明。后人未读诗的本文以前，先把这些序传章句，记在脑中，好像先有了成见似的，于是愈解愈烦，愈解而诗的本义愈不见，这是把知人论世的意思误会了。孟子说知人论世，本是告诉那已经先读过诗的本文的人，所以他又说："说诗者不以文害辞，不以辞害意，以意逆志，是为得之。"这就是教人要就诗的本文，窥测诗人的意志，不是教人先不管诗的本文而妄言知人论世的；他所说"以意逆志"，尤是教人读诗的时候，要自运灵心，由文以深索其志，而不必先借助于别的材料，不必先怀别的成见。缴绕于事实理论的人，实不免差以毫厘，谬以千里了。后世的批评家，像昭明太子，像刘勰，这种规模广大的人，都还能兼重文章本身的"辞"和文外的"理"。唐人论诗,像司空图,也是很广大的。到了宋人,往往专尚理趣,而不在词调兴象上讲求。在好的一方面说,当然是剥肤存液,直露真性,树立文学界的清风亮节;但其流弊,太过以质胜文,太过刻露,失了文学的美境,处处讲知人论世,而每每忽略了"文"的本质。《左传》引孔子的话,不是说"言以足志,文以足言"吗?专求言以足志,而忽略了文以足言的"文",似乎是不可以的。然则这个"文"又如何求法呢?严羽提出"参诗"之法,他的《沧浪诗话》上说:"诗道亦在妙悟……试取汉魏之诗而熟参之……次取南北朝之诗而熟参之,次取沈、宋、王、杨、卢、骆、陈拾遗之诗而熟参之,次取开元、天宝诸家之诗而熟参之,次独取李、杜二公之诗而熟参之……又取晚唐诸家之诗而熟参之,又取本朝苏、黄以下诸家之诗而熟参之,其真是非,自有不能隐者。"这"熟参"的方法,就是摆落一切枝枝节节的解说,专取本诗反复吟玩。严羽又说:"诗之法有五,曰体制,曰格力,曰气象,曰兴趣,曰音节。"大致是就这几点来熟参之,熟参之久,自然可以一旦得着玲珑透彻的妙悟了。高棅把严羽这种意思解得更透彻,上边引他《唐诗品汇总叙》里所说的"诚使吟咏性情之士,观诗以求其人,因人以知其时,因时以辨其文章之高下,词气之盛衰",又所说的"观者苟非穷精阐微,超神入化,则玲珑透彻之悟,莫得其门……",正是和我所说先由诗的本文以通诗人之言,由诗人之言以通诗人之志的道理是一样,所以严羽和高棅,更明白地教读诗者,在未读之先,不必知道作者是谁,不妨将人名掩起来,一望而知为何时代何体制的诗,那才算是善读诗的人。这种意义,确是很重要,文学和别的东西不同,也未尝不在这一点,本身的声容和气象,可以给人以深刻的印象,不在乎他所说的是什么理论,什么事实。六经中的诗教,也正是如此。六经各明一教,《诗》和《易》《书》《春秋》不同,岂不是显然的吗?高棅专分别品汇,不赞一词,不加评释,使人自己玩出源流正变的声音,未尝不合于《诗》三百篇风雅正变的分类。他所说"本乎始以达其终,审其变而归于正,则优游敦厚之教,未必无小补",岂非拿《诗》三百篇的"雅颂各得其所"的意思存在胸中吗?

方回《瀛奎律髓》正和高棅的书立在相反的地位,方回专以诗的内容情事为类别,而所讨论的,多是诗外的人事和文字的技术,不是从外面涵泳诗的体制音调,宋人家法略可代表。但他和高棅这书,实在可以互为医药。高棅的好处,是有功于唐音,亦暗合"三百篇"的书式。但是我上卷头几节里本早讲过,古诗皆可合乐,不徒是诗,所以古诗的看法,当然必先从音调上着眼。到了孔子之门,已是比较的偏重文义了。后世的诗,根本不入乐,比较算是文字一方面的东西,如果专从声容格调上讲,而不求情理,流弊所及,实在难免"浮光掠影"之讥。《明史·高棅传》说:"论者谓其所采择,严于音节,疏于神理。"已经有人看出流弊了。况且严羽所说的空中音、象中色、水月镜花、羚羊挂角等,本太过渺茫,不合诗道。自高棅此书出,明朝诗人又承流不返,大家虚拟揣摹,不见性情,但见虚壳,不见骨格,但见浮声。方回的书,对于这种流弊,未尝不是救药。至于原来剥肤存液剥得太过,猖狂轻肆而无法纪,自是宋诗元诗的流弊,在明初的时候,自不得不有高棅此书乘时而出。

# 三十六　李东阳所谈的"格调"和前后七子所醉心的"才"

文学所以能动人，究竟不能没有美的外形，由其外表上声容构造之美以窥其立言之情致，这种意思很重要，上一节已说过。明朝李东阳对于这一点，推阐得更有力。他的《怀麓堂诗话》上说：

> 《诗》在六经中，别是一教，盖六艺中之乐也。乐始于诗，终于律。人声和则乐声和，又取其声之和者，以陶写情性，感发志意，动荡血脉，流通精神，有至于手舞足蹈而不自觉者。后世诗与乐，判而为二，虽有格律而无音韵，是不过为排偶之文而已。如徒以文而已也，则古之教，何必以诗律为哉？

自从诗与乐分，诗徒为文人之余事；大家只知道文有用而以诗为无用，至多不过当作私人朋友之间娱情写意的玩品。加以后来谈文学者，过于偏重"质"一方面，失其美性。高棅、李东阳在此时提醒这个问题，不为无见，也合于

《尚书》《周礼》上论诗的意思,又合于吴季札观诗的方法,古义正是如此。东阳又说:

> 诗必有具眼,亦必有具耳。眼主格,耳主声。闻琴断知为第几弦,此具耳也。月下隔窗辨五色线,此具眼也。费侍郎廷言尝问作诗,予曰:"试取所未见诗,即能识其时代格调,十不失一,乃为有得。"费殊不信。一日与乔编修维翰观新颁中秘书,予适至,费即掩卷问曰:"请问此何代诗也?"予取读一篇,辄曰:"唐诗也。"又问何人?予曰:"须看两首。"看毕曰:"非白乐天乎?"于是二人大笑。启卷视之,盖《长庆集》。

这更是明白告诉人要从声容格调上认识作者。严羽和高棅都有这种掩去人名猜想作者的提议,但他们还不曾详细说明,究竟应该用什么方法去猜,现在李东阳却明白告诉人了,就是从"声音格调"上去猜。这种工夫,实在很不容易做到,若非平日对于各时代各人的作品,下过"熟参"的工夫,骤然之间,是不容易辨别的。人的语气吐属,各不相同,我们往往对于自己极熟的朋友,平日把他言谈的神气,深印在脑筋里,虽隔数千里外,如果有人传述他的话,我们总可以辨别其真伪。所以读前人的作品,也要和交朋友一样,熟读细参之后,自然他的神气也深入了脑筋,随处见其作品，皆可辨别。这种道理，自吴季札观诗以后，也可以说是千古不传之秘，严羽、高棅以至于李东阳，把它宣发出来了。东阳于是又说出他的根据：

> 观《乐记》论乐声处，便识得诗法。

《礼记·乐记》篇发明由声音以论世知人的道理，本很详明。例如："其哀心感者，其声噍以杀；其乐声感者，其声啴以缓。……郑、卫之音，乱世之音也，比于慢矣。桑间濮上之音，亡国之音也，其政散，其民流。……诗，言其志也；歌，咏其声也；舞，动其容也：三者本于心，然后乐器从之。是故情深而文明，气盛而化神，和顺积中而英华发外；唯乐不可以为伪。"这些话即是告诉人由声以知诗的道理；吴季札听了各国的诗，都能一一辨别其为何国之风，即是这个道理。严羽、高棅、李东阳掩卷读诗而能知道诗的作者为谁，也是本于这个原则。人心不同，所以各人的声音也不同，不同之中自有高下。因此，东阳又说：

> 陈公父论诗专取声，最得要领。潘应昌尝谓予诗，宫声也。予讶而问之。潘言其父受于乡先辈曰："诗有五声，全备者少，惟得宫声者为最优，盖可以兼众声也；李太白、杜子美之诗为宫，韩退之诗为角，以此例之，虽百家可知也。"予初欲求声于诗，不过心口相

语,然不敢以示人,闻潘言,始自信以为昔人先得我心。

"宫"声最铿锵,此外"商""角""徵""羽",都有偏于厉偏于薄或偏于哑的毛病,所以他说"宫"声最优,能兼众声。《周礼·大司乐》郑注说:"凡五声,宫之所生,浊者为角,清者为徵羽……商,坚刚也。"《汉书·律历志》也说:"宫者,居中央,畅四方。"东阳的话,即是从这些话脱胎的。古乐律已经失传,我们也难知其详,根据经典所说,大概的意思是这样;总是铿锵宽洪的声音为宫声,最为中正,其余都嫌单调小气了。东阳这段话,即是以为诗的声调,也以铿锵宽洪者为上。他们取盛唐,取李、杜,也因为这种缘故。东阳又举出几条声调好的例子,讲给人听,他说:

"鸡声茅店月,人迹板桥霜。"人但知其能道羁愁野况于言意之表,不知二句中不用一二闲字,止提掇出紧关物色字样,而音韵铿锵,意象具足,始为难得。若强排硬叠,不论其字面之清浊,音韵之谐舛,而云我能写景用事,岂可得哉?

"音韵意象",是他看诗所注意之点。字面要清,音韵要谐,都是表明他所留心的地方。《六一诗话》引梅圣俞,称赞这

## 三十六 李东阳所谈的"格调"和前后七子所醉心的"才"

两句诗,以为能够写难写之景如在目前,含不尽之意见于言外。李东阳意中,大概认为他所说的,还未尽其美,以为专在"意"上求,还是不妙的。至于音节之美,也非处处有一定的格式,要知道自然天成的佳韵。所以东阳说:

> 古律诗各有音节,然皆限于字数,求之不难。惟乐府长短句初无定数,最难调叠。然亦有自然之声……若往复讽咏,久而自有所得,得于心而发乎声,则虽千变万化,如珠之走盘,自不越乎法度之外矣。

"熟读""细参",是他们辨别前人诗的方法,也是他们自己作诗的基础工夫。他于宋人论诗的话,当然是不满的,因为他和严羽、高棅是抱着一路的主张。他说:

> 唐人不言诗法,诗法多出宋,而宋人之诗无所得。所谓法者,不过一字一句对偶雕琢之工,而天真兴致,则未可与道。其高者失之捕风捉影,而卑者坐于黏皮带骨,至于江西诗派极矣。惟严沧浪所论,超离尘俗,真若有所自得,反复譬说,未尝有失。

他认宋人论诗之弊如此;推到极点,以为宋人之学杜甫,也是不善学。他说:

> 长篇中须有节奏，有操有纵有正有变……唐诗类多委曲可喜之处。惟杜子美顿挫起伏，变化不测，可骇可愕。盖其音响与格律正相称，回视诸作，皆在下风。然学者不先得唐调，未可遽为杜学也。

严羽所说"众唐人是一样，杜甫是一样"，得东阳此解，颇能说明其意。宋人学杜甫，而所作终是宋人之诗，不是唐诗。照东阳这样讲法，即是因为未曾先得唐调的缘故。又恐怕对于杜的"音响与格律相称"一层，宋人也未曾理会着。

东阳的眼光，确是很高。严羽、高棅之主张，若无东阳，仍然使人难于索解。看诗要由"格调"下手，"格调"就是一切声容意兴体制之"总抽象"。照他所说的这种看诗的方法，似乎是有定法而亦无定法。因此严羽所说玲珑透彻的"妙悟"，我们在这里才得着很明白的解释了。

但是李东阳并不主张摹拟，他说："林子羽《鸣盛集》专学唐，袁凯《在野集》专学杜，盖皆极力摹拟，不但字面句法，并其题目亦效之……然细味之，求其流出肺腑卓尔有立者，指不能一再屈也。"东阳既这样反对摹拟，所以他自己的作风，总是力求其自然而匀稳，不有意求古，以为"诗太拙则近于文，太巧则近于词；宋之拙者皆文也，元之巧者皆词也"。又说："作诗必使老妪听解固不可，然必使士大夫读而不能解，亦何故耶？"在东阳的本心，已是力振当时三杨台阁体之衰,然他自己也是台阁中的老宿,及李梦阳、何景明等所谓前七子者起来,又力攻东阳,嫌他软滑了。前七子中之王九思有诗云:"进士山东李伯华,相逢亦笑李西涯。"因为这个李伯华,也附和他们攻击东阳,说:"西涯为相,诗文取熟烂者,人材取软滑者,不惟诗文靡败,而人材亦从之。"所以他们论文的眼光,全和东阳相反。东阳不高语唐以上,不主张摹拟。但明代文风之转变,终起于东阳。后来所谓后七子之中的王世贞也说:"长沙之于何、李,犹陈涉之启汉高。"虽是抑长沙,而终认为起衰之手。东阳所以不同于前后七子者,就是不要赝古,不要太做作;至于从"格调"上看诗,多注意于其声容体制,少注意于其神理意脉,总是高棅、李东阳以至于前后七子一切人的眼法,无论所说是秦汉,是唐宋,都相差不远。时代风气所牢笼,往往各人自己都不觉得。

李东阳的议论,到了明末钱谦益,始大加推重;李梦阳和何景明,原皆出于东阳的门下,而反大肆攻击。梦阳、景明力主复古,力主摹仿。《明史》上说:"献吉(梦阳)才思劲鸷,恫然谓天下无人。弘治中宰相李东阳主文柄,献吉初以师事之,既而讥其萎弱不足法,倡言复古,文必秦汉,诗必盛唐,非是弗道,唐以后事不得用。又专以摹仿为主,谓今人摹临古帖,不嫌太似,反曰能书,诗文之道,何独不然。一时奉为宗匠。与何景明……等称七才子。"何景明《答李空同(梦阳)书》,也说:"诗溺于陶,谢力振之，而古诗之法亡于谢；文靡于隋，韩力振之，而古文之法亡于韩。"景明复古的标准，更有如此之严咧。

他们虽是反对李东阳，但事实上不过因为要自肆其才，争为雄长；至于他们所到的境界，实在并不能及东阳。东阳所注意的，是要往复吟咏古人之诗，得其自然天成之妙，最忌字字摹仿。李梦阳、何景明等或者因为自己不能够"熟参"古人的"格调"，而得其自然天成的精神，于是专在字句上摹拟其音，在章法上摹拟其气，以期切合古人的格调。他们所以原本于东阳而反而与东阳相反，其病根在此。但是我上节讲过，东阳的话本来不错，东阳的诗也很真切，不过其流弊所及，必定至于专讲"格调"，不注意情理了。至于摹仿之说，宋濂也已经说得清楚，初学固不能不摹仿，而且离形得神，本不容易，但绝不能这样字字临摹和写字临帖一样。字和诗绝然两道，字的本身，原是取"形"，文学本身，乃是取"意"，况且也断没有专临帖而能成书家的。李梦阳的话，在理由上似乎难以成立。所以七子之诗，摹仿古人太过，都成了赝鼎了。文学作品至于使人看不见本人的心情面目，那还有什么价值？即便使明朝人说话，说得和唐朝人一样，又岂不自失其为明朝吗？况且各人的性情，和一切环境时势，绝对没有可以张冠李戴的道理，明朝人又有什么法子说得和唐朝人一式一样呢？

梦阳、景明复古摹拟之帜，到了李攀龙、王世贞等所谓后七子者之手，又复大张。攀龙、世贞气焰，更高于前

## 三十六　李东阳所谈的"格调"和前后七子所醉心的"才"

七子。攀龙自夸"微吾竟长夜",又拿王世贞比左丘明而自比孔子(王世贞《艺苑卮言》),所选的《古今诗删》,自古逸诗以逮汉魏六朝唐,唐以后乃继以明,而删除宋元两代一字不录。既名为古今诗,而居然能把宋元一笔勾销,未免太不合理。这都是李梦阳以来教人勿读唐以后书的方法了。我们要看前后七子论诗的主张,这部《古今诗删》略可代表。高棅、李东阳完全以唐为主,而且东阳看六朝诗,也和宋元诗一样,不及唐诗。虽然如此,他又说各时代的诗,各自为体,彼此不容相入,议论很平允。譬如他说苏东坡的诗,可以尽天下之情事(皆见于《怀麓堂诗话》),他的眼光如此,所以不提倡盲目地复古。到了七子之流,高语周秦汉魏,像王世贞的《艺苑卮言》批评所及,更是目空一切,自六经以下,皆有所指摘,无可幸免了。世贞晚年颇自悔,《列朝诗集》上说其:"余作《艺苑卮言》时,年未四十,方与于麟辈是古非今……至于戏学《世说》,比拟形似,既不切当,又伤狷薄……姑随事改正,勿误后人而已。"王世贞又赞归熙甫像,有"千载有公,继韩、欧阳,予岂异趋,久而自伤"之语。钱谦益"闻其晚年手《东坡集》不置。"但是我们为欲略知前后七子的议论条理,仍不得不拿他的《艺苑卮言》来研究一下。《艺苑卮言》在诗话文话一类书中,算是一部大著作,古今上下,信笔评议,卷帙甚富,气焰极盛。譬如他所说周公文不如诗,孔子诗不如文,又《诗》三百篇里的句子,有太拙太直太庸太鄙之处。像这样话，实在令人无法较论。我们就他那里面找出他的结晶之论，略有如下数条：

> 才生思，思生调，调生格，思即才之用，调即思之境，格即调之界。

> 贞元而后，足以覆瓿，大抵诗以专诣为境，以饶美为材，师匠宜高，捃拾宜博。

> 李献吉劝人勿读唐以后文，吾始甚狭之，今乃信其然耳。记闻既杂，下笔之际，自然于笔端搅扰，驱斥为难。若摹拟一篇，则易于驱斥，又觉局促，痕迹宛露，非斫轮手。自今而后，拟以纯灰三斛细涤其肠，日取六经、《周礼》《孟子》《老》《庄》《列》《荀》《国语》《左传》《战国策》《韩非子》《离骚》《吕氏春秋》《淮南子》《史记》《汉书》《西京》以还至六朝及韩、柳，便须铨择佳者，熟读涵泳之。令其渐渍汪洋，遇有操觚，一师心匠，气从意畅，神与境合，分途策驭，默受指挥，台阁山林，绝迹大漠，岂不快哉？世亦有知是古非今者，然使招之而后来，麾之而后却，已落第二义矣。

他拿"才""思""调""格"来论诗，好像是说"诗起于才而终于格"，又似乎以"才"为一切的根本，和"诗言志"的定义，总是相差一间。结果，照王世贞这样讲法，

## 三十六　李东阳所谈的"格调"和前后七子所醉心的"才"

读诗者一定是由"格调"而窥其"才",而不是由"格调"以窥其"志"了。高棅所说的,"诚使吟咏性情之士,因诗以求其人,因人以知其时",和世贞也究竟不同。"才"是从性情发出来的,况且"才"不过是文学中成分之一。我们固不必处处征引古义,但是像《文心雕龙》那种圆融的法眼,总是可信。《文心雕龙》讲"才"的,只有《才略》一篇,其余《神思》《体性》《风骨》等篇,说到文学上种种要素,在他书的下编里头,何等赅备。世贞如何竟将"才"当作惟一的元素呢?再者,"才"的种类也很多,有粗才,有笨才,有好的才,有恶的才。世贞的意思,当然是取那些好的才,而不取那些坏的才,但是用什么方法来辨别呢?这一层,他不曾说明。我们再看他下面两段话,又不知不觉地发现他原来是不要辨别的。他的脑筋里,只认为古代一切都是好的,不管内容有如何的千差万别。他立志要把六经以下西汉以前的书,一齐不择精粗地吞下肚子里,也不管六经之各有面目,不管诸子百家之分驰,不管虞夏之异于商周,商周之异于战国秦汉,一律要生吞活剥地吃下去,岂不是原来就无意于辨别才情之美恶吗?他所谓"专诣为境"者,即是专诣于西汉以上的意思,"饶美为材"者,即是专取西汉以上之材料的意思,"师匠宜高……"等的话,都是要囫囵吞枣地把西汉以上一口包起来的意思了。如果照他所说,"以纯灰三斛细涤其肠"的方法,那似乎又是要自没其心灵,而将古人的心灵,装置在自己身上，姑无论为事势所不许，即便成功，也不过成了文学界的王莽罢了。他这《卮言》上又说：

> 孟轲氏，理之辨而经者；庄周氏，理之辨而不经者；公孙侨，事之辨而经者；苏秦，事之辨而不经者：然材皆不可及。

这更足证明他是只管材不材而不管为何等材了。至于他说三百篇《诗》，有太拙太鄙之类，乃是摘出一两个句子来讲，不管各国的风气思想和全篇的意脉如何，也正是但求有精巧的才，而不暇计及其他了。

前后七子之弊，大致是如此，李（梦阳）、何（景明）、王（世贞）、李（攀龙）是其中的巨擘，他们自己，也有互相推崇的，也有互不相下的，其为赝古，都是一样。论诗只在"格调"上讲，结果必至于此。我们看吴季札，何尝不先注意于"格调"，但他听了《卫风》之"渊乎"，就一直推到"忧而不困，康叔、武公之德"，这才是真有眼光的人。李东阳本严羽之言而讲"格调"，但他还提出"感发志意"四个字（看上引《怀麓堂诗话》），即是说"由格调可以窥见其人的志意"，这种说法，本来不错，不过他没有多多声明罢了。到了王世贞；发出这样"才思调格"一贯相生的议论，于大家所能从"格调"上看出来的，不过作者之"才气"而已。作诗文专以摹仿古人的"才气"为主，

## 三十六　李东阳所谈的"格调"和前后七子所醉心的"才"

又安得不失败呢?《艺苑卮言》最末有一段说:"颜之推云:'文章之体,标举兴会,发引性灵,使人矜伐,故忽于操持,果于进取。今世文士,此患弥切,一事惬当,一句清巧,神厉九霄,志凌千载,不觉更有傍人,加以砂砾所伤,惨于矛戟,讽刺之祸,速于风尘,深宜防虑,以保元吉。'吾生平无取进念,少时神厉气凌之病或有之,今老矣,追思往事,可为扪舌。"这一段是世贞晚年所加入的话。但古今文人之所以往往有如此之恶习者,正因为只讲究"才气"的缘故。这一点是万万不得不注意的。

# 三十七　唐顺之的"本色"论和归有光的《史记评点》

当李梦阳、何景明诸人流风极盛的时候，唐顺之、王慎中、归有光、茅坤等别张异帜，仍以欧阳脩以来古文家的议论为归宿，持守甚坚，不为七子所动。唐顺之的议论很精妙，他的文章"本色"论，颇足以推倒一时的豪杰。大凡古文家的态度，都是专在文学的根本思想上讲究，他们虽然时时作文章，实在不大欢喜谈文学的技术。他们以为凡人只要思想纯洁，学养精深，就自然会作出好文章来。唐顺之也是如此。他文集中有《答茅鹿门知县书》（茅坤字鹿门）说：

> 学者先务，有源委本末之别耳。文莫犹人，躬行未得，此一段公案，姑不敢论，只就文章论之。虽其绳墨布置、奇正转折自有专门师法，至于中一段精神命脉骨髓，则非洗涤心源，独立物表，具古今只眼者，不足以与此。今有两人，其一人心地超然，所谓具千古只眼人也，即使未尝操纸笔呻吟，学为文章，但直

据胸臆，信手写出，如写家书，虽或疏卤，然绝无烟火酸焰习气，便是宇宙间一样绝好文字；其一人犹然尘中人也。……此文章本色也。

以"本色"为主，是他论文的根本见解。他又以为凡是没有本色的人，绝作不出好文章，所以他接着说：

即如以诗为喻，陶彭泽未尝较声律、雕句文，但信手写出，便是宇宙间第一等好诗。何则？其本色高也。自有诗以来，其较声律、雕句文，无如沈约，苦却一生精力，使人读其诗，只见其捆缚龌龊，满卷累牍，竟不曾道出一两句好话。何则？其本色卑也。本色卑，文不能工也。而况非其本色哉。

他以为一切文章格律，都不必苦求，凡是本色不高的人，虽苦求格律，也不会作出好文章，何况完全没有本色的人呢？他用这样眼光来观察文学，所以他平日对于古今的诗人，曾经提出邵康节的诗，为三代下第一人（《与王遵岩书》）。不但因为邵康节的诗全是本色语，并且说："诗思精妙，语奇格高，诚未有如康节者……古今诗庶几康节者，独寒山、靖节二老翁耳，亦未见如康节之工也。"这种见解，可算得极其特别，都是根据他所提倡的"本色"论，以为但要有"本色"，就一定会"工"，不然，绝不会

"工"。所以他对于当时的那班讲摹仿复古的人,就大加指摘,他《与洪方洲书》说:

>……开口见喉咙,使人读之,如真见其面目,瑜瑕不容掩,所谓本色,此为上乘文字。杨子云闪缩谲怪,欲说不说,不说又说,此最下者,其心术亦略可知。近来作家,如吹画壶,糊糊涂涂不知何调,又如村屠割肉,一片皮毛,斯益下矣。

至于说到"本色",他认为不拘一格,不必一定儒家的文章才有本色,无论什么家数,都各有其本色。他《答茅鹿门知县书》又说:

>两汉而下,文之不如古者,岂其所谓绳墨转折之精之不尽如哉。秦汉以前,儒家者有儒家本色,至于老庄家有老庄本色,纵横家有纵横家本色,名家、墨家、阴阳家皆有本色。虽其为术也驳,而莫不皆有一段千古不可磨灭之见,是以老家必不肯剿儒家之说,纵横必不肯借墨家之谈,各自其本色为言,是以精光注焉而其言不泯于世。唐宋而下,文人莫不语性命,谈治道,满纸炫然,一切自托于儒家,然……非真有一段千古不可磨灭之见,而影响剿说……是以精光枵焉。

当李梦阳等一派人气焰大盛的时候，他这种批评，正是最好的针砭。本色的文章当然是好；但是他的话，也有和自来古文家不同的地方。韩愈对于文章的技术，也时有讨论，不像顺之专任本色。我们看《易经》上说"言有序"，《论语》上说"出辞气，斯远鄙倍矣"，足见得作文学工夫的人，对于修辞技术上，也不能不考究，太过粗鲁鄙俗的文章，总不能入于文学之林。唐顺之深恶当时七子的文章太过没有本色，所以他的议论，也实是以救弊为动机，因此不免主张太过。以邵康节那种率意信口的诗为千古第一，恐怕不容易服人的心。再者韩愈、欧阳脩这些古文家，都以儒家为宗，诸子百家杂驳的文章，虽各有本色，但都是他们所不取。韩愈对于儒家荀卿、扬雄，尚且说他二人是大醇而小疵。唐顺之只以为有本色的即是文章，不管是什么派的思想学问。所以就古文家的家法而言，这一层也是顺之的特点。顺之晚年颇好道家之学，所以他不一定守儒家。他欢喜邵康节的诗，大概也因为康节的学问杂有道家气味的缘故。

顺之同时的茅坤，选有《唐宋八大家文钞》，为后来一两百年言古文的人家弦户诵的书。茅坤虽和顺之同道，并且时时称述顺之之言，但他看文章的眼光和顺之略有不同。顺之本也选有一部古文集，叫作《文编》，从周朝的文章一直录到宋朝，并且诸子的文章，像庄子、韩非、孙子等，都有入选，不专以儒家为主，所以清《四库总目》说顺之此书并非以真德秀的《文章正宗》为蓝本，因为德秀书主于论理，而此书主于论文。《四库总目》这个解释是很对的。茅坤此选，专录唐宋八大家，不远录唐以上文，又专以合于六经的宗旨为标准。自宋吕祖谦选《古文关键》，专录韩、柳、欧、曾、苏、王等的文章，隐然建立"唐宋八家"的名目。明朝初年，有一个朱右选此八人之文，名为《八先生文集》。① 到了茅坤，遂明白定出"唐宋八大家"之名了。当前七子等高唱文必秦汉的时候，像茅坤这样脚踏实地地拿唐宋的人作切近的门径，不必惹起光怪陆离的赝古，这种态度是很得当的。茅坤这本书的自序说：

> ……六艺之旨渐流失，魏晋宋齐梁陈隋唐之间，文日以靡，气日以弱，……韩愈首出而振之，柳柳州又从而和之，于是知非六经不以读，非先秦两汉之书不以观，其所著书论叙记碑铭颂辨诸什，故多所独开门户，然大较并寻六艺之遗略相上下而羽翼之者。……宋欧阳公脩偶得韩愈书，手读而好之，而天下之士，始知通经博古为高。而一时文人学士彬彬然附离而起，苏氏父子兄弟及曾巩、王安石之徒，其间材旨

---

① 编辑按：朱右选集本名为《六先生文集》，还选有《唐宋六家文衡》，但实际都包含了后世所谓"唐宋八大家"的文章。朱氏视三苏为一家，以苏轼为代表，故在书名中称"六先生""六家"。

## 三十七　唐顺之的"本色"论和归有光的《史记评点》

小大、音响缓亟虽属不同，而要之于孔子所删六艺之遗，则共为家习而户眇之者也。

这样严定"六艺之旨"为去取的标准，是唐顺之所不曾正式宣布的。他又以为七子之流，胸中横了一个时代的观念，抹杀唐以后的文学，未免不公。他这序中所说：

> 世之操觚者，往往谓文章与时相高下，而唐以后且薄不足为。噫，抑不知文特以道相盛衰，时非所论也。其间工不工，则又系乎斯人者之禀，与其专一之致否何如耳。如所云，则必太羹玄酒之尚，茅茨土簋之陈，而三代而下明堂玉带、云罍牺樽之设，皆骈枝也已。

正是极好的批评。本来文学的工拙，全在乎各人的造诣如何，不一定后人就不能及古人。七子等成见在胸，断定三代秦汉不分纯驳，一切皆好，唐宋以后，一切皆不好。这种见解，实无理由。茅坤又对于他们下了一个根本的批评：

> 我明弘治、正德间，李梦阳崛起北地，豪俊辐辏，已振诗声，复揭文轨，而曰吾《左》、吾《史》与《汉》矣，又曰吾黄初、建安矣。以予观之，特所谓词林之雄耳，其于古六艺之遗，岂不湛淫涤滥，而互相

剽裂已乎。

即是认为他们不合于六经之旨,不过自骋才华而已。这种说法,算是正式对他们提出纠弹了。明七子等,专摹仿古人的才调,不在性情志意上做工夫,我前边已经讨论过。茅坤说他们不合于六经之旨,即是指着这一层而言。

茅坤对于唐宋八大家的文章,各予以很精密的批评。他这书的前面,又有一篇《论例》,大意是说:屈原、宋玉以后文章之雄伟广大莫如司马迁,渊雅莫如刘向、刘歆,好像认为这两个人为六经以后文家之极则;自此以后,韩愈的文章突兀惊人,柳宗元巉削凄清,欧阳修遒美逸宕,苏轼浩荡酣畅。除了韩、柳等八家而外,他又提出王守仁为一大家,他虽然未选他的文章,但他很郑重地提出这一点,教人注意。又说叙事文以欧阳修为最好,因为最能得司马迁之风神。韩愈的叙事文,稍觉险崛,不能得司马迁的好处。他认司马迁为文家之最上品,而欧公又和他最近,所以他意中似乎于八家中,偏爱欧阳修。这种远尊司马迁而近爱欧阳修的态度,自茅坤和归有光表现之后,此后的古文家,都隐隐中奉此为归宿了。

归有光在古文家里面的地位,当然比唐顺之、茅坤等更高。他诋王世贞为妄庸巨子(《震川集·项思尧文集序》),态度尤为严厉。他一生的精神,差不多全部集中于《史记》一书,他所有对于文学上的批评眼光,也完全射在司马迁一人身上。《归氏史记评点》遂成了后世古文家的秘宝了。有光的文章，本最近于欧阳修，也是很得《史记》的风神。所以黄宗羲的《明文海》上就说："震川之所以见重于世者，以其得史迁之神也。"他这《史记评点》，可算得自吕祖谦《古文关键》以来"评点学"之最上乘。因为普通各家的评点，不过随便圈出诗文中的好句子，或比较精彩的一段圈点出来。到了后来，时文八股家的圈点，就更为琐碎无聊了。有光这部圈点，简直是一种很精心结撰的著作。他对于全书只加圈点，不曾有评语，一切精神意脉，皆见于圈点之中，只附带有一篇《圈点例意》。他的圈点很大方，用五色笔分别表示出来，大概是除了句子或内容精美之处略略圈点之外，最好是能将司马迁的大义微言、意脉所在，表露给人看。这一点，是很不容易的。清朝方苞也有《史记评点》，后人将他二人的评点合刻起来，所谓《归方评点史记》（如王拯辑本、张裕钊辑本），清朝桐城派古文家，往往传为研究古文方法的指南针了。

像唐顺之、茅坤、归有光等，差不多都是注重古人的"本色"，在精神意脉上着眼，不像前后七子之流，只揣摹语气句调。但他们也未尝不讲格律法度。例如唐顺之虽然好像专重本色，但也说到文章的法度。不过他晚年学道，越发不欢喜谈文，所以往往主张本色太过了。他早年所选的《文编》自序上说："文者，神明之用所不得已也……然不能无文而文不能无法。法者，神明之变也。"就是说文章本是出于不得已之情，不是无病呻吟的。但既是不得已，也当然有一种不得已的法度。求这种法度，也应该从作者精神上去求，就是从他不得已的地方去求。虽然不能专从句调格律上求法度，但也未尝没有法度。这种看法，又和袁宏道、钟惺等抹杀一切法度的论调不同。

## 三十八　竟陵派所求的"幽情单绪"和陈眉公的"品外"观

袁宏道、钟惺、谭元春当然也是反对七子的,他们的评论,都是注重个人的灵智,不避鄙俚之言,又多半欢喜禅学,以文字掉机锋。宏道《与张幼于书》骂李、王那班七子,说他们"粪里嚼渣",可以想见他对李、王等如何深恶痛绝的态度。宏道和他的弟兄宗道、中道等都力主唐宋以后的文风。宗道爱白居易、苏轼,取"白苏"二字做他书斋的名字。宏道更主张清新轻俊的作风,但亦多杂有嘲笑俚语。他作中道的诗集序说:"文必秦汉矣,秦汉曷尝字字学六经欤?诗准盛唐,盛唐曷尝字字学汉魏欤?……惟代有升降而法不相沿……所以可贵。"又《与丘长儒书》说:"大抵物真则贵,真则我面不同于君面,而况古人之面貌耶。"钟、谭等又更加大发妙论,所谓公安派(指宏道)、竟陵派(指钟、谭),遂横行天下了。钟惺的根本宗旨,在他所作的《诗论》。《诗论》是发明《诗经》的读法,大略说:

> 诗，活物也。游、夏以后，自汉至宋，无不说《诗》者，不必皆有当于《诗》，而皆可以说《诗》。其皆可以说《诗》者，即在不必有当于《诗》之中。非说《诗》者之能如是，而《诗》之为物，不能不如是也。何以明之？……读孔子及其弟子所引《诗》，列国盟会聘享之所赋《诗》，与韩氏之所传《诗》者，其《诗》其文其义，不有与《诗》之本事本文本义绝不相蒙而引赋之、传之者乎？……夫诗，取断章者也，断之于彼，而无损于此。……说《诗》者盈天下，达于后世屡迁数变而《诗》不知，而《诗》固已明矣，而《诗》固已行矣。然而《诗》之为《诗》自如也，此《诗》之所以为经也。……汉儒说《诗》，据小序，每一诗必欲指一人一事实之。考亭儒者虚而慎，宁无其人无其事而不敢传疑，故尽废小序不用。然考亭所间指为一人一事者，又未必信也。考亭注有近滞……近肤、近累者，考亭之意，非以为《诗》尽于吾之注。……亦曰，有进于是者，神而明之也……予家世受《诗》，暇日取"三百篇"正文流览之，意有所得，间拈数语，大抵依考亭所注，稍为之导其滞……后之视今，亦犹今之视前，何不能新之有？

这种眼光，本来极好。我前边也略说过，凡读《诗》，总要先就本文上体会，以意逆志，不可拿汉儒所传小序处处讲事实的方法，做惟一的标准。因为如果先怀了这种事实上的成见，必定不能窥见诗人的意志。但是关于这一点，不可不有点分寸。我们把前人的诗意融会出来，作自己的诗，本可以随便化合，不必拘定前人的本义。至于我们读前人的诗，所抱的目的，是要从诗里面窥见他本人的意志情感，又似乎不可全拿我们自己的意思为主。如果全拿我们自己的意思，随便解释别人的作品，岂不反为强人就己吗？"断章取义"这句话，不过是引诗的时候一种方便法门，至于他原来整个的篇和这个诗人整个的意志，就不容我们随便把他断为几截了。孟子说："固哉，高叟之为诗也。"正因为高叟随便拿自己的成见胡乱说诗。高叟说《小弁》是小人之诗，他认为凡人不可怨恨父母，而《小弁》诗中有怨恨父母的意思；他不知道越亲爱的人，越容易相怨，这是一定的道理，不然就成了痛痒不相关的路人了。钟惺这种论诗的方法，本都有绝顶的聪明。他的论调，的确可以打破一班拘泥之见，可以警醒一班只用眼不用心的人，而且和严羽所说的"妙悟"，也有些相近。但是如果听从他的话，听得太过，反而变妙悟为固执己见了。钟惺和谭元春二人，曾作了许多诗文选本，有《周文归》《两汉文归》《诗归》《明诗归》等。其中《诗归》，是他二人最用心的书，他们所有的批评识解，大概都集中在这一书上。内容所选，分古诗、唐诗两部分，取名《诗归》，是表明他们自己所获得于古人者，乃是如此，并非说古人之诗，即以他

所选的为归宿。钟惺所作的《诗归序》说:

> 非谓古人之诗,以吾所选为归,庶几见吾所选者,以古人为归也。引古人之精神,以接后人之心目,使其心目有所止焉,如是而已矣。昭明选古诗,人遂以其所选者为古诗,因而名古诗曰"选体"……乌乎!非惟古诗亡,几并古诗之名而亡之矣。

这个议论很好,凡选诗文的人,都不过表示个人的去取眼光,并未尝认古人的诗即尽于他所选之中。我们如果要研究这些选家的批评眼光,自然应该注意他们所选的这些总集。但是如果要对于各文家作品的本身,做专攻的研究,就应该详读各人的专集,不可但以选本为主了。钟、谭这种选本,也不过代表他们自己的眼光,当明末的时候那样风行一时,固不免太过,后人又诋毁说他一文不值,也可不必。钟、谭也是主张以精神求诗,不赞成以形迹求诗。钟惺的序上又说:

> 作诗者之意兴,虑无不代求其高。高者,取异于途径耳。……操其有穷者以求变而欲以其异与气运争……而终不能为高……不亦愈劳愈远乎?此不求古人真诗之过也。今非无学古者,大要取古人极肤极狭极熟便于口手者,以为古人在是。……惺与同邑谭子元

## 三十八 竟陵派所求的"幽情单绪"和陈眉公的"品外"观

春忧之,内省诸心,不敢先有所谓学古不学古者而第求古人真诗所在,真诗者精神所为也。察其幽情单绪、孤行静寄于喧杂之中,而乃以其虚怀定力,独往冥游于寥廓之外。

他所说"取异于途径",即指那班分别家数,专拿唐诗、宋诗、古诗、今诗种种名目为标准的人。一条路走穷了,又千方百计找别的路,不管目的如何,只是东奔西跑,换途觅径,仆仆风尘。历来谈文学的人,都免不了这种见解。看见宋诗发生了毛病,就提出学唐诗的途径来。看见晚唐的派头不好,又提出盛唐来。把许多时代名目上的差别,横梗在胸中,结果不过是一些笼统皮毛之见,总不容易发生精光。他所说"取古人极肤极狭极熟便于口者,以为古人在是",当然更是骂李、王七子之流了。至于他们所自矜为独得之秘的,就是能得"古人真诗所在"。所谓古人真诗所在,即是察见古人的"幽情单绪,孤行静寄"。本来求真之义是毫无可疑的,但他说到这种幽情单绪上面,就不得不有讨论之余地了。因为这种话在好一方面说,可以使人多求言外之意,不死于句下,但在坏一方说,不免使人专拿隐僻的眼光去凿空了。谭元春所作的《诗归序》说:"夫真有性灵之言,常浮出纸上,不与众言伍。而自出眼光之人,专其力、一其思以达于古人,觉古人亦有炯炯双眸从纸上还瞩人。"他又说:"人有孤怀孤诣其名,必孤行于古今之间不肯遍满寥廓,而世有一二赏心之人,独为之咨嗟旁皇者,此诗品也。"他们总有一种孤僻独往的性情,所以谈到文学,也不知不觉流露出这种性情。文学这件东西,本是为人类互通性情之用,不是专为孤芳自赏而设。如果专为孤芳自赏而设,大可以放在心中,不必写出来。文学家固时时有一种宏识孤怀,但他既然写出作品来,他的孤怀,也未尝不期望与人以共见。《诗·大序》所说"正得失……感鬼神,莫近于诗,先王以是……厚人伦、美教化、移风俗",虽然是很古的话,但也正是说明诗是人类性情互相感动的东西。古往今来自然也有一班文人,生性很孤僻,不希望自己的情愫得人家共表同情,但这种人是很少的。伟大的作家,都是要和一切人类同好恶同歌哭:天下之乐,与天下共享之;天下之苦,与天下共怜之。有这种心胸的人,他的作品必定永远不朽。如果像钟、谭这种说法,人人都把自己的情愫这样隐僻起来,以等待杳杳无期的一二知己,那未免领着一世人去索隐行怪了。他们对于所选的诗文都加有详细评语。清《四库全书总目》说他们"大旨以纤诡幽渺为宗,点逗一二新隽字句,矜为玄妙",实在深中他们的毛病。譬如《诗归》上,录有《史记》所载的伯夷、叔齐《采薇歌》,他对于里面"黄农虞夏,忽焉没兮"一句,所加的评注说:"放开殷家,妙甚。"又对于孔子的《去鲁歌》:"彼妇之口,可以出走;彼妇之谒,可以死败;盖优哉游哉,聊以卒岁。"他评注说:"入一盖字,挺然森然。"这种看法，实在琐碎附会，十分可笑。杂书上所传许多古逸诗，本都纷纷难信，《史记》取材也很杂，钟、谭都一律用这样附会巧妙的方法去看，真未免太过支离了。

但钟、谭的议论，毕竟有一种很重要的影响。我在书首导言里说过，凡是看别人对于某种文学的批评，千万不可忘了自己也有批评的本能，又不可听了别人的批评，就自己以为可以得了某种文学的真相。钟、谭提出这种空无依傍独运灵心的读书法，正是一班有胸无心、贵耳贱目的人的当头棒。在这一点上，我们也有取于钟、谭的态度。

当时陈继儒，也是一个博雅的文儒。他对于文学上的欣赏也是力求新颖。袁宏道选有《明文隽》，陈继儒为他作《标旨》，有互相发明的地方。《四库总目》里总集类存目，说此书恐是伪托。但继儒自己选有《古文品外录》一书，就可以略见他的主张。至于他的《评点琵琶记》，更是久已通行的了。《古文品外录》所选，皆是古往今来普通人不大注意的文章，取其颇有别趣，超于恒品之外。他的意思，以为世人对于那些正式的总集，自昭明《文选》以至于宋朝那些人所选的，都太过受他们的牢笼，好像以为一定要守他们所选的范围，丝毫不敢跳出圈子外，来一领略别种的风味。所以这《品外录》有王衡一篇序，引眉公（继儒）自己的话说："昭明以降，选者莫烦于宋……要之乎世囿文，文囿识矣。非但自囿其识，遂耳而递目之，抑且囿百世之下读者之识，抑且百世以前作者之神情、笑貌、筋骸……亦囿焉而不得出矣。"又说："余所为如是者,欲使学者知九州之外,复有九州。"他所选的,都很隐僻,像《汉武帝内传》里《答上元夫人》和《杂事秘辛》里《汉桓帝选后》,这些极幽隐的文章,皆以入选,斑斓五色,奇趣横生。当前后七子等抱守典型规规雅步之后,一班人厌肤壳而求清新,平正通达的人,就提倡清深疏畅的笔调;聪颖秀特的人,就不免跃跃欲试,摩拳擦掌的,都来打通壁子说亮话了。弄手眼,掉机锋,闹口舌,纷呶不休。因此,明末的文学批评界,可算得异彩四射,极一时之盛了。

## 三十九　钱谦益宗奉杜甫的"排比铺陈"

当明末这种异论纷起的时候,魄力较大的人,都想把各派的议论拿来论断折中一下。钱谦益即是这种人。他极力反对前后七子之剽窃摹古,又极反对钟、谭等人之幽仄鬼僻的主张。他的宗旨,在论文方面则皈依归有光,论诗则皈依李东阳。他的议论,对于有明一代的文学批评,可算是一个总结束。《列朝诗集》是他发表他的文学批评的大著作。

在论文方面,看他所作的《题归太仆文集》,可以略见他的宗旨。他这篇文里说:

> 熙甫生与王弇州同时……弇州晚年颇自悔其少作,亟称熙甫之文,尝赞其画像曰:"……千载有公,继韩、欧阳,予岂异趋,久而自伤!"其推服如此,而又曰:"熙甫志墓文绝佳,惜铭词不古。"推公之意,其必以聱牙佶屈、不识字句者为古耶?不独其护前仍在,亦其学问种子埋藏八识田中,所见一差,终其身而不能改也。如熙甫之《李罗村行状》《赵汝渊墓志》,虽

韩、欧复生，何以过此。以熙甫追配唐宋八大家，其于介甫、子由，殆有过之，无不及也。士生于斯世，尚能知宋元大家之文，可以与两汉同流，不为俗学所澌灭，熙甫之功，岂不伟哉！

明七子横亘了一种时代古今的观念，一定说宋元不如汉唐，而不详考各人的面目真伪，这种眼光之误，自不待言。我们记得杜甫说"别裁伪体"，又说"不薄今人"，这种话实在是对于像明七子这类人的一副良药。钱谦益心中所以尊敬归有光而反对王世贞，也是本于这种"别裁伪体""不薄今人"的宗旨。

所以谦益论诗，差不多处处都提出杜甫这句话做他的惟一的标准，我们翻阅他的《初学集》《有学集》可以知道。他的《徐元叹诗序》说：

自古论诗者，莫精于少陵"别裁伪体"之一言。当少陵之时，其所谓伪体者，吾不得而知之矣。宋之学者，祖述少陵，立鲁直为宗子，遂有江西宗派之说。严仪卿辞而辟之，而以盛唐为宗，信仪卿之有功于诗也。自仪卿之说行，本朝奉以为律令，谈诗者必学杜，必汉魏盛唐，而诗道榛芜弥甚，仪卿之言，二百年来遂若涂鼓之毒药。甚矣！伪体之多而别裁之不可以易也。乌乎！诗难言也。不识古学之从来，不知古人之用心,徇人封己而矜其所知,此所谓以大海内于牛迹者也。王、杨、卢、骆见哂于轻薄者,今犹是也,亦知其所以劣汉魏而近风骚者乎?……先河后海,穷源溯流,而后伪体始穷,别裁之能事始毕。虽然,此益未易言也。其必有所以导之。导之之法维何?亦反其所以为诗者而已。《书》不云乎:"诗言志,歌永言。"诗不本于言志,非诗也;歌不足以永言,非歌也。宣己谕物,言志之方也。文从字顺,永言之则也。宁质而无佻,宁正而无倾……宁为长天晴日,无为盲风涩雨……导之于晦蒙狂易之日,而徐反诸言志永言之故,诗之道其庶几乎。

钱谦益用功于杜诗很深,他作的《读杜小笺》,详考唐代史事以求杜甫诗情的来由,在许多注解杜诗的人当中,他这部《读杜小笺》是很伟大的。所以他实是隐然自命以杜甫之眼光为眼光的人。明朝无论是前后七子,或是钟惺、谭元春之流,在他看来,都是伪体,都是盲风涩雨了。

他评论各家的诗,也拿杜甫做标准,看看各家所得于杜甫的究竟有多少,拿这种意思来分别各家的高下。因为无论是宋元的诗家,或是明朝的诗家,无论是江西派,或严沧浪,都无不奉老杜为诗家集大成的人。虽有一班人因为自己力量不够而走小路取巧的,但也不敢不推杜为大宗。所以钱谦益就拿众人所膜拜的杜甫,来反照众人的本身。

他的《读杜小笺序》说:

> 自宋以来,学杜诗者,莫不善于黄鲁直。评杜诗者,莫不善于刘辰翁。鲁直之学杜也,不知杜之真脉络,所谓前辈飞腾余波绮丽者,而拟议其横空排奡、奇句硬语,以为得杜衣钵,此所谓旁门小径也。辰翁之评杜也,不识杜之大家数,所谓铺陈终始、排比声韵者,而点缀其尖新俊冷单词只字,以为得杜骨髓,此所谓一知半解也。弘正之学杜者,生吞活剥,以挦扯为家当,此鲁直之隔日疟也,其黠者,又反唇于江西矣;近日之评杜者,钩深抉异,以鬼窟为活计,此辰翁之牙后慧也,其横者,并集矢于杜陵矣。

他批评黄山谷的话,不免有点成见。明人一提起宋诗,总是满肚皮不高兴。所谓以"排奡硬语",为"得杜衣钵",是江西派末流之过;对于山谷,似乎不能这样一概而论。至于说到弘正以来七子之学杜,他笑他们"生吞活剥""挦扯为富",实丝毫不为过分。他所说的"钩深抉异,以鬼窟为活计",又是骂钟、谭那班竟陵派的人了。他这种以杜为宗主的批评,又见于他所作的《曾仲房诗序》:"本朝之学杜者,以李献吉为巨子……生吞活剥,本不知杜,而曰必如是乃为杜也。今之訾謷献吉者,又岂知杜之为杜,与献吉之所以误学者哉?……献吉辈之言诗,木偶之衣冠也……烂然满目，终为象物而已。若今之所谓新奇幽异者，则木客之清吟也，幽冥之隐壁也。纵其凄清感怆，岂光天化日之下所宜有乎？"这里所说"今之所谓新奇幽异者"，又是指摘钟、谭一班人。至于他的《列朝诗集》中《钟惺小传》说："当其创获之初，亦尝覃思苦心，寻味古人微言奥旨，少有一知半见，掠影希光，以求绝出于时俗。久之见日僻，举古人高文大篇铺陈排比者以为繁芜熟烂，胥欲扫而刊之，而惟僻见之是师，幻而入鬼国。"又《谭元春小传》云："以俚率为清真，以僻涩为幽峭……不知求新而转陈，无字不哑，无句不谜，无一篇章不破碎……如隔燕吴数行之中……莫辨阡陌。"这样对于钟、谭二人，尤为大声痛斥了。

他总论明代诗文界之病，在他的《郑孔肩文集序》里说："近代之伪为古文者，其病有三，曰僦，曰剽，曰奴。窭人子赁居廊庑，主人翁之广厦华屋，皆若其所有。问所托处，求一茅盖头，曾不可得，故曰僦也。椎埋之党，铢两之奸，夜动昼伏，忘衣食之源而昧生理，韩子所谓'降而不能'者，故曰剽也。佣其耳目，因其心志，呻呼喑吃，一不自主，仰他人之鼻息……故曰奴。"又《题怀麓堂诗钞》说："近代诗病，其证凡三变：沿宋元之窠臼，排章俪句，支缀蹈袭，此弱病也；剽唐选之余渖，生吞活剥，叫号隳突，此狂病也；搜郊岛之旁门，蝇声蚓窍，晦昧结骨，此鬼病也。救弱病者，必之乎狂；救狂病者，必之乎鬼。"

这些话深疏明代诗文之病理，极为精到。凡崛起一代自矜为诗文界的巨眼的人，无不是鉴于过去的积弊，想出方法来救起沉疴。像钟惺所骂当时的人，只知东奔西跑，寻找路途，而不知道求真，也何尝不是洞微之言；但不幸他们自己又过于独任僻见，变妙悟为固执了。

谦益对于明朝的人，仅推服一个李东阳。本来李东阳之识解大方，妙达自然之理，我前边已经说过。谦益的《题怀麓堂诗钞》说："弘正间，北地李献吉临摹老杜，为槎牙兀傲之词，以訾謷前人。西涯在馆阁负盛名，遂为其所掩。……孟阳（他同时朋友程孟阳）于恶病沉痼之后，出西涯之诗以疗之，曰：'此引年之药物，亦攻毒之针砭也。'"又《书李文正公手书东祀录略卷后》说："西涯之文，有伦有脊，不失台阁之体；诗则原本少陵、随州、香山，以逮宋之眉山，元之道园，兼综而互出之，弘正之作者，未能或之先也。李空同后起，力排西涯以劫持当世，而争黄池之长……试取空同之集，汰去其吞剥掎扯呿牙龃齿者，而空同之面目犹有存焉者乎？西涯有少陵、随州、香山，有眉山、道园，要其为西涯者，宛然在也。"

谦益对于以前的选诗的人，最反对高棅的《唐诗品汇》。他也是因为明朝人的诗病，多半是从高棅这部书引出来的。高棅本于严沧浪，所以谦益对于沧浪，也提出异议。他的《唐诗鼓吹评注序》说："三百年来，诗学之受病深矣。馆阁之教习，家塾之程课，咸禀承严氏之诗法，高氏

## 三十九　钱谦益宗奉杜甫的"排比铺陈"

之《品汇》耳。……迨其后时知见日新，学殖日积，洄盘起伏，只足以增长其邪根缪种而已矣。嗟夫，唐人一代之诗，各有神髓，各有气候。今以初盛中晚，厘为界分，又从而判断之曰'此为妙悟，彼为二乘，此为正宗，彼为羽翼'，支离割剥，俾唐人之面目，蒙幂于千载之上，而后人之心眼，沉锢于千载之下，甚矣诗道之穷也！"又《唐诗英华序》说："夫所谓初盛中晚者，论其世论其人也。以人论世，张燕公、曲江，世所称初唐宗匠也，燕公自岳州以后，诗章凄惋，似得江山之助，则燕公亦初亦盛。曲江自荆州以后，同调讽咏，尤多暮年之作，则曲江亦初亦盛。以燕公系初唐也，溯岳阳唱和之作，则孟浩然应亦盛亦初。以王右丞系盛唐也，酬春夜竹亭之赠，同左掖梨花之咏，则钱起、皇甫冉应亦中亦盛。一人之身，更历二时，将诗以人次耶？抑人以诗降耶？"平心而论，严沧浪、高棅都有他各人的通识，我前边都讨论过了。明朝前后七子自己走错了路，我们不能拿后来的错误，归咎于原来确有见地开辟门庭的人。谦益的批评，大致都是很平正的，驳严、高二氏的话，固然也未尝无理。但严沧浪早已告诉人这种分法，不过是论其大略，自然各时代不无互相阑入的人。高棅也是有很大的魄力，胸中有很高的楷模。谦益这种以矛攻盾的方法，似乎还不是恰当的针砭。明人承严、高二人的诗论，所犯的毛病，就是多注意于格调，很少有人能够深入一步注意于各人的性情意志。严、高虽也说过求性情的话，但说得不很切实,所以盲从他们的人,都犯这种毛病。谦益本人对于文学上的批评,攻驳别人的话很多,自己建立的话,比较不甚透彻,而且我们看他自己的诗文,也很驳杂不纯,缺少滋味。他说到杜诗,总欢喜拿元稹所赞的"排比铺陈"那几句话来做幌子,所以他所认识的杜甫,虽不必就等于元稹之"识碔砆",但也不见得能认识到很高的境界。他所注的杜诗,考论史实固然极详尽,功夫极坚密,为读杜诗者所不可废的,但有些太烦,有些也未免太过实在了。凡谦益一生著书立说,都差不多犯了这种繁杂芜蔓的毛病。他固然时时要"别裁伪体",他自己的诗文,也诚然没有"伪"的毛病,但因为要不"伪",就不免泥沙俱下,赘累得不能自举了。他的心目中,大概还是拿"排比铺陈"做惟一的美点。至于他对于有明一代的诗病和各人的弱点,所指摘的都很详尽,可以作有明一代文学批评之总结了。

## 四十　王船山推求"兴观群怨"的名理

明末诸遗老，像顾炎武、黄宗羲、王夫之这些人，都有极重要的论文之言。黄宗羲的《明文海》收录有明一代之文，宏博无比，评论当然也很公允，大致都是反对明七子之摹仿，而专以"情至"为主，但微嫌所收稍滥，不免芜杂。清《四库总目》说："恐是晚年未定之本，其子主一所编。"我们看宗羲所著的书，像《明儒学案》那些大著作，都不是及身的定本；《明文海》或者也是如此。顾炎武《日知录》中所有论文之言，更是切实平正，无可非议。像他那里面论"文须有益于天下"，论"近世摹仿之弊"，论"文章繁简，以辞达为主，而不在字句之多少"，论"文人求古之病"各条，平允通达，眼光远大，能救一切文人的毛病，数百年来学者，无不推服的了。但顾、黄、王诸老之中，最鞭辟入里，而议论最精刻的，还要推王夫之。夫之的《船山遗书》中有《夕堂永日绪论》和《诗绎》两种，即是他的诗话。《诗绎》是细绎《诗》三百篇的辞理，又有《诗广传》一种，是仿《韩诗外传》的体裁，推论"三百篇"的诗人言外之意。这几种，都是很精辟的书。

自来我国的文学，大家都认为源于《诗》三百篇，推《诗》三百篇为极则。但究竟"三百篇"所以为万万不可及的道理，批评家都不过言其大概，而不曾有切实的指示。王船山的书，就是专为切实指示此点而作。

他论诗，一切拿"兴观群怨"那四个字为主眼，以为无论什么作品，如果不能使人看了有所兴感，那种作品就不足置论。他的话当然一切皆是从孔门的"诗教"中阐发出来的。《诗绎》里面说：

> "《诗》可以兴，可以观，可以群，可以怨。"尽矣。辨汉魏唐宋之雅俗得失以此。

这是他所立的标准。他又加以解释：

> "可以"云者，随所以而皆可也。于所兴而可观，其兴也深；于所观而可兴，其观也审；以其群者而怨，怨愈不忘；以其怨者而群，群乃益挚。出于四情之外，以生起四情；游于四情之中，情无所窒。作者用一致之思，读者各以其情而自得。故《关雎》，兴也，康王晏朝而即为冰鉴；"讦谟定命，远猷辰告"，观也，谢安欣赏而增其遐心。人情之游也无涯，而各以其情遇，斯所贵于有诗。是故延年不如康乐，而宋唐之所由升降也。

这一段话，从来没有人说得到他这样精微了。他在《夕堂永日绪论》里说："经生家析《鹿鸣》《嘉鱼》为群，《柏舟》《小弁》为怨，小人一往之喜怒耳。"意义更明显。他又随举"三百篇"中的诗句，详为较论。例如《诗绎》里说："'昔我往矣，杨柳依依，今我来思，雨雪霏霏。'以乐景写哀，以哀景写乐，一倍增其哀乐。"又说："'庭燎有辉。'乡晨之景，莫妙于此。晨色渐明，赤光杂烟而嫒瞹，但以'有辉'二字写之。唐人除夕诗'殿庭银烛上熏天'之句，写除夜之景，与此仿佛，而简至不逮远矣。"又说："苏子瞻谓'桑之未落，其叶沃若'，体物之工，非沃若不足以言桑……然得物态，未得物理。'桃之夭夭，其叶蓁蓁'，'灼灼其华'，'有蕡其实'，乃穷物理。夭夭者，桃之稚者也。桃至拱把以上，则液流蠹结，花不荣，叶不盛，实不蕃。小树弱枝，婀娜妍茂，为有加耳。"又《夕堂永日绪论》说："不能作景语，又何能作情语耶？古人绝唱句多景语，如'高台多悲风'，'蝴蝶飞南园'，'池塘生春草'，'芙蓉露下落'，皆是也，而情寓其中。以写景之心理言情，则心身中独喻之微，轻安拈出。谢太傅于《毛诗》取'訏谟定命，远猷辰告'，以此八字如一串珠，将大臣经营国事之心曲，写出次第，故与'昔我往矣，杨柳依依'四句，同一达情之妙。"这些解释，都很切当，不为穿凿。至于说到诗的理趣，他有些地方不免过于深刻，但实在并不是误会。例如《诗绎》里说:"始而欲得其欢,已而称颂之,终乃有所求焉,细人必出于此。《鹿鸣》之一章曰'示我周行',二章曰'示民不佻,君子是则是效',三章曰'以燕乐嘉宾之心',异于彼矣。杜子美之于韦左丞,亦尝知此乎?"这个话和他《诗广传》里所讥杜甫的"残杯与冷炙,到处潜悲辛",近于游乞之音,如何能够自比稷契,是一样的深刻。这种议论,但就他发挥《诗》三百篇的辞理一方面看,是很对的。

他总是认为诗这件东西,一定要有可兴、可观、可群、可怨的地方,一方面固不可浮光掠影而不得理趣,一方面也不可拘泥板滞而失了诗的原意。他《诗绎》里说:"王敬美(王世贞之弟)谓:'诗有妙悟,非关理也。'非理抑将何悟?"这是把严沧浪以来"妙悟"之说,下了一个注解。他又说杜甫"得诗史之誉,夫诗之不可以史为,若口与目之不相为代也久矣。"这又是骂那班拘泥事实的人了。诗史之说,本不容易解释。诗和史可以相通,即是因诗而可以知人论世的意思,《诗·大序》所发明的,都是这个道理,但我们不可说诗即是史,史即是诗。唐朝当时的人称杜甫为诗史,原见于孟棨《诗本事》。《诗本事》说:"杜逢禄山之难,流离陇、蜀,毕陈于诗,殆无遗事,故当时号为诗史。"这种话本是当时流俗随便称赞的话,不足为典要。宋朝人多欢喜诗史之说,王世贞《艺苑卮言》里曾经加以排斥,说:"杜诗含蓄蕴藉,盖亦多矣。宋人不能学之,至于直陈时事，类于诉讪，又撰出诗史二字（实非宋人始撰）以误后人。如诗可兼史，则《尚书》《春秋》可以并省。"这个话和王船山的抨击，也是同样一针见血的话。钱谦益解杜诗，正是染了诗史之毒，所以不免累赘。不过杜甫固不能比"三百篇"，但也似乎不能拿后人的诗史观念来责备他的本身。杜诗号称大家，他的方面太多，兼有风、雅、颂之体，虽有近于平铺叙事，像《北征》那些诗，但那些诗也未尝无情致，而且也近于"三百篇"之"雅"。船山是专拿"三百篇"里"风"的意思来衡量它了，但船山并非反对整个的杜诗的。

船山对于明七子之摹仿皮壳，和钟、谭之僻陋，当然都反对，但他对于一切建立门户的人，通通反对。例如说："建立门庭，自建安始。曹子建铺排整饬，立阶级赚人升堂，用此致趋赴之客，雷同一律。子桓精思逸韵以绝人攀跻，故人不乐从。"船山的性情，实在有点厌薄文人，凡是徒以文人自命，或是仅能以工文见长，而没有特别怀抱特别志事的人，都是他所不取。但他的议论，确是可以开拓心胸，我们看他对于历代诗人的评判，可以知道。他说："如郭景纯、阮嗣宗、谢客、陶公，乃至左太冲、张景阳，皆不屑染指建安之鬻鼎，视子建蔑如矣。降而萧梁宫体，降而王、杨、卢、骆，降而大历十才子，降而温、李、杨、刘，降而江西宗派，降而北地、信阳、琅琊、历下，降而竟陵，所翕然从之者，皆一时和哄汉耳。宫体盛时，即有庾子山之歌行,健笔纵横,不屑烟花簇凑。唐初比偶,即有陈子昂、张子寿扢扬大雅。继以李、杜代兴,杯酒论文,雅称同调,而李不袭杜,杜不谋李,未尝党同伐异,画疆墨守。沿及宋人,始争疆垒。……胡元浮艳,又以矫宋为工,蛮触之争,要于兴观群怨丝毫未有当也。伯温、季迪以和缓受之,不与元人竞胜,而自问风雅之津。故洪武间诗教中兴,洗四百年三变之陋。"他所取的,都是特别超健不落门户的人。一落门户,或者容易被旁人借作门户的人,他都厌恶。明代七子和竟陵之流,当然是他所万分不屑,对于宋诗西崑和苏、黄,也诋諆甚力,他根本就不喜欢宋诗。他说:"人讥西崑体为獭祭鱼,苏子瞻、黄鲁直亦獭祭耳。彼所祭者,肥油江豚,此所祭者,吹沙跳浪之鳣鲨也,除却书本子,则更无诗。"

船山身丁亡国之痛,著书立说,上下千古,在诸遗老中,尤有极沉痛的情怀,所以论起文学来,也说到十分彻底之处,但大致都是很正当,并不穿凿,和各大家的见解都是一样的宏伟,而尤多似元好问。心中所赏的,多半是慷慨有天机的作风,深厌饾饤绮靡之习。我们看他对于明人,甚赞刘基、高启、李东阳、汤义仍、徐文长,正是不取那些圈牢里讨生活的人,和好问论诗的宗旨,有些相合。

但船山最精卓的地方,仍在于推求"三百篇"的辞理。我前边说高棅、李东阳主张先玩味诗的本身,以求诗人的意志，颇合于古时看诗的方法。关于这种方法，船山所推求的辞理，是极好的参证了，但是我们也不可把他所已经推求出来的话死守太过，总要能够举一而反十。我们看别人的批评，无论如何，都不可把自己的灵机锢闭不用。

# 四十一　王渔洋"取性情归之神韵"

清初的王渔洋，是大家所推为一代的宗匠了。他少年颇得钱谦益的奖励，谦益有《古诗赠新城王贻上》，夸赞他好像李、杜复生，又好像要传授心法的样子。但渔洋和谦益的见解后来有些不同，渔洋并不苦摹李、杜，又谦益反对严沧浪，渔洋反以沧浪为归宿，谦益痛诋明七子，渔洋对于七子的议论，反有承袭之处。渔洋自己说，平生论诗的宗旨，曾经变过好几次，大致也是随着本身的遭际情怀和交游朋友的商讨而变迁。像他这种自述的话，正是深得批评学的本源。他的伟大的规模，即建立在这种态度之上。他的《渔洋诗话》，书前有俞兆晟一篇序，序里说："先生晚居长安，位益尊，诗益老，每勤勤恳恳以教后学……辄从容言曰：'吾老矣，还念平生，论诗凡屡变，而交游中亦如日之随影，忽不知其转移也。少年初筮仕时，唯务博综该洽，以求兼长，文章江左，烟月扬州，人海花场，比肩接迹，入吾室者俱操唐音，韵胜于才，推为祭酒，然而空存昔梦，何堪设想。中岁越三唐而事两宋，良由物情厌故，笔意喜生，耳目为之顿新，心思于焉避熟，明知长庆以后

## 四十一　王渔洋"取性情归之神韵"

已有滥觞，而淳熙以前俱奉为正的。当其燕市逢人，征途揖客，争相提倡，远近翕然宗之。既而流利变为空疏新灵，浸以佶屈，顾瞻世道，悁焉心忧，于是以太音希声药淫哇锢习，《唐贤三昧》之选，所谓乃造平淡时也，然而境亦从兹老矣。朋旧凋零，吟情如睹，吾敢须臾忘哉？'噫！知此言可以读先生之诗，即可以读先生诗话矣。"我们研究渔洋的诗学批评，不可不细看他自己这一段话。

又《渔洋诗话》里说："余于古人论诗，最喜钟嵘《诗品》、严羽《诗话》。"又说："弇州《艺苑卮言》品骘极当，独嫌其党同类，稍乖公允耳。"我们要知道渔洋的宗旨，对于这几句话也不可不注意。

渔洋有《戏仿元遗山论诗绝句三十五首》，略可以见他的主张。翁方纲《石州诗话》里，也说渔洋这绝句，是"二十九岁作，与遗山之作皆在少壮，然二先生一生识力，皆具于此，未可仅以少作目之"。方纲虽是反对渔洋的人，但这个话是很对的。我们拿渔洋此外论诗之言，来和他这《论诗绝句》一一比证，都可以看出他的思想线索，有一贯的痕迹。

渔洋一生显贵，又当清初承平之世，风流文采，照映海内。他所喜欢的，是清华俊秀的笔调。在个人的风趣上，和宋朝的杨亿、晏殊差不多是一流人物，所以他的文学欣赏，也和他本人的风趣有表里相生之处。我现在略引他这《论诗绝句》来讨论一下。他的绝句第一首是：

>  巾角弹棋妙五官,搔头傅粉对邯郸。风流浊世佳公子,复有才名压建安。

论诗的人多从建安说起,这是本于钟嵘《诗品》,但渔洋心目中曹氏兄弟的"公子才名",大概和钟嵘所说的"建安风力",和元遗山所说的"曹刘坐啸虎生风",略有不同。

>  青莲才笔九州横,六代淫哇总废声。白纻青山魂魄在,一生低首谢宣城。

倾倒李白的才笔,又兼提出李白所低首的"小谢清发",也可以看出他的微意。

>  挂席名山都未逢,浔阳喜见香炉峰。高情合爱维摩诘,浣笔为图写孟公。
>  风怀澄淡推韦柳,佳处多从五字求。解识无声弦指妙,柳州那得并苏州?

渔洋一生结穴之论,就是推重王、孟以及韦、柳,以清澄妙远的神韵为宗。他晚年所选的《唐贤三昧集》,就是拿这种意思作一生的归宿。自从司空图提出"味在酸咸之外"的批评,严羽又提出"妙悟"二字,他二人都是以盛唐为归宿。明朝人的手眼，大部分也都在这种空气笼罩之下。前边已经说过很多了，但渔洋绅绎明一代的诗弊，以为明人之学盛唐，只能学得一点肤壳，不能得盛唐真面。推求他们所以只得肤壳不得真面的原因，虽非一言可尽，但大致是因为他们只从"高华壮丽"那一路笔调上追求，所以就不免趋于浮嚣。再者，盛唐的家数本来很多，杜甫那种万钧之力，不善学之，正是容易受病的地方。渔洋本于这种意思，于是专拿王维、孟浩然这种清澄蕴藉而又华妙的诗，来规定盛唐的真面，不但别唐音于汉魏宋元，而且是把严羽以来所推尊于盛唐者，说出一种究竟的道理。简单说来，就是认为盛唐之音，不仅上异于汉魏，下异于宋元，而且确是上不同于初唐，下不同于中晚，而自为一种空前绝后的境界。表现这种境界的人，是王维、孟浩然等而不是李、杜。李、杜这些大家，本不可以时代限，言盛唐而皈依于牢笼今古的李、杜，结果必定迷眩。这样精微之论，是高棅以至李东阳、明七子、钱谦益以来所不曾明白示人的。渔洋自己的《唐贤三昧集序》说："严沧浪论诗云：'盛唐诸人，唯在兴趣，羚羊挂角，无迹可求……彻透玲珑，不可凑泊，如空中之音，相中之色，水中之月，镜中之象，言有尽而意无穷。'司空表圣论诗亦云：'妙在酸咸之外。'戊辰春杪，归自京师，居宸翰堂，日取开元、天宝诸公篇什读之，于二家之言，别有会心，录其尤隽永超诣者，自王右丞而下四十二人，为《唐贤三昧集》。不录李、杜二公者，仿王介甫《百家》例也。"我们看前面引渔洋自己的话说，他平生最爱严羽《诗话》，他既然这样爱重严羽的书，所以寝馈之余，就能"别有会心"了。所谓"别有会心"者，正是发明明朝人之所未发的意思，就是说严羽的话，必定要参照他这《唐贤三昧集》，然后才有着落，而明朝人并未曾明白严羽的真意。渔洋的门人所记的《然灯记闻》里面，又载渔洋自己详论《唐贤三昧集》的话，大略说："吾疾夫世之依附盛唐者，但知学为'九天阊阖''万国衣冠'之语，而自命高华，自矜壮丽，按之其中，毫无生气，故有《三昧集》之选。要在揭出盛唐真面目与世人看，以见盛唐之诗原非空壳子大帽子话，其中蕴藉风流，包含万物，自足以兼前后诸公。彼世之但知学'九天阊阖''万国衣冠'等语，果盛唐之真面目真精神乎？抑亦优孟、叔敖也？苟知此意，思过半矣。"渔洋的意思，自己解释得很明显了。他的《唐贤三昧集》，本是他所辑的《十种唐诗选》之一。他把所有唐人自选的唐诗集，自殷璠的《河岳英灵集》，高仲武的《中兴间气集》，芮挺章的《国秀集》，元结的《箧中集》，令狐楚的《御览诗集》，姚合的《极玄集》，以及韦庄的《又玄集》，韦縠的《才调集》，《唐文粹》里的诗，合起他的《唐贤三昧集》，共为十种。他的用意，无非要表示唐朝的诗和汉魏、宋元的诗，皆不相同，如果要知道所以不同的缘故，必定要玩味唐人眼中的唐诗。后人拿后人的眼光来评选唐诗，不若唐人自己评选唐诗，能够自露真面了。

> 涪翁掉臂自清新，未许传衣蹑后尘。却笑儿孙媚初祖，强将配食杜陵人。

渔洋对于宋诗，也颇能鉴拔，黄山谷是他很心折的人。他的《古诗选》里七言诗凡例说："山谷虽脱胎于杜，顾其天姿之高，笔力之雄，自辟门庭；宋人作《江西宗派图》以配食子美，要亦非山谷意也。"这几句话可以算是这首绝句的小注。渔洋对于宋诗所赏识的，在七古一体，因为他论诗，欢喜讲体格。例如他的《古诗选》，对于五古一体，专以汉魏六朝为主，唐人除张曲江、陈子昂、李太白、韦应物、柳宗元几个人，是他认为能存古音于唐音之中而外，像杜甫的五古，他一字不录，这是本于李梦阳所说"唐无古诗而有其古诗"的意思。宋元的五古，更是一概不入格了。至于七古一体，他对于唐宋金元各家，都无不收采。《师友诗传录》里说阮亭曰："沧溟论五言谓'唐无五言古诗而有其古诗。'此定论也。常熟钱氏但截取上一句以为沧溟罪案①，沧溟不受也。要之，唐五言古固多妙绪，较诸十九首、陈思、陶、谢，自然区别。七言古若李太白、杜子

---

① 编辑按：考《师友诗传录》该段王渔洋答话前先有"问李沧溟先生尝称'唐人无古诗'……沧溟之言果为定论欤？"因此王渔洋答语中说这是钱谦益截取沧溟之言造成的误解。

美、韩退之三家，横绝万古；后之追风蹑景，唯苏长公一人而已。"所以姜宸英的《阮亭古诗选序》说："七言去'三百篇'已远，可以极作者之思，义不主于一格，故所抄及于宋元诸家。"徐乾学的《十种唐诗选书后》也说："《渔洋前后集》中，唯七言古颇类韩、苏，自余各体，持择不可谓不慎……造诣固超越千载，而体制风格，未尝废唐人之绳尺。"这些话可以见渔洋所取于宋人者是什么了。至于他对于各种诗的体裁，都有很详细的辨别。《然灯记闻》里说："为诗各有体格，不可混一。如说田园之乐，自有陶、韦、摩诘；说山水之胜，自是二谢；若道一种艰苦流离之状，自然老杜。不可云我学某一家，则无论那一等题，只用此一家风味也。"又说："七律宜读王右丞、李东川，尤宜熟玩刘文房诸作，宋人则陆务观；若欧、苏、黄三大家，只当读其古诗歌行绝句，至于七律必不可学。学前诸家七律久而有所得，然后取杜诗读之，譬如百川至海。"这都是他博取宋人之点，我们也可以借此看到他对于各诗体的分析。

　　李杜光芒万丈长，昌黎《石鼓》气堂堂。吴莱苏轼登廊庑，缓步空同独擅长。

　　藐姑神人何大复，致兼《南》《雅》更《王风》。论交独直江西狱，不独文场角两雄。

　　文章烟月语原卑，一见空同迥自奇。天马行空脱羁靮，更怜谭艺是吾师。

渔洋对于明人，并不菲薄，不特深赏高启、徐祯卿，对于李梦阳、何景明等，他有这样赞美之词。《师友诗传续录》记渔洋的话说："明诗胜金元，不逮宋。弘正四杰，在宋亦罕匹。嘉隆七子，则有古今之分。"所以他的议论，实多半和钱谦益相反。他对于李东阳和明七子两派，认为互有是非，不像谦益尊东阳而贬七子。他《古诗选凡例》说："西涯之流，源本宋贤，李、何以来，具体汉魏，平心论之，互有得失。"所以他的《居易录》里说："牧斋訾謷李、何，则并李、何之友如……辈而俱贬之；推戴李宾之，则并宾之门生如……辈俱褒之。"即是不满意于谦益之过抑李、何。谦益最反对严羽、高棅对于初盛中晚唐的分限和正宗、大家等等差别，渔洋又不然。《师友诗传录》里阮亭曰："唐人七律，以李东川、王右丞为正宗，杜工部为大家，刘文房为接武；高廷礼之论，确不可易。"《然灯记闻》里说："为诗要穷源溯流，先辨诸家之派，如何者为曹、刘，何者为沈、宋，何者为王、孟，何者为李、杜……何者为唐，何者为宋，何者为南宋。"这些意思，岂不是和严羽、高棅完全相同吗？所以姜宸英的《唐贤三昧集序》，也发挥渔洋的意思，说："钱受之极论严以禅喻诗之非，而于高廷礼之分四唐，则案以当时作诗之岁月而驳之……余以《毛诗》考之，作诵之家父……为东迁以后人，其于诗也，不害其为小雅。《黍离》行役之大夫,及见西京之丧乱,尝为东迁以前人矣,其于诗也,不害其为王降而风。故初盛中晚亦举大概耳。盛唐之诗,实有不同于中晚者,非独中晚而已,自汉魏迄今有过之乎?盖论诗之气运,则为中天极盛之运,而在作者心思所注,则常有不极其盛之意,所谓不涉理路,不落言筌,言有尽而意无穷,譬之于禅,则正所谓透彻之悟也。不求之此,而但规模于浮响漫句以为气象而托之盛,此则明嘉隆以来称诗者之过也,于前人乎何尤?"姜宸英这段话,把渔洋所以仍建立盛唐的断限,而尤切实示人以盛唐真境的缘故,发挥得十分透彻、十分高远了。我在上卷《孔门诗教》一节里,说"三百篇"之六义,唯有"兴"的境界,最为难能可贵,曾经拿严沧浪的"盛唐诸人唯在兴趣"一语,去做参考。我们现在再拿姜宸英所说"中天极盛之运,而在作者心思所注,则常有不极其盛之意",来和《周礼·太师》郑注所说"兴,见今之美,嫌于媚谀,取善事以喻劝之"的意思对照一下,又不知不觉地使严沧浪的话更增加许多价值了。这一层不得不推渔洋的大功。我们对于严沧浪所说的"盛唐兴趣",一定要把他和《诗经》六义里面的"兴"在一块儿看,才有价值;所谓和平中正之音,也必如此解释才算有着落,不然,就成了明七子之"浮响漫句"了。

太平之世,必有中正和平之音,这是我国文学批评界的古义。《乐记》里说:"治世之音安以乐,其政和;乱世之音怨以怒，其政乖；亡国之音哀以思，其民困。"早建立了这种标准。渔洋生当盛世，当一朝开国之时，气象所笼罩的，当然就是这种和平安乐之音。他的心和眼所趋赴的，也正是这一点，以雅正为归，以"三百篇"的正风为准则。他的论诗的话太多，我们不能一一列举，但他的结晶之论（可以说是最后的安身立命之点）终以《唐贤三昧集》为代表。此外《古诗选》和他门人所纂的种种诗话，出出入入，和历来各大家之论异同互见，都无甚重要的关系，而且也都是从这结晶之论产生出来的枝叶。《师友诗传录》载他说：

> 《尚书》云："诗言志，歌永言，声依永，律和声。"此千古言诗之妙谛真诠也。故知志非言不形，言非诗不彰，祖诸此矣。何谓志？"石韫玉而山以辉，水怀珠而川以媚"是也。何谓言？"其为物也多姿，其为体也屡迁，其会意也尚巧，其遣词也贵妍"是也。何谓诗？"既缘情而绮靡，亦体物而浏亮"，"播芳蕤之馥馥，发青条之森森"是也。昌黎曰："诗正而葩。"岂不然欤？

这一段话，是他全部心情之表露。他一生前后论诗的话，和他一生所操的选政，从《古诗选》一直到《唐贤三昧集》，都是以这段话为解释。他主张诗的意志，要蕴藉含蓄不可直写无余，所以《师友诗传录》里说："不著一字，尽得风流，此性情之说也。"他主张要读破万卷书，而用起来毫不拖泥带水。所以《师友诗传录》里又说："读千赋则能赋，此学问之说也……性情学问相辅而行，无性情而侈言学问，则点鬼簿、獭祭鱼。学力深，始能见性情。……诗有别才，非关学也，为读书者言也，非为不读书者言之也。"他主张诗要美妙，不可粗犷寒枯，但必须清雅而不浓俗。所以《师友诗传录》里又说："诗人之赋丽以则，凡诗之丽而失其则者，皆不能以轻清为体，而驰骛于鲜荣者耳。至于卢仝、马异、李贺之流，牛鬼蛇神耳。"《然灯记闻》里又说："诗要清挺，纤巧浓丽，总无取焉。……为诗先从风致入手，久之要造平淡。……为诗且无计工拙，先辨雅俗。品之雅者，靓妆明服固雅，粗头乱服亦雅；其俗者满面脂粉，总是俗物。"他的雅正的规则，大致是这样。

"三百篇"以"温柔敦厚"为主。"温柔敦厚"者，无论是喜、是怒、是哀、是乐，一切都要温柔敦厚，含蓄而不刻露。喜的时候，固然应该如此，即便哀痛愤怨的时候，也应如此。这样才可以当得治世之音。凡是稍近于剑拔弩张号呼跳踉的声音，都近于乱世之音，都在所大忌。渔洋所主持的正宗，就是如此。徐乾学《十种唐诗选序》说："余交先生四十年，侧闻绪论矣。诗之为教，主于温柔敦厚，感发性情，无古今之别。……以唐人而论唐人之诗……当时闻弦识曲，多有赏音，唯以意寄深远，兴情遒逸，机趣蕴蓄，神采照灼，能略得六义之遗者为宗。非是，语虽惊人，置之弗录……挺章《国秀集序》云：'秘书监陈公、国子司业苏公，尝论风雅之后数千载间，讽者溺于所忧，志者乖其所务，以声折为宏壮，势奔为清逸，可为太息。'挺章天宝时人，苏公源明词坛尊宿，其持论如是，足知后人之赞叹踊跃者，皆当时动色相戒，唯恐稍涉凌厉，有乖温柔敦厚之旨，亟亟乎其敛而抑之也。……先生金口木舌以警学者，用心苦矣。"乾学这段话，是深通渔洋之学，但是文学上风会所趋，多半随时代环境而推动。治世之音和乱世之音，在读诗的人一方面讲，皆可以观风俗，论世变。读清和安乐的诗，自然和作者同表清和安乐之情；读了愤激哀怨的诗，也自然和作者同表愤激哀怨之感。我们为知人论世起见，对于无论何种诗，都可以有用。自从后世文人天天讲究作诗的方法，时时在许多前人中间分别抉择，借古人做幌子，各立宗旨，各标途径，于是不免时时引起争端，但其实对于原来历代的诗篇，都无损毫发。世界的治乱，人情的正变，本不能一定。"三百篇"之温柔，不能不降为《楚骚》之悲放，又不能不降为汉魏六朝，又不能不降为唐宋元明清，势所必然，无法阻止。即便"三百篇"的正风正雅，也不能不降为变风变雅，不过时代人心相差不远，变得不大厉害罢了。所以这样看来，如在治世而强人作乱世之音，在乱世而强人作治世之音，恐怕事实上本不容易办到。但是豪杰之士，究竟不为时代所拘束，总认为文学这件东西，和人心风俗有关，出于此人之心，入于彼人之心，潜移默化的力量，超过一切其他的力量。因此，看见病态危险，不得不设法医治，看见胜境美景，不得不引人同入。对于社会治乱之运转，又未尝没有先机消息，为时代设想的地方。文学批评所负的使命，本是如此，而时代也往往随它转移。《师友诗传录》里阮亭曰："诗之陵夷者，其流波之颓乎。诗之滥觞者，其浚发之源乎。不有始也，孰导其初；不有终也，孰持其后。天道由质趋文，人道由约趋盈，诗道由雅趋靡；诗之变也，其世变为之乎。"所以它就"顾瞻世道，怒焉心忧，于是以太音希声药淫哇锢习，《唐贤三昧》之选，所谓乃造平淡时也"了（看上节引俞兆晟《渔洋诗话序》）。渔洋根本的宗旨，即是如此，所以他以为文学固是表现性情，但必将性情含蓄不露而自见于神韵，即是把性情归纳到神韵之中。他的意思，也是拿"国风好色而不淫，小雅怨悱而不乱"做标准，所以他即引用严羽的"羚羊挂角，无迹可求"，和司空图的"不著一字，尽得风流"来解释性情二字。严羽说"诗者吟咏性情也"，底下接着说："盛唐诸人，唯在兴趣，羚羊挂角，无迹可求。"用意本是如此。不过假若没有渔洋这一解释，严羽的本意绝不会显白于世。明朝人解释严羽的话，终是捕风捉影，摸不着边际的。总括起来，渔洋的批评原理，是"直取性情、归之神韵"（《十种唐诗选》盛符升序）。

## 四十二　清初"清真雅正"的标准和方望溪的"义法论"

　　清初文学界，大家所欣赏的和所倡导的，都是"清真雅正"的作风。这也和隋朝的厘正文体，以及唐宋初叶的复古运动，是一样的动机，我在前面论王通删诗那一节里已经说过。凡是乱极思治的时候，文学上的心理都不觉趋向这一点，大家的手眼，都趋于扫淫哇而归清正，一心要树立和平的文学。王渔洋之论诗，已经是这时候的一种象征，看上节所说，可以明了。清初有几部御选的诗文集，例如《古文渊鉴》《唐宋诗醇》《唐宋文醇》《钦定四书文》，等等。都可以代表政府里一班人所鼓吹的心理。《古文渊鉴》是康熙年间所选，是徐乾学所主编的，所选皆是辞理醇粹而实用的文章，虽不拘于任何一朝代或任何一派，但大旨是取平正通达一路。《唐宋文醇》《唐宋诗醇》和《钦定四书文》都是乾隆年间所选。关于这些书的宗旨，不可不看《四库全书总目提要》，《提要》所说虽多是馆阁赞颂之辞，但我们欲知道当时政府中所提倡的文学面目，当然必以他们自己所说的为主。《四库提要》里说："《古文渊鉴》，康熙二十四年……御选，内阁学士徐乾学等奉敕编注，所录上起《春秋左传》，下迄于宋，用真德秀《文章正宗》例……而不同德秀之拘迂。名物训诂，各有笺释，用李善注《文选》例而……不同善之烦碎。每篇各有评点，用楼昉《古文标注》例而……不同昉之简略。备载前人评语，用王霆震《古文集成》例而……不同霆震之芜杂。"又说："《唐宋文醇》，乾隆三年御定。明茅坤……编《唐宋八家文钞》，国朝储欣增李翱、孙樵为十家。皇上以欣所去取尚未尽协，所评论抑或未允，乃……定为此集。……考唐之文体，变于韩愈……宋之文体，变于欧阳脩……愈与崔立之书，深病场屋之作。脩知贡举，亦黜刘几等以挽风气。则八家之所论著，其不为程式计，可知也。茅坤所录，大抵以八比法说之。储欣虽以便于举业讥坤，而核其所论，亦相去不能分寸。夫能为八比者，其源必出于古文，自明以来历历可数。坤与欣即古文以讲八比，未始非探本之论。然论八比而沿溯古文，为八比之正脉；论古文专为八比设，则非古文之正脉。此如场屋策论，以能根柢经史者为上，操文柄者，亦必以根柢经史与否而定其甲乙。至讲经评史，而专备策论之用，则其经不足为经学，其史不足为史学。茅坤、储欣之评八家适类是。得我皇上……亲为甄择，其上者，足以明理载道经世致用，其次者，亦有关法戒不为空言，其上者矩矱六艺，其次者波澜意度，亦出入于周秦两汉诸家。"这些御选的书，本皆为科甲中人习读之用，恐怕他们以为举业而外即无所谓学问，又恐怕他们以为一切的文章，皆只为举业之用，所以选出这许多诗古文，来令他们习读，或者科举成功后，在翰林院中可以习读，不要以为除了制艺八股试帖诗赋而外，便没有文学。因此，一切的眼光都注意在平正不偏不会生出流弊一点上，然后才合于政府教士的宗旨。《四库总目》又说："《唐宋诗醇》，乾隆十五年御定。凡唐诗四家：曰李白、杜甫、白居易、韩愈；宋诗二家：曰苏轼、陆游。诗至唐而极其盛，至宋而极其变，盛极或伏其衰，变极或失其正，亦唯两代之诗最为总杂。于其中通评甲乙，要当以此六家为大宗。盖李白源出《离骚》，而才华超妙，为唐人第一；杜甫源出于国风、二雅，而性情真挚，亦为唐人第一。自是而外，平易而最近乎情者，无过白居易；奇创而不诡乎理者，无过韩愈。录此四家，已足包括众长。至于北宋之诗，苏、黄并驾，南宋之诗，范、陆齐名，然江西宗派，实变化于韩、杜之间，既录杜、韩，可毋庸复见。《石湖集》篇什无多，才力识解亦均不能出《剑南集》上。既举白以概元，自当存陆而删范。……国朝诸家选本，唯王士祯书最为学者所传：其《古诗选》，五言不录杜甫、白居易、韩愈、苏轼、陆游，七言不录白居易，已自为一家之言；至《唐贤三昧集》，非唯白居易、韩愈皆所不载，即李白、杜甫亦一字不登。盖明诗摹拟之弊，极于太仓、历城，纤佻之弊，极于公安、竟陵。物穷则变，故国初多以宋诗为宗。宋诗又弊，士祯乃以严羽余论倡神韵之说以救之。故其推为极轨者,唯王、孟、韦、柳诸家。然《诗》三百篇,尼山所定,其论诗,一则谓归于温柔敦厚,一则谓可以兴观群怨,原非以品题泉石,摹绘烟霞。洎乎畸士逸人各标幽赏,乃别为山水清音,实诗之一体,不足以尽诗之全也。宋人唯不解温柔敦厚之义,故意言并尽,流而为钝根;士祯又不究兴观群怨之原,故光景流连而变为虚响。各明一义,遂各倚一偏,论甘忌辛,是丹非素,其斯之谓欤。"这一段论诗的话,也可以见得他们的主张。官修的书,总是以平正阔大的态度为主,对于特标一种面目的主张,极力避免,防有流弊;心中虽知道渔洋是能救弊,但也提出警告,以免人家又中了他的弊病。所以尊奉李、杜、韩、苏等六个人,因为他们是大宗。"大宗"二字,好像是把高棅所分的"正宗"和"大家"两种名目和合起来的。大概是认为"大家"可以包"正宗",而"正宗"不能包"大家",因此就建立一种"大宗"的名目。《唐宋诗醇》自己的凡例也说:"唯此六家足称大家。大家与名家,犹大将与名将,其体段正自不同。"足见得是拿高棅所立的那些名目作较量的根据,以为"大家"上足以包"正宗",下又高于"名家"了,但王渔洋的议论,究竟是很精微的,他胸中确有所见,无论在救弊一方面讲,或倡导一方面讲,他都有很坚卓的立场,不是普通才人标榜之言。他所以主盛唐而折衷于王、孟,并非仅仅因为他们是"山水清音",他自己早已说"盛

## 四十二　清初"清真雅正"的标准和方望溪的"义法论"

唐之诗……蕴藉风流,包含万物,自足以兼前后诸公"了。(参看上节)这《唐宋诗醇》的宗旨,尚不及渔洋宗旨之鞭辟入里。像李、杜、韩、苏这种博大奔放的大家,在渔洋眼中,认为千古有数的人物,不是人人可以学步的,而且不善学之,最容易生出毛病。这些"大家"可以开拓心胸,但自来猖獗的作风,也未尝不借口于学步"大家"的。乾隆时的风气,已经和清初那种一味清醇的好尚,略有不同,尤其《四库全书》馆里重要的角色,像纪昀、戴震等,都是尚综博,爱旁贯,无论经学方面,或文学方面,已经异于康熙时候的风气。但是我们如果照和平文学的原理讲,还应推王渔洋的议论为宗主。这些御选的书,不过略见一时的规模,不必深论。

至于"清真雅正"四个字,本是清初科举场中取录文章的标准,而影响及于其他一切文学。清初像康熙年间的韩菼、李光地、蔡世远这些人,都站在政府的角度提倡这种风气。大致在学问根柢上专宗程、朱,对于文学,好像也是略以朱子和真西山这种人论文的宗旨为主,主张辞清理醇,比较唐宋那些古文家的宗旨,还要严格一点。韩菼、李光地等,都是当时所谓程、朱学者,韩菼在制艺里面,提倡这种作风,俨然是一个开道的人。所以韩菼死后,乾隆十七年的上谕里说:"韩菼种学绩文,湛深经术,制艺清真雅正,实开风气之先。"方望溪的《礼部尚书韩公(即菼)墓表》里又说:"自明亡,科举之文日就腐烂,公出始渐复于古，世以比于昌黎。"这又是说他在科举文里，等于韩愈之起衰。足见得所谓"清真雅正"者，即是清初鉴于明末制艺之有流弊，鼓吹这种厘正文体的运动。于是大家体会这种风气，又把它推到其他一切的文学。像蔡世远所选的《古文雅正》，李光地所选的《榕村诗选》，都是要树立诗文界"清真雅正"之风。但这些人虽然鼓吹"清真雅正"，要建立和平的文学，然而不一定都是文学专家，所以如果要讨论"清真雅正"的原理，又必从这些人当中提出一二专家的议论，来作根据。所谓专家者，在诗学方面，即是王渔洋，在古文方面，即是和韩菼、李光地同时的方望溪了。王渔洋的年辈，比较这些人稍早一点。渔洋的诗学当然是可以独立的，他的议论确也和这种"清真雅正"的风气互相唱和，而且在诗的原理上讲，必定要照渔洋"以性情归之神韵"的宗旨，然后诗的"清真雅正"，才能够彻底建立起来。李光地的《榕村诗选》也很精严，他所选的，专以有关于性情伦理者为主。曹、陶、杜、韩这几家的诗，选入最多，因为这种人的性情人格，流露于诗里面，皆可以给读者一种好影响。他只就诗论诗，就人论人，对于历代诗家各标宗旨的言论，一概不取，但是说到文学上精微的造诣，李光地自是不及渔洋。

方望溪也是专习程、朱之学。他生在康熙年间，又因为戴南山的史狱牵连受祸，被赦之后，清政府又把他编入旗籍，后来免了旗籍，虽名位显达，但我们看他的文章，时时有一种孤怀。他是古文家,又和他的哥哥百川都是制艺名家,平生治经的工夫最多,深于三礼、《春秋》,这都是他的根本思想。知道他的根本思想,然后可以讨论他的文学批评。

上边所说,清初"清真雅正"的标准,从制艺文推到其他一切文学,说明这种情势,莫详于方望溪。《钦定四书文》是望溪一手所承修的,在几部御选的书中,最为出色,关系也最大。《四库全书简明目录》里说他:"大旨以清真雅正为宗。"《四库全书总目》里说:"《钦定四书文》,乾隆元年方苞奉敕编。盖经义始于宋,《宋文鉴》中所载张才叔《自靖人自献于先王》一篇,即当时程式之作也。元延祐中,兼以经义、经疑试士。明洪武初,定科举法,亦兼用经疑。后乃专用经义。其大旨以阐发义理为宗,厥后其法日密,其体日变,其弊亦遂日生。洪、永以迄化、治,风气初开,文多简朴,逮于正、嘉,号为极盛。隆、万则贵机法而趋佻巧,启、祯警辟奇杰而驳杂不纯,猖狂自恣者亦出于其间。于是启横议之风,长倾波之习,文体蠹而士习坏,士习坏而国运亦随之。我国家列圣相承,谆谆以士习文风勤颁诰诫。我皇上(即指清高宗)复申明'清真雅正'之训。是编所录,大抵皆辞达理醇,可以传世行远,非徒示弋取科名之具也。"(大意)这一段话,即是隐括望溪自己所作的《钦定四书文凡例》。照这样看来,清初的政府想改革文体,就在考试士子的时候,立这种标准。至于

"清真雅正"四个字成为一种固定的名词,原是始于雍正十年的上谕。清梁章钜《制艺丛话》卷一里说:"雍正十年始奉特旨,晓谕考官,所拔之文,务令清真雅正,理法兼备。"到了乾隆时,又常有申明这种宗旨的上谕,于是选了这部《钦定四书文》,把清初八九十年衡文的风气归纳起来,明白规定下了。望溪所作《钦定四书文凡例》里也说:"凡所取录,以发明义理,清正古雅,言必有物为宗。""清真雅正"四个字确切的定义,即是如此。本来自有制艺以来,其中的名家多是把自己所有其他一切学问思想容纳在所作的制艺之中。制艺的形式虽有一定,而也未尝不本于普通行文的原则,不过定出八股的格式,比较严密些,然而有才学的人,也是一样行所无事。人的学问思想是各人自己所具有的,如果真有才学,无论用何种随宜的方式表达出来皆有价值,所以制艺之体,虽是科举制度施行以来的一种时文形式,但历宋元明清数代,学人才士也未尝不可以从里面露出各人的特色。凡是高手,都能够将制艺文会通到其他的文体,讲求利病,较论原理,并没有差别。茅坤、储欣所评论的唐宋八家文,本已是多为作制艺的人设想,但照上面所引《四库全书总目》里的话,他们又似乎稍稍偏重在制艺一方面了。大凡评论文学,一切从思想精神内容情味上看,才能说出他的所以然;形式外表上的东西,本无轻重之可言。我们所要研究的,即是"清真雅正"的原理,不是"清真雅正"的形式。即是要研究他们如何以"清真雅正"的眼光来衡量一切文学。关于这种原理，除了诗学方面的王渔洋，上节已经说过外，文的一方面，就要看方望溪的议论。望溪论文的宗旨，大部分见于这《钦定四书文凡例》和他另外代当时果亲王所选的《古文约选》里面。看他对于四书文和古文所综合贯通的论调，就可以使我们详细地知道"清真雅正"的原理。《钦定四书文凡例》里说：

> 韩愈有言："文无难易，唯其是耳。"李翱又云："创意造言，各不相师，而其归则一。"即愈所谓"是"也。文之清真者，唯其理之"是"耳，即翱所谓创意也。文之古雅者，唯其辞之"是"耳，即翱所谓造言也，而依于理以达其辞者，则存乎气。气也者，各称其资材而视所学之浅深以为充歉者也。欲理之明，必溯源六经而切究乎宋元诸儒之说；欲辞之当，必贴合题义而取材于三代两汉之书；欲气之昌，必以义理洒濯其心，而沉潜反复于周秦盛汉唐宋大家之古文。兼是三者，然后清真古雅而言皆有物。故凡用意险仄纤巧而于大义无所开通，敷辞割裂鲁莽而于本文不相切比，及驱驾气势而无真气骨者，虽旧号名篇，概置不录。

"文之清真者，唯其理之'是'耳。文之古雅者，惟其辞之

'是'耳。"这两句话,拿来解释"清真雅正"的根本原理,岂不是很明显吗?《古文约选序例》里说:

> 自魏晋以后,藻绘之文兴。至唐韩愈起八代之衰,然后学者以先秦盛汉辨理论事质而不芜者为古文,盖六经及孔子、孟子之书之支流余肄也。……盖古文所从来远矣。六经、《语》《孟》,其根源也,得其支流而义法最精者,莫如《左传》《史记》,然各自为书,具有首尾,不可分裂。唯两汉书疏及唐宋八家文,篇各一事,可择其尤。而所取必至约,然后义法之精可见。故于韩取者十二,于欧十一,余六家或二十三十而取一焉,两汉书疏则百之二三耳。学者能切究于此而以求《左》《史》《公》《穀》《语》《策》之义法,则触类而通,为制举之文,敷陈论策,绰有余裕矣。

古文家认为文学根本在六经,后世的文章凡是合于六经的神思的,皆可尊贵,看望溪这段话,更可以明了。他以为即便是制举之文,也应当拿这个意思做标准。前面引《四库全书总目》论《唐宋文醇》的宗旨那一段,也说起韩愈是鉴于场屋文体之坏,而提倡这种古文。茅坤、储欣所选唐宋八家,也多半是为提高制举文的体制而设。望溪也有这种用意。不过望溪把古文的系统,胪列得更清楚一点,而且他又举出《左传》《史记》做文章义法的宗主。因为六经的文章义法，不是骤然间可以求得的，必以《左》《史》为阶梯，再下一步，又教人由两汉唐宋各大家以上窥《左》《史》，由《左》《史》以人六经，用这种方法比较容易些。

从来古文家，自韩愈提倡蓄道德而后能文章的主张，人人无不奉为标准。他们说起文章，一定先在道德学养上注意。望溪又本是专学程、朱的人，他平日的志愿，是要"学行继程、朱后，文学在韩、欧间"（看《望溪文集》前王兆符的序），有些人以为望溪是专学唐宋八大家的人，又有些人以为望溪是接武归有光的人，其实不是的。望溪的《书归震川文集后》里说："震川庶几言有序，而言有物者盖寡。"这可以见他对归有光的态度，又后来专治望溪之学的戴钧衡也说："熙甫生程、朱后，圣道闳明，其所得乃不能多于唐宋诸家。方先生承八家正统，就文核之，亦与熙甫异境同归。独其根柢经术，因事著道，油然浸溉学者之心，则不唯熙甫无以及之，即八家深于道如韩、欧者，抑或犹有憾焉。盖先生服习程、朱，其见于道者备；韩、欧因文见道，其入于文者精。入于文者精，道不必深而已华妙而不可测。得于道者备，文若为其所束，转未能恣肆变化，然而文家精深之域，唯先生掉臂游行。"这几句话，可以说明望溪在古文家里面的立场，所以望溪每谈到文学，对于道德学养上的注意，比较自来的古文家更为严格。他的文集里有一封《答申谦居书》，讨论这种意思很详细。他的严格的主张，在这封信里可以看见。他说：

仆闻诸父兄，艺术莫难于古文。自周以来各自名家者仅十数人，则其艰可知矣。苟无其材，虽务学，不可强而能也；苟无其学，虽有材，不能骤而达也；有其材，有其学，而非其人，犹不能以有立焉。……古文，本经术而依于事物之理，非中有所得不可以为伪。……韩子有言："行之乎仁义之途，游之乎《诗》《书》之原。"兹乃所以能约六经之旨以成文，而非后世文士所可比并也。姑以世所称唐宋八家言之，韩及曾、王并笃志于经学，而浅深广狭醇驳等差各异矣。柳子厚自谓取原于经，而掇拾于文字间者尚或不详。欧阳永叔粗见诸经之大意，而未通其奥赜。苏氏父子则概乎其未闻焉。此核其文，而平生所学不能自掩者也。韩、欧、苏、曾之文，气象各肖其为人；子厚则大节有亏，而余行可述；介甫则学术虽误，而内行无颇。其他杂家小能以文学襮者，必其行稍异于众人者也，非然则一事一言偶中于道而不可废者也。以是观之，苟志乎古文，必先定其祈向，然后所学有以为基，匪是则勤而无所就。若夫《左》《史》以来相承之义法，各出之途径，则期月之间可讲而明也。

再者，古文家对于文之技术，总以为不必多讲，以为但能有学养，则技术自然会好。有些人偶然也有说到技术上的

## 四十二　清初"清真雅正"的标准和方望溪的"义法论"

问题，但往往又引起争端。望溪以为能够得一句话兼贯学养和技术，可以执简御繁，岂不更好。因此，他每每论文的时候，就有"义法"两个字提出来。望溪被后来人推为桐城文派的初祖，后来人所常说的"桐城义法"，即本于此。

望溪所说的"义法"，是从《史记·十二诸侯年表序》里抽出来的。《史记·十二诸侯年表序》里说："孔子论史记旧闻，次《春秋》，约其文，去其繁重，以制义法，王道备，人事洽。"望溪本深于《春秋》之学，所以就从这里面抽出"义法"二字，作文章法度的标准，拿"义法"二字，来推论《左传》《史记》，以及后世各家的古文。望溪对于文章的观念，既然一切归本于六经，而在六经中，尤其深致力《春秋》，《左传》《史记》又皆是"春秋家"之枝叶（《汉书·艺文志》列《左氏传》及《太史公书》在"春秋家"），所以他又次一步推《左传》《史记》为最精于"义法"的了。望溪在《古文约选》中，选了《史记》这篇《十二诸侯年表序》，附带做了一段批注，解释"义法"两个字的意思。他说：

> 《春秋》之制义法，自太史公发之，而后之深于文者亦具焉。必以义为经，而法以纬之，然后为成体之文。

他对于《左传》《史记》两部书都有评论，都是发明这两部书的义法。关于《左传》，就是他门人所笔记经他自己鉴定的《左传义法举要》。关于《史记》，就是《史记评点》。他的文集里，本有许多讨论《史记》的文章，后人都采入他的《史记评点》，又将他和归有光的评点合刻起来，所谓《归方评点史记》了。在《左传义法举要》里，他又有几句话，差不多是替"义法"二字下了一个简明的解释。他说：

  古人叙事，或顺或逆，或前或后，皆义之所不得不然。

这"义之所不得不然"一句话，不特确实解明"义法"二字的意思，实在又可以扫除文学批评界里的无限葛藤。他评论《左传》，即是完全根据这个意思做标准。本来《左传》一书，除了经学家所讲论的而外，有些人完全拿文章的眼光去看他。这一类批《左传》文法的书很多，其中有不少是很陋的见解。像王源的《左传评》和冯李骅的《左绣》，已经是这一类书里面的上品了，但王源专以奇变的眼光看《左传》的文章，冯李骅的评论又太过细密了。望溪这部《左传义法举要》说的话很简单，专就《左传》行文结构"之所不得不然"的道理说出来，使人知道左丘明不是故意弄巧怪。望溪又本着这个眼光，看《史记》及后世各家的文章，他的《史记评点》和《古文约选》里的评语，都注重在这一点。总括起来，望溪是主张"义之所不得不然的'义法'"。换句话说，就是"辞理皆'是'的清真雅正"。

望溪的眼光，大致是如此。至于他的门人刘海峰，和海峰的门人姚惜抱，也都是桐城人，后来所以有"桐城派"之称。这一派的人，从海峰、惜抱，以及海峰的门人所间接传授的张惠言、恽敬和惜抱的门人梅曾亮、管同、方东树，一直到曾国藩、张裕钊、吴汝纶等，诚然都是由望溪下来一系的古文家。但他们也各有心得，对于文学上的批评，说的话也很多。姚惜抱的门徒很盛。他的议论，往往被人家看作超过刘海峰而上配方望溪，但他的头绪稍繁，没有望溪那样洁净。惜抱选有《五七言今体诗钞》，他因王渔洋只有《古诗选》，没有另外专选律诗，所以他就著了这部诗钞。他对于诗学上的议论，是主张折中唐宋，辞理音容，样样都讲究。他又选有《古文辞类纂》，又成了近代家弦户诵的书，但望溪的《古文约选》，对于稍近辞华一路的文章，一概不选。惜抱选《古文辞类纂》，竟收了许多辞赋。望溪《古文约选序例》里说："辨古文气体，必至严乃不杂。既得门径，然后纵横百家，而后能成一家之言。古文气体所贵清澄无滓，澄清之极，自然而发精光，则《左传》《史记》之瑰丽浓郁是也。始学而求古求典，必流为明七子之伪体。故于《客难》《解嘲》《答宾戏》《典引》之类，皆不录，虽相如《封禅书》，亦姑置焉。盖相如天骨超俊，不从人间来，恐学者无从窥寻而妄摹其字句，则徒敝精神于塞浅耳。"望溪要严立清真雅正的标准，所以去取的眼光，如此谨严，但绝不是认为此外的文章皆可不读。自来凡选诗文的人，原是要表明自己的特见，并不一定要兼收并蓄，所以范围越约越好。不然，无取乎这些重重复复的诗文选本。好像王渔洋要严立蕴藉含蓄的诗风，所以《唐贤三昧集》专取王、孟、韦、柳那一等的诗，而不曾选李、杜。姚惜抱有建立广大门庭的意思，论诗则熔铸唐宋（《惜抱尺牍》里《与鲍双五札》），论文论学也有兼人之志。他平日的议论，以为"学问之事有三端，曰义理，曰考证，曰文章，是三者苟善用之，皆足以相济；不善用之，皆足以相害"。（《惜抱轩文集》里《述庵文钞序》）他这个话，是针对当时汉学考证家而言，有一种折衷的意思。《古文辞类纂》也是志在兼综，所以把昭明《文选》里汉魏的辞赋差不多全数收进去了。在他心中，似乎以为文章的内容，也应该参酌汉赋那种气魄和笔势，然后才能尽文家之能事。但他的门人梅曾亮，又选了一部《古文词略》，删去了那些辞赋，而代以汉魏以来的五七言古诗，大概以为后世五七言古诗的作法颇通于古文，与其采那些纵横繁重的赋，不如这些五七言古诗能够上撷《骚》、《选》之精英，下通唐宋以后之古文了。惜抱对于文学批评上贡献了许多细则，他在《古文辞类纂序目》里说："凡文之体类十三（郎指他在《古文辞类纂》里所分"论辨""序跋""书说"

等体类),而所以为文者八,曰:神理气味,格律声色。神理气味,文之精也;格律声色,文之粗也。然苟舍其粗,则精者亦胡以寓焉。学者之于古人,必始而遇其粗,中而遇其精,终则御其精者而遗其粗者。"这些话,也都是想网罗众美的意思。我们求他最能和望溪的宗旨互相发明的言论,只有《古文辞类纂序目》里所说:

> 夫文,无所谓古今也,唯其当而已。得其当,则六经之于今日,其为道也一。知其所以当,则于古虽远而于今取法,如衣食之不可释。

这一段话最好。如果没有这段话,恐怕世人都要认为古文家不过是有意好古而薄今,不作现在的生人,而愿做过去的死人了。望溪那样明明白白的告人以"文之清真者,唯其理之是,文之古雅者,唯其辞之是"和"义之所不得不然"的道理,也是和姚惜抱同一样的用意。此外桐城派文家中,议论很精辟的,还有梅曾亮。梅曾亮说明骈文和散文的异点,说得最清楚。他的《柏枧山房集》里《复陈伯游书》说:

> 某少好骈体之文,近始觉班、马、韩、柳之文为可贵。盖骈体之文,如俳优登场,非丝竹金鼓佐之,则手足无所措,其周旋揖让非无可贵,然以之酬接,

则非人情也。

文章的用处,是表达自己的意志,使人共晓,而且文和诗不同,诗要长言咏歌、手舞足蹈,文要坦白直说。骈体文被那些笔调音容,把各人的真面目真语气掩盖起来了。即便拿唱戏一道来做比譬,清唱的本领,当然比较借锣鼓弦管来助势的高得多。即便借助于锣鼓弦管,也必定要能驾驭锣鼓弦管,而不可为锣鼓弦管所驾驭。这就是骈文和散文的区别,况且骈文因为要对仗,不得不用些不必要的词意去凑成篇幅,岂不和望溪所说"义之所不得不然"那个道理,又正相反。所以梅曾亮也就说"以之酬接,则非人情"了。曾亮又有一篇《管异之(即管同)文集书后》,那里面说:"曾亮少好骈体文。异之曰:人有哀乐者面也,今以玉冠之,虽美,失其面矣,此骈体之失也。余曰:诚有是。然《哀江南赋》《报杨遵彦书》,其意顾不快也?而贱之也?异之曰:彼其意固有限,使有孟、荀、庄周、司马迁之意,来如云兴,聚如车屯,则虽百徐、庾之辞,不足尽其一意。"这也是较论骈散文的内容。曾亮又推论韩愈所说的"去陈言"的道理,他的《答朱丹木书》里说:

　　文章之事,莫大乎因时。立吾言于此,虽其事之至微,物之甚小,而一时朝野之风俗好尚,皆可因吾言而见之。使为文于唐贞元、元和时,读者不知为贞元、元和人,不可也;使为文于宋嘉祐、元祐时,读者不知为嘉祐、元祐人,不可也。韩子曰:'唯陈言之务去。'岂独其词之不可袭哉?夫古今之理势,固有大同者矣;其为运会所移,人事所推演,而变异日新者,不可穷极也。执古今之同而概其异,虽于词无所假者,其言亦已陈矣。

这也和望溪的"唯其辞之是""唯其理之是"那些宗旨相合,但专就时代环境讲,没有讲到人的本身,稍觉偏于一面。然无论如何,历来古文家中很少有人能够说到这样透彻的了。惜抱门人,除了管同、梅曾亮而外,方东树的《昭昧詹言》又是文学批评界里一部精心结撰之作。他是就王渔洋的《古诗选》和姚惜抱的《五七言今体诗钞》所选的诗,首首加以批注,书首又有许多泛论诗文的话,内容很精详,大旨是和惜抱论诗的宗旨相发明。在书的体式上,有些近于《瀛奎律髓》那样剀切详明,不过《瀛奎律髓》只代表江西派,而《昭昧詹言》承着惜抱论诗的宗旨,可算是代表"熔铸唐宋"的眼光。

总而言之,望溪和渔洋是清代诗文界里两个宗匠。后来未尝没有人反对他二人的,也未尝没有人自以为可以超过他二人的,但他二人仍是不可摇动。譬如有意和渔洋作对的赵执信,和后来提倡宋诗的翁方纲,都是力诋渔洋的人。赵执信的《谈龙录》太过偏狭负气,崇拜那个评点

《才调集》的冯班,也未免过当。例如《谈龙录》里,讥渔洋不应该拿司空图的话来附会《唐贤三昧集》,他说:"司空表圣所第二十四品,设格甚宽,后人得以各从其所近,非第以'不著一字,尽得风流'为极则也。严羽之言,宁堪并举?冯先生论之详矣。"不知司空表圣虽是设格甚宽,而渔洋正是"各从其所近",况且渔洋的《三昧集》本是专以严羽的话为主,不过以司空图的话做一层参证,他的序文上很明显的。翁方纲解释宋诗的佳境,本有心得,他的《石州诗话》,也很多特见,但他的学问稍觉拘泥,而且因为要反对渔洋而曲解元遗山的《论诗绝句》(看前面论元遗山那一节),实可不必。姚惜抱曾经说:"覃溪先生不应以大家自待。"又说:"近人为红豆老人(钱谦益)所误,随声诋明贤,乃是愚且妄耳。覃溪先生正有此病。"惜抱颇不菲薄渔洋,对于方纲的批评,很能说到他的隐病,所以这些反对渔洋的人,在文学上的见解,毕竟不容易站得住。而和方纲同时的沈德潜(著有《说诗晬语》《古诗源》《五朝诗别裁集》)、姚惜抱以及方东树这几家,在诗一方面,大都是引申推广渔洋之论,终能使渔洋之论颠扑不破。(惜抱论翁方纲的话,见于《惜抱尺牍》里《与陈石士札》)

又譬如方望溪的议论,也有人嫌他太束缚,嫌他过于崇质而略文。即便姚惜抱也说:"望溪阅《史记》,其精神似不能包括其远处疏淡处及华丽非常处,止以义法言文,则得其一端耳。"(《与陈石士札》)但不知惜抱所谓"远淡非常"者，究竟是什么？文章里面的"远淡非常"，必定有所以"远淡非常"的道理，岂可含义法而捕风捉影的去求吗？当清道光、咸丰年间，惜抱的门徒阐扬师说盛极一时的时候，仁和邵懿辰即提出异论。懿辰的《半岩庐文集》里有一封《答方君书》，对于望溪下了一段很明白的评语，他说：

> 天下言文章必曰桐城，而桐城人之言文章必曰方、刘、姚氏。刘居其间如蜂腰鹤膝，人知之，而以方、姚相提而论，必右姚而左方，而真知方氏之文者，今日已鲜矣。夫方氏以义法言文，此本史公语，而溯源于大《易》之所谓有物有序者，亦即孔子所谓"辞达"，而曾子所谓"远鄙倍"也。其理岂不甚卓？凡韩、欧以下论文之旨皆统焉，而刘氏乃以音节，姚氏乃以神韵为宗，斥义法为言文之粗，此非后学所能知而能信也。音节神韵，独不在法之内乎？

刘海峰有《论文偶记》，里面说文章的音节很为重要，有"音节高神气必高"一句话，是他最注意的原理。他又说："近人论文不知有所谓音节者，至语以字句，必笑以为末事，此论似高实谬。"姚惜抱论文以神理气味为文之精，以格律声色为文之粗，上面已经引过。姚所谓"格律"，即是指望溪所说的"义法"，所以他又说："以义法言文，则得其一端耳。"（上引）姚的意思，本欲兼包方、刘，认为音节、义法皆是粗境，只有神理气味（即邵懿辰所指的神韵）是文之精境。其实望溪的"义法"，并不是仅仅的格律上的问题。邵懿辰所以要拿"音节神韵，独不在法之内乎"来质问他。天下本没有故意扭捏做作出来的好文章。

袁枚的《随园诗话》里说："渔洋之诗，望溪之文，同为一代正宗，后人诋之者诗文必粗，而尊之者诗文必弱。"他所谓"弱"，大概认为如果专遵王、方二人的主张，结果必定使诗文中缺少纵横奇霸之气，但是我们应该知道，纵横奇霸的气概，本是他二人所引为大忌的。

## 四十三　金圣叹论"才子"　李笠翁说明小说戏曲家的"赋家之心"

普通人对于批评家的观念，总以为批评家都是站在旁观的地位，做客观的批评。其实不然。杜甫说："文章千古事，得失寸心知。"虽然作者的寸心，不是别人可以完全知道，但如果想对于一个作品加以批评，至少也要设身处地，替作者多多设想一下。否则，作者的心理和读者的心理，两不相关，隔岸观火，如何能够说得中肯呢？告诉我们这种批评原理的人，莫善于明末清初的金圣叹。圣叹负性之奇，遭际之惨，自是人人所知道的。我们现在讨论他所评的书。他把古今的书，抽出几部出来，名之为《六才子书》，一是《庄子》，二是《离骚》，三是《史记》，四是杜诗，五是《水浒传》，六是《西厢记》。他对于这几部书，都有很详细的批评，一空依傍，专用个人的心理去揣摹这些书。他所评的《庄》《骚》《史记》和杜诗，在见解上，可以说和明末钟惺、谭元春那种"幽情单绪"有相近之处，或者还更加奇辟一点，但是还赶不上他所评的《水浒传》《西厢记》那样用心之深。向来我国读书人，总把小说一类的书看作小道。自从《汉书·艺文志》里说："小说家者流，出于稗官……道听途说者之所造也。孔子曰：虽小道必有可观者焉，致远恐泥。是以君子弗为也。"所以人都认为小说这一类的书，是诬枉不足信的东西，不足挂齿。但我们看古时辞赋家之托词讽谕，像宋玉之《高唐》《神女》，司马相如之《子虚》《乌有》，以及东方朔之"博观外家传语"，和陆机《文赋》所说的"说炜晔而谲诳"，这一类的东西何尝不与小说家有相通之处。况且元明两代的小说传奇，简直是大规模的文学作品，文人心力所瘁，把全部精神学问集中在小说传奇之上的人不计其数，所以元明的小说传奇已经不是小道。作品方式不必一定，其足以发挥性情才学都是一样。金圣叹批评这些书，正是拿很广博的眼光去看。他在着手评书之先，胸中本怀了一段很奇的感想，以为天下的书太多了，"破治破道"，都由于书太多的缘故。他很羡慕秦始皇烧书，又很恨汉朝皇帝之求书。他的《第五才子水浒传序》里说："原夫书契之作，昔者圣人所以同民心而出治道也。其端肇于结绳，而其盛殽为六经，其秉笔者皆在圣人之位而又有其德者也。仲尼无圣人之位而有圣人之德，有圣人之德则知其故，知其故而不能已于作，此《春秋》是也。自仲尼以庶人作《春秋》，而后世巧言之徒无不纷纷以作，庞言无所不有，君读之而旁皇，民读之而惑乱，势必至于拉杂燔烧，祸连六经。并烧圣经者，始皇之罪也；烧书，始皇之功也。无何，汉兴，又大求遗书，四方功名之士无人不言有书，一时得书之多反更多于未烧之日。烧书而天下无书，天下无书，圣人之书所以存也；求书而天下有书，天下有书，圣人之书所以亡也。烧书是禁天下人作书也，求书是纵天下人作书也。至于纵天下人作书，其又何所不至，破治与道，黔首不得安也。"这一段话，是他心中一向的感想。因有这种感想，所以他就发愿评书。何以因有这种感想而发愿评书呢？又不得不看他自己的解释。他这篇《水浒序》里又说："呜呼！君子之至于斯也，听之则不可，禁之则不能，其又将何法治之欤？曰，吾闻圣人之作书也以德，古人之作书也以才。知圣人之作书以德……吾知今而后不敢于《易》之下作《易传》，《书》之下作《书传》也。……何也？诚愧其德之不合而惧章句之未安，皆当大拂于圣人之心也。知古人作书以才……吾知今而后始不敢于《庄》之后作《广庄》，《骚》之后作《广骚》，稗官之后作新稗官也。何也？诚耻其才之不逮而徒唾沫之相袭，是真不免于古人之奴也。夫扬汤而不得冷，则不如勿进薪；避影而影愈多，则不如教之勿趋也。恶人之作书，而示之以圣人之德与古人之才者，盖为游于圣门者难为言，观于才子之林者难为文，是亦止薪勿趋之道也。然圣人之德，则非小子今日之作能及；彼古人之才，或犹夫人之能事，则庶几予小子不揣之所得及也。"他的意思，以为书之所以多，由于人人自以为有才有学，都想写出来一试好身手，其实多是不自量。所以他就除了六经而外，抽出几部才高绝顶的作品——《庄子》、《离骚》、《史记》、杜诗、《水浒》、《西厢》——所谓《六才子书》，将这几个人绝顶无双的才情，指点给人看，或者人皆知难而退，不至于无知妄作，重叠不休，汗牛充栋了。这就是圣叹评书的动机。至于他所谓绝顶的才情，究竟是什么样子呢？他以为："古人之才，世不相延，人不相及，庄周有庄周之才，屈平有屈平之才……施耐庵有施耐庵之才。……才之为言材也。凌云蔽日之姿，其初本于破荄分荚，于破荄分荚之时，具有凌云蔽日之势，凌云蔽日之时，不离破荄分荚之势，此所谓材也。又才之为言裁也。有全锦在手，无全锦在目，有全锦在目，无全衣在心，见其领知其袖，见其襟知其帔也。今天下之人，徒知有才者始能构思，而不知古人用才，乃绕乎构思以前；徒知有才者始能立局琢句安字，而不知古人用才，乃绕乎立局琢句安字以后也。彼未尝经营于惨淡，隤然放笔自以为是，而不知彼之所谓才，实非古人之所谓才也。古人之才，绕乎构思以前；绕乎构思以后，心之所至，手亦至焉，心所不至，手亦至焉，心手俱不至而亦至焉，神境也，圣境也，然亦才以绕其前，才以绕其后，非徒然亦非卒然之事也。依世人之所谓才，则是文成于易，则必迅疾挥扫神气扬扬者，才子也。依古人所谓才，则必文成于难，则必"心疾气尽，面犹死人"者，才子也。若庄周、屈平……施耐庵……之书，是皆所谓心疾气尽面犹死人，然后其才前后缭绕得成一书者也，

### 四十三 金圣叹论"才子" 李笠翁说明小说戏曲家的"赋家之心"

然后知古人作书非苟且也,而世犹不审己量力,废然歇笔,然则其人真可诛,其书真可烧也。身为庶人,无力以禁天下人之作书,而忽取牧猪奴手中之一编,条分而节解之,而反能令未作之书不敢复作,已作之书一旦尽废,是则圣叹扩清天下之功,更奇于秦火,不敢谓斯文之功臣,亦庶几封关之丸泥也。"他这些话,当然都是很奇的思想,但说的也有他的道理。古今真正的才人,诚不易得,他笑世人以迅疾挥扫神气扬扬为才子,这个批评很中肯。古今来,当然也有许多下笔万言或文不加点的才人,但这些下笔万言文不加点的文章,实在多半是偶然随笔应付,虽然一时间也未尝不可以动人观听,然究竟不能成为惊心动魄永垂不朽的东西。不过圣叹以为必定要"心疾气尽面犹死人",然后写出来的东西才算好,这句话又未免太过。文学上事前的修养,本是很要紧的。修养有素,胸中蕴蓄宏富,临文下笔,自然有不期工而自工者。古今的名作,岂是尽从"心疾气尽面犹死人"这样奇惨的状况中发出来的吗?

圣叹的原意,乃是劝人不要妄自恃才,苟且下笔,不觉说得过火一点。他以为如果要观察一个才人之才,应该注意他意在笔先的才,不可但求字面上的才。圣叹对于这些名作,都能够设身处地,替作者的心理设想。这种批评眼光,确是他最见本领的地方。譬如他的《水浒传序》里说:"论人者贵辨志。施耐庵传宋江,而题其书曰《水浒》,恶之至,屏之至,不与同中国也。不知何等好乱之徒,乃谬加以'忠义'之目。呜呼！忠义而在《水浒》上也哉？《水浒》有忠义，国家无忠义耶？由今日之《忠义水浒》言之，无美不归绿林。已为盗者，读之而自豪；未为盗者，读之而为盗也。削'忠义'而仍《水浒》者，所以存耐庵之书者其事小，所以存耐庵之志者其事大也。"他在《读第五才子书法》里又说："大凡读书先要晓得作书之人如何心胸，如《史记》是太史公一肚皮宿怨发挥出来。《水浒传》却不然。施耐庵本无一肚皮宿怨要发出来，只是饱暖无事，又值心闲，不免伸纸弄笔，寻出一个题目，写自家许多锦心绣口，故是非皆不谬于圣人。后人不知，却于《水浒》上加'忠义'二字，遂并比于史公发愤著书，正是使不得。《水浒》又有大段正经处，只是把宋江深恶痛绝，使人见之，真有犬彘不食之恨，亦是奸厥渠魁之意。"这都是推求言外之意。

他又赞美《水浒传》的用笔，以为高于太史公的《史记》。他说："《水浒传》方法，都从《史记》出来，却有许多胜《史记》之处。若《史记》妙处，《水浒》也是件件有。凡人读书，须要把眼光放得长。如《水浒传》七十回，只用一目俱下，便知其二千余纸是一篇文字，中间许多事体，便是文字起承转合法；若是拖长看下去，却都不见。某尝道《水浒》胜《史记》，人都不肯相信，殊不知某却不是乱说。其实《史记》是以文运事，《水浒》是因文生事。以文运事，是先有事生成如此，如却要算出一篇文字来，虽是史公高才，也毕竟是吃苦事。因文生事即不然，只是顺着笔性去削高补低都由我。若别一部书,任他写一千个人只是一样,便只写得两个人,也只是一样。"他这些话虽是就《水浒》而言,却开了批评家许多法门。他对于《水浒》书中所详细批评的,都是详推作者的用心,也正因为他能够深入的缘故。他的目的,总是要使人知道"苟且"弄笔的人,不能列于"才子"之林。他这种"才子论",在文学批评界里,是可以站得住的。

圣叹批《西厢记》,也自己说:"我真不知作《西厢》者之初心,其果如是否耶?设其果如是,谓之今日始见《西厢记》可;设其果不如是,谓之前日久见《西厢记》,今日又适见别一《西厢记》可。"他这些话,虽然说得好像很奇怪,但也实在是告人要把自己的心思和作者的心思凑泊到一起。他本着这种眼光读一切的书,所以他自己说:"圣叹本有才子书六部,《西厢》乃是其一,然其实六部书,圣叹只是用一副手眼读得。如读《西厢记》,实是用读《庄子》《史记》手眼读得。便读《庄子》《史记》,亦只用读《西厢记》手眼读得。"他又说:"《西厢》是妙文,不是淫书,文者见之谓之文,淫者见之谓之淫耳。"他这种议论,也是教人不可以皮相读书,粗才不但不能著书,也不能读书。但是这种话,在事实上不能成立,因为世上以皮相读书的人,总比较不以皮相读书的人多得多。他的苦口婆心,恐怕很少人去听。汉朝的扬雄曾经对于辞赋一类的文章,下过几句批评。他说:"赋者将以讽也,必推类而言,极丽靡之辞,使人不能加也。既乃归之于正,然览者已过矣。往者武帝好神仙,相如上《大人赋》以讽,帝反缥缥有凌云之志。由是言之,赋劝而不止明矣。"辞赋家和小说家,都是拿寓言来表示自己的宗旨,但是读者多半忽略他里面的宗旨,而执着了他的外形。这是无可如何的事。

圣叹所批评的书,内容十分细密。他自己说:"仆最恨'鸳鸯绣出从君看,不把金针度与人'之二句,谓此必是贫汉自称王夷甫口不道阿堵物耳。若果得知金针,何妨与我略度。今日见《西厢记》,鸳鸯既绣出,金针亦度尽,益信作彼语者,真是脱空漫语汉。"但是和他同时的李笠翁又说,圣叹所评的书,说得太过细密了。

李笠翁是戏曲学专家,他对于圣叹有一段很详细的批评。笠翁《一家言》里《词曲部》,有说到圣叹自评的《西厢》。他说:"读金圣叹所评《西厢记》,能令千古才人心死……自有《西厢》以迄于今,四百余载,推《西厢》为填词第一者,不知几千万人,而能历指其所以为第一之故者,独出一金圣叹;是作《西厢》之人,四百余年心未死,而今死矣。不独作《西厢》者之心死,凡千古上下操觚立言者之心无不死矣。"但笠翁以为圣叹所评的《西厢》,是文人所读之《西厢》,不是戏曲家眼中的《西厢》,又说圣叹所评过于密。他的《词曲部》里说:"圣叹评《西厢》,可谓晰毛辨发,穷极幽微,然以予论之,圣叹所评之《西厢》,乃文人把玩之《西厢》,非优人搬弄之《西厢》也。文字三昧，圣叹得之；优人搬弄之三昧，圣叹犹有待焉。……圣叹所评，其长在密，其短在拘，拘即密之已甚者也。无一字一句，不逆溯其源而求其命意之所在，是则密矣，然亦知作者之于此，有出于心者，有不必尽出于心者乎？心之所至，手亦至焉，是人之所能为也。若夫心所不至，手亦至焉，尚得谓之有意乎哉？"本来圣叹的宗旨，总以为好的作品，都是从"心疲气尽，面犹死人"那样惨淡经营中发出来的。笠翁指出他这种因"密"而反"拘"的弊病，很足以补圣叹之过。

我这书不是讨论专门的戏曲学或小说学，也不是讨论专门的诗学或散文骈文学，本书的目的，是要从批评学方面，讨论各家的批评原理。现在说到曲学家的李笠翁，就要研究曲学家，连带小说家的批评原理。我国文学批评界，大家所群奉为惟一无二的最初的批评标准，就是《尚书》中所说的"诗言志"，和《诗·大序》所说的"诗者，志之所之也"那两句话。所以向来名家的议论，都以为无论什么诗文，总要和作者本人性情相符，然后才有价值；否则，作出来的东西，不能表现本人的面目，那就成了虚伪的文学，但是戏曲小说家的眼光，就不是这样。他们以为作戏曲小说的人，正要把自己的面目和身份丢开，而化作意中所要描写的那种人格，即是要彻底地把主观变为客观。笠翁说："文字之最豪宕，作之最健人脾胃者，莫过填词一种。若无此种，几于闷煞才人。我欲做官，则顷刻之间，便臻富贵。我欲致仕，则转盼之际，又入山林。我欲取绝代佳人,即作毛嫱、西施之元配。我欲成仙作佛,则西天蓬岛,即在砚池笔架之前。……欲代此一人立言,先代此一人立心。无论立心端正者,我当设身处地;即遇立心邪僻者,我亦当暂为邪僻之思。务使心曲隐微,随口唾出,说一人肖一人,勿使雷同,弗使浮泛。若《水浒传》之叙事,吴道子之写生,斯称此道中绝技。"这种境界,我国自来论文的人,很少说过,但是我们看《西京杂记》里说:"司马相如为《上林》《子虚》赋,意思萧散,不复与外事相关,控引天地,错综古今,忽然如睡,焕然而兴,几百日而后成。"又说:"相如曰,赋家之心,包括宇宙,总览人物。斯乃得之于内,不可得而传。"照这样看来,从前辞赋家的用心,也能够冥想入微,舍去自己的面目,与外物相融化。假使不是这样,司马相如又如何能够忽而变为《长门赋》里的怨女,忽而又变为《大人赋》里的神仙,千变万化,都惟妙惟肖呢?李笠翁所说戏曲小说家的用心,颇有些通于这种赋家之心。沈约《宋书·谢灵运传论》里说:"相如工为形似之言。"所谓"形似之言",正合于戏曲小说家的描写技术。自来我国文学家,凡是宗奉"三百篇"的诗教的人,从扬雄数起,多半不赞成这种"工为形似之言"的辞赋,扬雄说这种作品是"丽以淫",又说辞赋家"颇似俳优",但是后来小说戏曲界的作手,可以说是遥承辞赋家的"心法"了。(参看中卷第七节)

## 四十四　随园风月中的"性灵"

清代文学批评界,有许多新开辟的领土。金圣叹和李笠翁,都有辟草莱的成绩。用历史方法来看,他们都是上承辞赋家的心法,而脱离了历来文人所守的孔门诗教,上节已经说过,但是即便在普通讲诗教的文人当中,也有多少变态。自从王渔洋的诗学受赵执信、翁方纲等人的抨击,到了沈德潜,又隐隐中引申渔洋之论,德潜尤特别阐明诗教里面"温柔敦厚"的宗旨。这时候有一个异军突起的人,就是随园主人袁枚了。袁枚一变旧说,极力反对"温柔敦厚"的宗旨,与沈德潜力争。他的《随园文集》里《答沈大宗伯(即德潜)论诗书》说:"所云诗贵温柔,不可说尽,又必关系人伦日用,此数语有褒衣大袑气象。仆口不敢非先生而心不敢是先生。何也?《戴经》不足据也。唯《论语》为足据。子曰:'可以兴','可以群'。此指含蓄者言之,如《柏舟》《中谷》是也。曰:'可以观','可以怨'。此指说尽者言之,如'艳妻煽方处','投畀豺虎'是也。曰:'迩之事父,远之事君。'此诗之有关系者也。曰:'多识于鸟兽草木之名。'此诗之无关系者也。仆读诗常折衷于孔子，故不得不小异于先生。"他因为"温柔敦厚"四个字，是小戴《礼记》里《经解》篇所述孔子之言，所以他要根本把《礼记》的话看作不足信。

他既然这样反对"温柔敦厚"的宗旨，因此，他不得不打破一切传统的观念。《随园文集》里《再与沈大宗伯书》说："闻《别裁》中独不取王次回诗（指德潜所选《国朝诗别裁》），以为艳体不足垂教，仆又疑焉。夫《关雎》即艳诗也。以求淑女之故，至于展转反侧，使文王生于今，遇先生危矣哉！《易》曰：'一阴一阳之谓道。'又曰：'有夫妇然后有父子。'阴阳夫妇，艳诗之祖也。杜少陵，圣于诗者也，岂屑为王、杨、卢、骆哉？然尊四子以为'万古江河'矣。黄山谷，奥于诗者也，岂屑为杨、刘哉？然尊西崑以为'一朝郓鄑'矣。孔子不删郑、卫之诗，而先生独删次回之诗，不已过乎？不特艳体宜收，即卢仝、李贺之险体亦宜收，然后选之道全。"

袁枚是风流自赏自适己意的人，所以他谈到文学，也就这样任性而谈，毫无拘束。他的许多著作，当中除了《随园文集》而外，《随园诗话》是最流行的书，但这两封与沈德潜的信，可以代表他的全部宗旨，其他的议论都是枝叶。他因为主张作诗不必温柔敦厚，又主张不拘任何体裁，艳情险体，无不可以任情发挥，所以就提出"性灵"二字，作诗道的根本，以为只要是作者兴趣所到，性灵中所要说的话，无论说的是什么话，皆可以成好诗。《随园诗话》里说:"杨诚斋曰:格调是空架子,有腔口易描;风趣专写性灵,非天才莫办。余深爱其言。须知有性情便有格律,格律不在性情外。"他的"性灵"二字,就是这样从杨诚斋的话中抽出来的。他的《续元遗山论诗绝句》里说:"天涯有客号诊痴,误把抄书当作诗。抄到钟嵘《诗品》日,该他知道性灵时。"因为钟嵘《诗品》也主张吟咏性情的自然风格,所以他也拿来作根据。至于各人含义之广狭,或者尚附带有别种条件,当然他不屑较论。《随园诗话》里说:"凡诗之传者,都是性灵,不关堆垛。"又说:"诗道最宽,有读破万卷不得阃奥者,有妇人女子村氓浅学偶有一两句,虽李、杜复生必为低首者。"这都是他的"性灵论"。

袁枚的原意,未尝不是为救弊而发,他想拿"性灵"二字,来医诗学界那些讲空架子或搬弄书卷的毛病。不过他的话,又专为回护自己的主张,时时说得过分了。譬如大小戴《记》是孔子的七十弟子后学者所记,自汉儒以来无异词。若认为弟子所传皆不足信,那么《论语》一书又岂是孔子自己亲手写出来的吗?"温柔敦厚"四字,实不应怀疑,况且底下还有"温柔敦厚而不愚则深于诗者也"一句,用意很周到,并非教人泪没性灵。所谓"可以兴,可以观,可以群,可以怨",一直到"迩之事父,远之事君,多识于鸟兽草木之名",这几句话的意思是一贯的,断没有割开某一句是可以兴,某一句是可以观,某一首是群,某一首是怨,这样肢分瓦解的论诗的道理。王船山说:"可以者，随所以而皆可也，于其兴者可观，于其群者亦可怨……"（参看下卷第四十节）那个解释是很对的。袁枚这样强生分别，断不可从。况且作诗必有借用的材料，"三百篇"里拿草木鸟兽之名，用在任何一首诗上，都是比兴之意，正都是可兴可观的地方。袁枚说："多识于鸟兽草木之名，此诗之无关系者也。"未免随意附会了。至于艳体宫体诗，本是齐梁末世的作品。徐陵采录艳歌为《玉台新咏》，徐的自序里并且说："亦靡滥于风人。"那时候的艳歌，绝不同于白居易、元稹的《长恨歌》《会真诗》，更绝不同于王次回的《疑雨集》。袁枚主张那种绘画媟亵状态的《疑雨集》，实在已经和起初的艳歌大相径庭。《关雎》一诗，经学家的解说当然很多，我们不暇征引，但即请看《关雎》的本文，又岂有丝毫和《疑雨集》那种艳体诗相近的地方？他拿《易经》里的话来比譬，更是有意取闹。王、杨、卢、骆和西崑家的诗，是"清词丽句"，而不是猥亵的《疑雨集》可比。把王、杨、卢、骆和西崑家的诗，加上艳体之名，也是我们闻所未闻的。

他又反对唐诗宋诗的界限，反对初盛中晚的界限，反对一切空格调或堆书卷的作风，这些见解都和历来诗家的争论互有出入，没有什么特异之点。他又有诗宽文严之说，《与邵厚庵书》里面说："诗言志，劳人思妇皆可以言，'三百篇'不尽学者作也。若夫始为古文者圣人也，名之为文，故不可俚也，名之为古，故不可今也。"这种话和韩愈以来古文家的议论，也不相同。韩愈说："文无难易，唯其是耳。"并未曾说："文无难易，唯其古耳。"袁枚自己最得意的见解，大概就是与沈德潜所争论的那两点，而那两点的基础，也不见得稳固。

我们知道章实斋是鄙薄袁枚的人。实斋《文史通义》里有《妇学》篇《妇学篇书后》《诗话》等篇，都是专为诋斥袁枚而作。这也和唐朝杜牧之反对白居易，是同样的态度（参看上卷第六节引王船山语），但袁枚本是天性率易的人，他并无以著述传名于后世的意思。王昶《湖海诗传》里说："子才来往江湖，太邱道广，不论贵郎蠢夫，互相酬和。又取英俊少年著录为弟子，授以《才调》等集，挟之以游东诸侯。更招士女之能诗画者十三人，绘为投诗之图，燕钗蝉鬓，傍柳随花，问业请前，而子才白须红鸟，流盼旁观，悠然自得，亦以此索当涂之题句，于是人争爱之，所至延为上客。"这就是他当时随园里面的风物。和他同时的姚惜抱，虽然论文的宗旨和他相反，但他二人也本是世交老友，《惜抱轩集》里有《挽袁简斋》诗四首，说："千篇少孺长随事，九百虞初更解颜；……浑天潭思胡为者，纵得侯芭亦等闲。"又说："点缀江山成绮丽，风流冠盖竞攀追；烟花六代销沉后，又到随园感旧时。"这样看来，他自己本是随笔取乐，点缀江山，并非欲以深沉之思博身后的知己，和金圣叹那样苦索深思，又不相同。

## 四十五　眼力和眼界的相对论

眼界宽，眼力也宽；时代愈新，"陈言"愈要铲净；这好像是人类普通思想上的定律。文学好恶，也不能作例外。近代的文学批评，我们最应该注意的，就是那些标新领异的见解，其余的颠倒唐宋，翻覆元明，都是"朝华已披"了。百年以来，一切社会上思想或制度的变迁，都不是单纯的任何一国国内的问题，而且来自文学批评家的眼光，或广或狭，或伸或缩，都似乎和文学出品的范围互为因果，眼中所看得到的作品愈多，范围愈广，他的眼光也从而推广。所以"海通以还"，中西思想之互照，成为必然的结果。

"五四"运动（民国八年）里的文学革命运动，当然也是起于思想上的借照。譬如因西人的文言一致，而提倡国语文学，因西人的阶级思想，而提倡平民社会文学，这种错综至赜的眼光，已经不是循着一个国家的思想线索所能讨论。"比较文学批评学"，正是我们此后工作上应该转身的方向。

批评力和被批评的事物，似乎是两相对待的，但金圣叹在《西厢记》上批有一段话：

> 仆幼年曾闻人说一笑话，云昔一人贫苦特甚，而生平虔奉吕祖。感其心，忽降其家。见其赤贫，不胜悯之，念当有以济之。因伸一指指其庭中磐石，灿然变为黄金。曰："汝欲之乎？"其人再拜曰："不欲也。"吕祖大喜，谓子诚如此，便可授子大道。其人曰："不然，我心欲汝此指头耳。"仆当时私谓此固戏论耳。若真是吕祖，便当以指头予之。今此《西厢记》，便是吕祖指头，得之者处处遍指，皆作黄金。

假如圣叹的话是可信的，那么，批评的力量，岂不又是绝对的，而不是相对的吗？